中国文化二十四品

遒生

中国文化二十四品

饶宗颐 叶嘉莹 顾问
陈洪 徐兴无 主编

文苑英华

言志的诗和明道的文

孙立尧 著

江苏人民出版社

图书在版编目（ＣＩＰ）数据

文苑英华：言志的诗和明道的文 / 孙立尧著. --
南京：江苏人民出版社，2017.1
（中国文化二十四品）
ISBN 978-7-214-17395-9

Ⅰ. ①文… Ⅱ. ①孙… Ⅲ. ①古典诗歌－诗歌史－中
国②古典散文－文学史－中国 Ⅳ. ①I207.209
②I207.62

书　　　名	文苑英华——言志的诗和明道的文
著　　　者	孙立尧
责 任 编 辑	孙　立　卞清波
责 任 校 对	王翔宇
装 帧 设 计	刘荨荨　张大鲁
出 版 发 行	凤凰出版传媒股份有限公司
	江苏人民出版社
出版社地址	南京市湖南路 1 号 A 楼，邮编：210009
出版社网址	http://www.jspph.com
经　　　销	凤凰出版传媒股份有限公司
照　　　排	南京凯建图文制作有限公司
印　　　刷	江苏凤凰扬州鑫华印刷有限公司
开　　　本	652 毫米×960 毫米　1/16
印　　　张	20　　插页 3
字　　　数	224 千字
版　　　次	2017 年 1 月第 1 版　2017 年 3 月第 2 次印刷
标 准 书 号	ISBN 978 - 7 - 214 - 17395 - 9
定　　　价	47.00 元

（江苏人民出版社图书凡印装错误可向承印厂调换）

编委会名单

顾　问

饶宗颐

叶嘉莹

主　编

陈　洪（南开大学教授）

徐兴无（南京大学教授）

编　委

王子今（中国人民大学教授）　　司冰琳（首都师范大学副教授）

白长虹（南开大学教授）　　　　孙中堂（天津中医药大学教授）

闫广芬（天津大学教授）　　　　张伯伟（南京大学教授）

张峰屹（南开大学教授）　　　　李建珊（南开大学教授）

李翔海（北京大学教授）　　　　杨英杰（辽宁师范大学教授）

陈引驰（复旦大学教授）　　　　陈　致（香港浸会大学教授）

陈　洪（南开大学教授）　　　　周德丰（南开大学教授）

杭　间（中国美术学院教授）　　侯　杰（南开大学教授）

俞士玲（南京大学教授）　　　　赵　益（南京大学教授）

徐兴无（南京大学教授）　　　　莫砺锋（南京大学教授）

陶慕宁（南开大学教授）　　　　高永久（兰州大学教授）

黄德宽（安徽大学教授）　　　　程章灿（南京大学教授）

解玉峰（南京大学教授）

总　序

陈　洪　徐兴无

　　我们生活在文化之中，"文化"两个字是挂在嘴边上的词语，可是真要让我们说清楚文化是什么，可能就会含糊其词、吞吞吐吐了。这不怪我们，据说学术界也有 160 多种关于文化的定义。定义多，不意味着人们的思想混乱，而是文化的内涵太丰富，一言难尽。1871 年，英国文化人类学家爱德华·泰勒的《原始文化》中给出了一个定义："文化，或文明，就其广泛的民族学意义上来说，是包含全部的知识、信仰、艺术、道德、法律、风俗，以及作为社会成员的人所掌握和接受的任何其他的才能和习惯的复合体。"[①]其实，所谓"文化"，是相对于所谓"自然"而言的，在中国古代的观念里，自然属于"天"，文化属于"人"，只要是人类的活动及其成果，都可以归结为文化。孔子说："饮食男女，人之大欲存焉。"[②]在这种自然欲望的驱动下，人类的活动与创造不外乎两类：生产与生殖；目标只有两个：生存与发展。但是人的生殖与生产不再是自然意义上的物种延续与食物摄取，人类生产出物质财富与精神财富，不再靠天吃饭，人不仅传递、交换基因和大自然赋予的本能，还传承、交流文化知识、智慧、情感与信仰，于是人种的繁殖与延续也成了文化的延续。

　　所以，文化根源于人类的创造能力，文化使人类摆脱了

---

　　① [英]爱德华·泰勒：《原始文化》，连树声译，谢继胜、尹虎彬、姜德顺校，广西师范大学出版社，2005 年，第 1 页。

　　② 《礼记·礼运》。

自然,创造出一个属于自己的世界,让自己如鱼得水一样地生活于其中,每一个生长在人群中的人都是有文化的人,并且凭借我们的文化与自然界进行交换,利用自然、改变自然。

由于文化存在于永不停息的人类活动之中,所以人类的文化是丰富多彩、不断变化的。不同的文化有不同的方向、不同的特质、不同的形式。因为有这些差异,有的文化衰落了甚至消失了,有的文化自我更新了,人们甚至认为:"文化"这个术语与其说是名词,不如说是动词。① 本世纪初联合国发布的《世界文化报告》中说,随着全球化的进程和信息技术的革命,"文化再也不是以前人们所认为的是个静止不变的、封闭的、固定的集装箱。文化实际上变成了通过媒体和国际因特网在全球进行交流的跨越分界的创造。我们现在必须把文化看作一个过程,而不是一个已经完成的产品"②。

知道文化是什么之后,还要了解一下文化观,也就是人们对文化的认识与态度。文化观首先要回答下面的问题:我们的文化是从哪里来的? 不同的民族、宗教、文化共同体中的人们的看法异彩纷呈,但自古以来,人类有一个共同的信仰,那就是:文化不是我们这些平凡的人创造的。

有的认为是神赐予的,比如古希腊神话中,神的后裔普罗米修斯不仅造了人,而且教会人类认识天文地理、制造舟车、掌握文字,还给人类盗来了文明的火种。代表希伯来文化的《旧约》中,上帝用了一个星期创造世界,在第六天按照自己的样子创造了人类,并教会人们获得食物的方法,赋予人类管理世界的文化使命。

---

① 参见[荷兰]C. A. 冯·皮尔森:《文化战略》,刘利圭等译,中国社会科学出版社,1992年,第2页。

② 联合国教科文组织编:《世界文化报告——文化的多样性、冲突与多元共存》,关世杰等译,北京大学出版社,2002年,第9页。

有的认为是圣人创造的,这方面,中国古代文化堪称代表:火是燧人氏发现的,八卦是伏羲画的,舟车是黄帝造的,文字是仓颉造的……不过圣人创造文化不是凭空想出来的,而是受到天地万物和自我身体的启示,中国古老的《易经》里说古代圣人造物的方法是:"仰则观象于天,俯则观法于地,观鸟兽之文与地之宜,近取诸身,远取诸物。"《易经》最早给出了中国的"文化"和"文明"的定义:"刚柔交错,天文也。文明以止,人文也。观乎天文,以察时变;观乎人文,以化成天下。"文指文采、纹理,引申为文饰与秩序。因为有刚、柔两种力量的交会作用,宇宙摆脱了混沌无序,于是有了天文。天文焕发出的光明被人类效法取用,于是摆脱了野蛮,有了人文。圣人通过观察天文,预知自然的变化;通过观察人文,教化人类社会。《易经》还告诉我们:"一阴一阳之谓道,继之者善也,成之者性也。仁者见之谓之仁,知者见之谓之知。"宇宙自然中存在、运行着"道",其中包含着阴阳两种动力,它们就像男人和女人生育子女一样不断化生着万事万物,赋予事物种种本性,只有圣人、君子们才能受到"道"的启发,从中见仁见智,这种觉悟和意识相当于我们现代文化学理论中所谓的"文化自觉"。

为什么圣人能够这样呢?因为我们这些平凡的百姓不具备"文化自觉"的意识,身在道中却不知道。所以《易经》感慨道:"百姓日用而不知,故君子之道鲜矣。"什么是"君子之道鲜"?"鲜"就是少,指的是文化不昌明,因此必须等待圣人来启蒙教化百姓。中国文化中的文化使命是由圣贤来承担的,所以孟子说,上天生育人民,让其中的"先知觉后知""先觉觉后觉"①。

———————————

① 《孟子·万章》。

无论文化是神灵赐予的还是圣人创造的,都是崇高神圣的,因此每个文化共同体的人们都会认同、赞美自己的文化,以自己的文化价值观看待自然、社会和自我,调节个人心灵与环境的关系,养成和谐的行为方式。

　　中国现在正处在一个喜欢谈论文化的时代。平民百姓关注茶文化、酒文化、美食文化、养生文化,说明我们希望为平凡的日常生活寻找一些价值与意义。社会、国家关注政治文化、道德文化、风俗文化、传统文化、文化传承与创新,提倡发扬优秀的传统文化,说明我们希望为国家和民族寻求精神力量与发展方向。神和圣人统治、教化天下的时代已经成为历史,只有我们这些平凡的百姓都有了"文化自觉",认识到我们每个人都是文化的继承者和创造者,整个社会和国家才能拥有"文化自信"。

　　不过,我们越是在摆脱"百姓日用而不知"的"文化蒙昧"时代,就越是要反思我们的"文化自觉",因为"文化自觉"是很难达到的境界。喜欢谈论文化,懂点文化,或者有了"文化意识"就能有"文化自觉"吗?答案是否定的。比如我们常常表现出"文化自大"或者"文化自卑"两种文化意识,为什么会这样呢?因为我们不可能生活在单一不变的文化之中,从古到今,中国文化不断地与其他文化邂逅、对话、冲突、融合;我们生活在其中的中国文化不仅不再是古代的文化,而且不停地在变革着。此时我们或者会受到自身文化的局限,或者会受到其他文化的左右,产生错误的文化意识。子在川上曰:"逝者如斯夫。"流水如此,文化也如此。对于中国文化的主流和脉络,我们不仅要有"春江水暖鸭先知"一般的亲切体会和细微察觉,还要像孔子那样站在岸上观察,用人类历史长河的时间坐标和全球多元文化的空间坐标定位中国文化,才能获得超越的眼光和客观真实的知识,增强与其他文化交

流、借鉴、融合的能力,增强变革、创新自己的文化的能力,这也叫做"文化自主"的能力。中国当代社会人类学家费孝通先生说:

> "文化自觉"是当今时代的要求,它指的是生活在一定文化中的人对其文化有自知之明,并对其发展历程和未来有充分的认识。也许可以说,文化自觉就是在全球范围内提倡"和而不同"的文化观的一种具体体现。希望中国文化在对全球化潮流的回应中能够继往开来,大有作为。①

因为要具备"文化自觉"的意识、树立"文化自信"的心态、增强"文化自主"的能力,所以,我们这些平凡的百姓需要不断地了解自己的文化,进而了解他人的文化。

中国文化是我们自己的文化,它博大精深,但也不是不得其门而入。为此,我们这些学人们集合到一起,共同编写了这套有关中国文化的通识丛书,向读者介绍中国文化的发展历程、特征、物质成就、制度文明和精神文明等主要知识,在介绍的同时,帮助读者选读一些有关中国文化的经典资料。在这里我们特别感谢饶宗颐和叶嘉莹两位大师前辈的指导与支持,他们还担任了本丛书的顾问。

中国文化崇尚"天人合一",中国人写书也有"究天人之际,通古今之变"的理想,甚至将书中的内容按照宇宙的秩序罗列,比如中国古代的《周礼》设计国家制度,按照时空秩序分为"天地春夏秋冬"六大官僚系统;吕不韦编写《吕氏春

① 费孝通:《经济全球化和中国"三级两跳"中的文化思考》,《光明日报》2000年11月7日。

秋》，按照一年十二月为序，编为《十二纪》；唐代司空图写作《诗品》品评中国的诗歌风格，又称《二十四诗品》，因为一年有二十四个节气。我们这套丛书，虽不能穷尽中国文化的内容，但希望能体现中国文化的趣味，于是借用了"二十四品"的雅号，奉献一组中国文化的小品，相信读者一定能够以小知大，由浅入深，如古人所说："尝一脔肉，而知一镬之味，一鼎之调。"

2015 年 7 月

目　录

绪　论

　　诗与文，向来是中国古典文学中最正统的两类文体；而能够创作诗文，也是历来文人所必需具备的基本涵养。世易时移，我们对于古典的把握已经远不及前人那么细致微妙，事实上，当今能够挥洒自如地创作几篇当行本色的诗词歌赋者早已如吉光片羽，甚至能够摹得其一二形似者也不易寻求，但这并不代表我们要放弃传统诗文，无论如何，继承传统、融铸古今，以成就新变代雄的使命，乃是每一个时代弄笔之人不懈的追求；即便是普通读者，掌握传统的神髓，了解古典的精粹，实则也是这一民族得以延续其精神的根本要素，古往今来，概莫能外。这本小书打算从诗、文两者入手，以期对中国古典文学、文化的精神有所契入，然而绠短不能汲深，只期望能够描绘出大致的轮廓。

　　一般来说，诗歌与散文的起源有很大的差异。诗歌的出现不仅远早于散文，而且也早于文字的出现。可以说，自从有了人类，自从人类有了语言，诗歌就已经出现了。因为诗歌的出现与发展有两个基本的条件，一是顺应人的内心情感，二是应和人的生理韵律。韵律属于感官的范畴（主要是听觉），是外在的；而情感属于意识的范畴，是内在的。这两者对于人类来说，都是"生而有之"的，无须外求。诗歌是顺应人的情感而生的，这在上古谈诗的文献《诗大序》中发挥得很透彻："诗者，志之所之也，在心为志，发言为诗。情动于中而形于言，言之不足，故嗟叹之；嗟叹之不足，故永歌之；永歌之不足，不知手之舞之、足之蹈之也。"同时它又必须是顺应韵律的，所以又说"情发于声，声成文谓之音"，韵律的细节有千差万别，它可以押尾韵，也可以押头韵，也可以不押韵；它的声调可以按照高低来分，也可以按照长短来分，也可以按照轻重来分；但所有韵律的共同点就是它必须有一种规律性的节奏。这种规律性其实也符合人的生理与心理，它与人的呼吸、心跳等种种节奏是相应的。正因为有了这一特性，诗、乐、舞（嗟叹、永歌、手舞足蹈）三者才能够浑然一体，密合无间。只要触动了这两者，任何情境之下都可能有诗歌的发生，诗歌是人的情感以韵律的形式流溢，因此它最近于艺术的本真，这是其第一义。反而推之，诗歌既然与人的天性妙合无垠，那么真正的诗歌既可以陶冶性灵，也可以教化人心，所以《诗大序》中又说："正得失，动天地，感鬼神，莫近于诗。先王以是经夫妇，成孝敬，厚人伦，美教化，移风俗。"这是其第二义。尽管由于儒学的影响，传统的中国诗学更注重其第二义（教化义），但诗歌创作所依赖的，却必然是其第一义（本真义）。

散文则是顺应生活中的实际需要而出现的，它同样需要具备两个基本条件，一是要有相对成熟的文字，二是要有能够长久保存的书写工具。二者缺一，文献的存留依然只能靠口头的流传。而一旦要通过口头流传，它必然会是一种"诗"

的形式，因为散文不利于记忆和吟唱，口头文学之中很难有散文的空间。在很多的远古文明之中，之所以最初出现的文学是"史诗"，一个很重要的原因就在于，它们或是没有成熟的文字（如古希腊），或是没有足以持久的书写工具（如古印度）。中国是极其罕见的具备这两种条件的古代文明之一，殷商时代的甲骨文已经是一种成熟的文字系统，而文字的出现显然可以追溯得更为久远；同时，商代以甲骨与青铜器作为书写材料，比世界上任何远古文明应用得都更为广泛，而西周以来，文字"书于竹帛"，其便利更非任何文明所能比拟。除此之外，中国的史官文化远自"巫"的时代便已开始确立，因而散文的出现与成熟也相对较早。从甲骨卜辞和商周铭文之中，我们不难窥见散文的萌芽与发展。"惟殷先人有册有典"（《尚书·多士》），无论是占卜、祭祀，还是制箴作铭、保存典册，散文都必然作为一种实用文体而出现。由于上古时代，巫、史不分，这些内容实则都是"史"或者"巫"的职责。毫无疑问，中国的散文是以"史"的记述为其开端的。在中国文化史上，"诗"与"史"的分离甚早，成为各自独立的两种传统，因而传世文献之中，《诗》《书》并称为上古时代两部最重要的典籍；而要了解先民的情感与风貌，《诗经》与《左传》则是最为可靠的两部书，因为"《诗经》保留了当时人的内心情感，《左传》则保留了当时人的具体生活"（钱穆《中国文化史导论》）。这样，在两种传统之下，"诗"与"文"两者，它们在价值和地位上也足以分庭抗礼，并驾齐驱，并不存在孰高孰低的问题。英语"prosaic"一词有"乏味、无聊"的含义，与"poetic"的"美好"之意正好形成鲜明的对照，其贬抑之意显而易见；但在古代中国，此一情形并未出现，"文"甚至可以指代包括诗歌在内的一切文学。

　　尽管在文化史的领域，中国的"诗"与"文"较早地独立，形成"诗"与"史"两大传统,且分别以抒情与记事为其基本特征,但这并不意味着二者之间参商永隔,不通声气;相反,这两者之间的相互影响乃是它们持续发展的基本动力。从艺术风格来说,诗文的发展,各有"精密"与"萧散"两种途辙,凡精密者近于诗,而萧散者近于文;近于诗者重声律、重情境,近于文者重理致、重趣味。盛唐以前,萧散渐趋于精密,而不失古朴;中唐以后,精密复归于萧散,而内蕴绚烂。精密一途,在诗则有五、七言格律的形成,语言的工整华丽,情深而易感;在文则向辞赋与骈文转化,情辞胜于理致。萧散一途,在诗则为古体的发扬,为乐府,为歌行,"以文为诗",辞藻自由,以叙事、议论为贵;在文则脱略骈俪,理致胜于情辞。凡"新变"之起,唯以专精偏至为其号召;至其"集大成",则以兼收并蓄为之楷模,此是诗文二者交相发展之大略。本书所论,也以各时代文体的"新变"和"集大成"的转捩点为讨论的关键。刻实论之,精密、萧散二者,即使是优秀的作家,也多偏于其一;至于熔铸两端,迈越前古,惟有豪杰之士能之,只是此类不世出的大作家,在整个中国文学史上,也不过十数人而已,可遇而不可求。前人认为,"华夏民族之文化,历数千载之演进,造极于赵宋之世"(陈寅恪《邓广铭宋史职官志考证序》),与此相应,中国古典文学之若诗若文,发展到宋代为止,几乎已经穷尽其变化之能事。故本书中所论述的"诗"与"文",也以宋代为其下限。论诗,则分《诗》《骚》、八代诗、唐音、宋调;论文,则分史传、诸子、辞赋、唐宋古文运动。

这里不妨先从"诗"的传统说起。诗既然是人类情感韵律化的表现,在失去"史"之附益的情形下,叙述便不再是它的基本要素,从而专以抒情为其职责,先秦时代的《诗经》、《楚辞》,便是这一时期的经典著作,它们为中国的抒情传统能够成为一种"可大可久"的文化精神,奠定了深厚而坚实的基础。二者分别代表了中原文化和南方文化,前者的"温柔敦厚"与后者的"朗丽瑰逸",虽然存在地域文化的差异,而就其抒情的特质而言,则并无二致。《诗经》的作者不可考亦不必考,但它作为古代文化史、诗歌史上影响最大的一部书,对中国古典诗歌的发展方向起了决定性的作用;屈原则是中国诗歌史上第一位伟大的诗人,他以异质文化的面貌发扬了《诗经》的抒情传统,为这一传统的巨大熔铸力树立了典范。

西汉时期,"立乐府而采歌谣……皆感于哀乐,缘事而发"(《汉书·艺文志》),它虽然"感于哀乐",符合诗的本真义;但同时又强调它的"缘事而发",使得不少乐府诗具有较强的叙事性,这是抒情传统中的异数,但也与其采歌谣的目的,即"观风俗,知厚薄"相关,也就是说,它其实仍有"史"的性质,因而后来曹操的乐府诗被称为"汉末实录"(锺惺《古诗归》),杜甫的"即事名篇"的作品被称为"诗史",也就不足为怪了。后世继此类作品而起的,如元、白的"新乐府",也都具有类似的性质。至于汉乐府中的叙事艺术,特色不一,到《孔雀东南飞》而至其极。不过汉代的抒情传统也一直延续着,其成就也不亚于叙事性的诗歌,而以《古诗十九首》为最杰出的代表。自此以下,一直到唐代以前,其间经历了汉、魏、晋、南北朝,这段时期的诗歌称为"八代诗",也是文学史上的"文学自觉时代",其间有体式的变化,也有风格的递嬗,这是中国古典诗歌的积累与转型期。在体式上,这一时期从《诗经》的四言、《楚辞》的六言,转变为五言诗的大发展和七言诗的进步;同时,诗歌格律也渐趋精密,从"永明体"到"宫体",在四声、对仗的技巧上,已经达到了"圆美流转"的地步,为唐代律诗的定型做好了准备。在题材与风格上,东汉以降,从"建安风骨"到"正始之音",从玄言诗到山水诗,从南北异趣到诗风交融,其间才士辈出,而陶渊明既开创了田园诗,同时也是古体诗的集大成者,代表了八代诗的最高成就。

唐诗无疑是中国古典诗歌的最高峰,而盛唐之音更是"诗中的诗,顶峰上的顶峰"(闻一多语)。从其形式上来看,诗律到初唐时期进一步完善,对仗除了"言对、事对、正对、反对"(《文心雕龙·丽辞》)之外,更加讲求"六对、八对"(魏庆之《诗人玉屑》引上官仪说),用韵则渐以隋陆法言《切韵》(唐代改称《唐韵》,宋代改称《广韵》)为准,并将"永明体"以来的"四声律"改为"平仄律",同时增添了"粘式律",在韵律上更具有回环往复的美感。这样,五、七言律诗定型之后,成为一种并世无双的精妙韵律,并成为自此之后最主要的诗体,一直沿用至今。在诗歌的发展上,从初唐四杰到边塞诗派、山水田园诗派,而李白、杜甫两位大诗人的作品更是"光焰万丈长",代表了盛唐诗的最高成就,杜甫向来被推为"诗圣",他的诗浩瀚无涯,前贤推为"集大成",他的律诗(尤其是七律)是中国诗歌高度精密化的最佳代表。中唐时期,"元白"与"韩孟"两大诗派异军突起,元白的《连昌宫词》、《长恨歌》、《琵琶行》流传万口,却是刻意要融铸"史才、诗笔、议论"(赵彦卫《云麓漫钞》)于一体的混合品,其《新乐府》也颇具叙事意味;韩愈则击破众体,"以文为诗",为诗歌发展别开萧散一境。要之,两大诗派的核心诗人都是融通诗文、力求新变的一代健者。晚唐的李商隐则上继杜甫,仍以精密为能。

宋诗与唐诗相对,成就也差可与唐诗相埒,而其核心要素则是发展了中唐以来"以文为诗"的特质,凡是散文之中的一切手法都可以用到诗中来,无论是散文的句法、章法,还是文章中常见的发议论、表理趣,都成为诗歌的表达方法,因此从表面上来看,宋诗呈现一种"萧散"的形态,有时被目为"押韵之文"，而饱受诟病。其实宋诗的精密程度绝不亚于唐诗，无论是对仗、押韵、声调，还是用典、炼字等种种技巧，宋诗都比唐诗有更多的讲究；只是宋人在运用之时，更有意地加入了一种精粗杂陈、工拙相半的技法，使人浑然不觉其内在的精密。在风格上，宋人的追求更与唐人大异其趣，他们所标举的是"平淡"和"老境"。从宋初的梅尧臣、欧阳修开始就已经提倡"平淡"，而后经过苏轼、黄庭坚等人的进一步发扬，逐渐成为宋代诗人的普遍追求。不过这种"平淡"，绝不是一种"枯淡"，而是"绚烂之极"的表现，所谓"渐老渐熟，乃造平淡"，它是"平淡而山高水深"的更高境地，其原因可以归结于宋人的内省精神和人格追求（与唐人的开拓进取精神异质）。与此相关联的则是宋人对于"老境"的追求，"老树着花无丑枝"（梅尧臣句），在宋人看来，"老境"代表了一种淡泊的智慧，达到这种境地，一切都可以"从心所欲不逾矩"，从而在诗歌领域也达到"不烦绳削而自合"的状态。唐音、宋调之后，古典中一切诗歌的发展都不能出这两种风格的范围之外。

就"文"的传统而论，最初出现的文字多为占卜、祭祀所用，在"巫史文化"的时代，很难产生真正具有文学意义的作品。甲骨卜辞、《周易》中的爻辞以及青铜器上的铭文，韵散杂糅，又多为零言片语，可论处不多。中国的史官制度，殷商时代便已存在，所谓"左史记言，右史记事；事为《春秋》，言为《尚书》"（《汉书·艺文志》），《尚书》可以算是最早而又完整的散文著作，其中有殷商时代的作品，而更多的则是西周到春秋时的散文，"诰"与"誓"是最常见的文体，充分体现了"记言"的特色，但这类作品的文学价值并不高；《春秋》为编年体史书，记事过于简略，也非散文艺术的理想。史传一类的散文，直到战国早期的《左传》出现，才达到了叙事艺术的高峰，它与同时或稍后的《国语》、《战国策》一起，形成了中国历史散文的第一次高峰。另一方面，春秋战国时期，是古代思想、学术史上的一个重要的转折时期，所谓"道术将为天下裂"（《庄子·天下篇》），"王官之学"的解体和"诸子之学"的兴起，是文化史上的一次重大事件。春秋以前，学在王官，包括文学在内的学术，都被纳入国家的制度范畴，而随着"士"阶层的兴起，私家学术开始繁荣，中国历史上进入了"百家争鸣"的时代，诸子为了辨析道理，阐明学术，逐步创作出了包括语录、对话和阐论等各种形式在内的"诸子散文"，从《老子》、《论语》、《墨子》到《孟子》、《庄子》，再到《荀子》、《韩非子》，这类散文的兴起与发展虽然较晚，却和"历史散文"一起构成了先秦散文中并峙的双峰，而对后世论说性质的散文影响至巨。

汉代散文继先秦两类散文而起，《史记》、《汉书》吸取了《左传》、《战国策》等历史散文的长处，以"纪传体"的形式，为历代的"正史"确立了规范；而秦汉的政论文和《吕氏春秋》、《淮南子》、《论衡》、《潜夫论》等著作，则是先秦时代诸子散文的遗绪。然而，汉代所兴起的赋体，却是散文发展中的异数，它糅合了诗的特征，以韵散结合的方式，铺张扬厉的风格，形成了介乎诗、文之间的一类文体。这种文体随着六朝诗歌的精密化，逐渐演变为骈赋、律赋，其讲求对仗、音韵等特征与诗相近，甚至还出现了一些"诗化"的倾向；散文中的各体，如表、启、疏、策文、序、祭文等等，也多受其影响，逐渐以四、六言句为基础，形成了各式各样的"骈文"（后代也称为"四六文"），并成为此类文体的正宗，此后一直沿用。到了南朝以及唐代前期，赋与骈文的发展达到了它的极致。

唐代的"古文运动"正是在这类骈文的靡丽之风下展开的。散文作为一种实用性的工具，本非出于艺术的需要，但自赋与骈文发展以来，散文的实用功能减退，成了士大夫游艺自恣、露才扬己的玩好,徒具外表的美丽装饰,而内在的生命力已经消磨殆尽。这时,韩愈引儒道以自重,要重新将骈文拉回散体,"文起八代之衰,道济天下之溺"(苏轼语),这一行动也与当时的"文化转型"相应,因为"古文运动"所代表的绝不仅仅是一场文体运动,而更是一场重大的文化运动、思想运动,并对宋代的学术文化、乃至整个中华民族的性格产生了深远的影响。即使单从文学的角度来说,韩愈的努力也获得了巨大的成功,他本人也成了散文领域的"集大成"者。柳宗元和他志同道合,一起为中唐的"古文运动"作出了重要的贡献。不过,在韩、柳之后,又出现了两种倾向,一是骈文的回潮,一是古文中出现了追求奇僻的风气。这两种倾向,在北宋时期才得到彻底的肃清。

北宋前期的"诗文革新运动",便是唐代"古文运动"的延续。"诗文革新运动"的重点在"文",而当时的文坛宗主欧阳修的主要成就也是"文"。宋初代表骈文的"西昆体",在石介等人的批评下,已经渐渐消亡;而欧阳修则通过科举考试的机会,打击了散文中险怪的"太学体",并以自己的创作实绩,为当时的文坛树立了典范。苏轼继欧阳修而起,进一步扩大了文体改革的成果,使宋代散文的实际成绩,超越了唐代,影响也更加深远。在"唐宋八大家"中,北宋有六位,便是明证。宋代散文的特征,一是确立了"平易"的风格,二是全面打破了骈文与散文的界限;这样既可以发挥散文便于叙事、议论的实用特征,同时也使它与诗歌一样成为抒情的艺术品,《秋声赋》《赤壁赋》等"文赋"的出现,即是有力的证明。由此可以看出,宋人的散文观,与其诗歌观是完全相通的。

从广义上来说,"词"与"曲"这两类作品,都属于古典诗歌的范畴,而且它们对于格律的讲求,并不亚于律诗。词发端于中唐,晚唐、五代逐渐兴盛,而两宋时期臻于极致;曲则起于宋代,而独盛于元代。本书将"词"单列为一章,一方面可以补充宋诗的不足,尤其是宋诗之中罕见的爱情题材,几乎全部移于词中,宋人的情感世界,必须诗词合观,才能有一个全面的了解;另一方面,南宋时期,诗歌成就逊于北宋,却出现了不少专力作词的作家,典型的如辛弃疾,他的大作家的资格完全要靠词来论定。至于"曲",其中的"戏曲"部分在本套书中已别为一种,故不论;"散曲"虽是元代抒情文学代表之一,但数量颇为有限,而且其成就远逊于杂剧等叙事文学,何况即使从元代作家来看,也绝无以散曲的创作而成为大作家之例,故亦不论。

元、明、清三代的文学,叙事类作品(戏曲、小说)已经占据了主流的地位,尽管在当时看来,这些只是不登大雅之堂的"俗文学",但从今天的文学史眼光来看,其成就实远在传统的诗、文、词之上。在这三代之中,诗、文、词的创作实绩虽然远逊于前人,然而流派众多,理论迭出,体式纷繁,令人有目不暇接之感。如诗歌方面,元代曾有"元诗四大家"以及杨维桢的"铁崖体";明代有台阁体、茶陵派、公安派、竟陵派,还有前后"七子"的复古运动("文必秦汉,诗必盛唐");清代有虞山诗派、梅村体、神韵说、性灵派、宋诗派;近代还有所谓的"诗界革命"。散文方面,明代有唐宋派、小品文;清初有古文三大家,中晚期有桐城派的兴盛、骈文的复兴;近代还有梁启超提倡的新文体。词的创作,元有萨都剌,清有纳兰词、阳羡词派、浙西词派、常州词派,等等。不可否认,在这些流派、作家、作品之中,亦不乏一二才人佳作,但已绝无"楚之骚,汉之赋,六朝之骈语,唐之诗,宋之词,元之曲"等"一代之文学"的气象(王国维语),我们不妨将其命名为"传统的反光",它们代表了传统诗文中最后的光亮和余辉。

《诗》、《骚》与抒情传统的形成

　　"抒情传统"是中国古典文学、文化的核心要素,而与其他文学、文化的"叙事传统"以异质的姿态而并峙。自《诗》、《骚》而降,这种"抒情传统"便奠定了中国文学发展的基调,古典的叙事作品也打上了"抒情性"的印记;在整个中国文化史中,如音乐、书法、绘画等各类艺术领域,也无不浸润了这一特性。

　　世界上大部分有优秀文学传统的民族,他们的文学都是以"史诗"为其开端的。在最古老的几大文明区域,最为知名的是古希腊的"荷马史诗"(《伊利亚特》、《奥德赛》),以及古印度的两大史诗(《摩诃婆罗多》、《罗摩衍那》)。前者对欧洲的文学、文化,后者对南亚及东南亚的文学、文化,都有着广泛而深刻的影响,并在这两个文化范畴中起着举足轻重的作用。而在其他各民族的文学之中,如英格兰的《贝奥武甫》、法国的《罗兰之歌》、日尔曼的《尼布龙根之歌》、西班牙的《熙德之歌》、俄罗斯的《伊戈尔远征记》等等,这些史诗的产生年代虽然远迟于希腊和印度,但仍代表了各民族最初的文学成就。

　　与此相类似,我国的少数民族也有著名的三大史诗,分别是藏族的《格萨尔》、蒙古族的《江格尔》和柯尔克孜族的《玛那斯》,这三部史诗规模宏大,每一部都在 20 万行以上,远远超过古希腊史诗(《伊利亚特》和《奥德赛》都只有 1 万余行),也超过古印度史诗(《摩诃婆罗多》精校本约 8 万颂,《罗摩衍那》精校本约 1 万 9 千颂,每颂通常可按 2 行计),其中

《格萨尔》更是超过了 100 万行,是目前世界上已知的史诗中最长的一部。而且,与已成定本的远古史诗不同,这三部史诗都是"活形态"的,它们至今仍有众多的歌手和艺人在传唱。

中国的汉文学,其影响力决不在古希腊及古印度之下,它是东亚文明发展的原动力。但是相较而言,汉文学的最初源头,却面临着一个"史诗缺席"的问题。按常理说,"史诗"既然是各民族文学史中首先出现的文学类型之一,汉语文学又如此深厚而悠久,也应该和其他民族一样有"史诗"的呈现。然而我们在汉文学中并没有发现真正的史诗,这多少算是一个缺憾,尽管有人千方百计地找出一些与历史相关或叙事性质的诗,比如《诗经·大雅》中那些描述周民族开国史的诗篇,甚至是汉乐府《孔雀东南飞》这样的叙事诗,以此来和其他民族的"史诗"相对应,试图证明史诗的范畴在我们的传统里也是"古已有之"的。其实这两类诗都不符合"史诗"(epic)的核心定义,前者虽然涉及史事,但无论是其长度、风格还是主题等方面,都与史诗不相吻合;后者则不但和我们通常所理解的"史"有所出入,史诗那种悲壮的英雄风格更是半点也没有。我们没有必要用西方的文学理念来衡量中国古典文学,史诗的有无,并不代表文学成就的高下,所能代表的只是文学传统的不同而已。

作为中国古典诗歌源头的《诗经》,却是一部典型的短歌集,而且它的出现,也缔造了此后两千多年汉文学中一个核心的传统——抒情传统。为什么汉语的古典诗歌会形成与世界上大多数民族相异的传统,这其中的奥秘究竟何在?学者们曾经从不同的层面进行探讨,但其成因是复杂的。

首先,通常所谓的史诗,都是"英雄史诗",几乎都与战争、英雄相关,古罗马诗人维吉尔在史诗《埃涅阿斯记》开篇所吟的"我歌唱的是战争和一个人"（armavirumquecanō），恰恰就是一切史诗的核心主题。然而在史诗形成与发展时期，中国的主流思想却是反战的，对于"文德"的重视和赞扬显然超过"武德"，所谓"兵者不祥之器，非君子之器，不得已而用之，恬淡为上。"（《老子》31章）殷商时代所存文字不多，不妨以周民族为例。在周民族的开国史中，"武王伐纣"也许可以算是最伟大、最值得大书特书的英雄事迹之一了，然而武王灭纣之后，"纵马于华山之阳，放牛于桃林之虚；偃干戈，振兵释旅：示天下不复用也。"（《史记·周本纪》）《诗经·周颂·时迈》中也表达了一个类似的主题："载戢干戈，载櫜弓矢。我求懿德，肆于时夏。允王保之。"尽管武王也是后儒推尊的圣人之一，但前人仍然一致认为武王有"惭德"。与武王相比，诗歌的创作者显然更倾向于"懿德"，也就是"文德"或"文王之德"，正如《论语·泰伯》中所说的："三分天下有其二，以服事殷，周之德，其可谓至德也已矣。"

其次，从制度的层面来说，如《绪论》中所言，中国的史官建置很早，"史"和"诗"很早就形成了各自独立的分工和影响深远的传统，加上汉字系统的早熟，"史"中的"言"与"事"（左史记言，右史记事）可以通过更实用、更准确的散文形式得以流传，这也是中国的"史"与"诗"二者不能够完美地结合为"史诗"的重要原因之一。口头的"史诗"与成为"典册"的"史"在文体上差别极大，因为有了文字，口头文学中为了记忆而形成的繁冗性、重复性，在书面文字中大幅减少，取而代之的是文体的俭省。文字一旦书于甲骨、吉金，其长处在于可持久保存，短处却在于书写不易，因此，"俭省"在散文发轫之初，便已成为必要的风格。《诗经·国风》中的重章叠句，虽然有时显得单调，然而一唱三叹，却是最纯粹的"诗"的形式；这与"史诗"在本质上也是相应的，只是史诗之中由于

"史"（叙事）的需要，形成了更大范围的种种场景、主题的重复，以及添入各类枝节叙述或者"插话"等繁冗的重复，在某种程度上也可以视作是重章叠句的扩大化。而《雅》《颂》则受到"史"的较大影响，其文或即国史所作而"书于竹帛"（《诗大序》所谓"国史明乎得失之迹，伤人伦之废，吟咏情性，以风其上"云云，于这类诗较为适用，参闻一多《歌与诗》），至于重章叠句的形式只偶见于短章，不再成为主流样式；以《尚书》、金文用语与之相印证，不难发现它们有一些通用的"成语"，但多限于祝祷之辞（如"对扬王休"、"是用孝享"之类），这是因为其题材的相近（多为祭祀之辞）而形成的，这部分内容显然由于祭祀是"国之大事"，其用语受到了"史"的影响。

再次，这也可能与汉字与汉语诗歌的形态有关系。在世界上众多的文字之中，也许只有汉字是一种形、声兼备的文字系统，而其他文字多是以"声"为主体的。以声为主体的文字，可以通过声音得到完好地表达。史诗原本是一种口头文学，这类文学的盛美在听觉之中就可以得到展现；而汉字是由象形文字转化而来的文字系统，虽然它后来以形声字为主体，然而"形"依旧是构成汉字的最主要因素之一。正因为如此，汉字才能够如同绘画一样，成为一门独立的艺术。这种文字系统，在某种程度上不一定适合史诗的文体，因为汉语文学除了听觉之外，还需要有视觉之美，才能够得到确切的表现。除此之外，还有诗歌形态的问题。印度史诗每行通常有两个音步，16 个音节；古希腊史诗每行六个音步，音节数在 12—17 之间，两者都并不需要押尾韵；而且多数可以通过"跨行"使诗句得以连续，因此有时一个完整的句子可能有十余行诗的长度。这样，诗句除了节奏上的限制，其实并没有太多的约束，而且节奏上的变化很多。但是像《诗经》这样四言的音节，是否也能够完成上万行甚至数十万行的描述方式？

由于没有实际的作品可以验证,我们很难给出一个满意的回答。尾韵是中国诗歌最重要的特色,它通常也意味着一个完整的句意,而史诗中的"行"却没有这类意义,因此,在诗歌领域之中,"行"的艺术与"韵"的艺术有一个最基本的区分。

总之,中国古典汉文学中之所以没有"史诗",其因素是多元而复杂的,涉及到文化、制度、文字、诗体等种种因素,我们可以暂且存而不论,只来讨论汉文学中最初形成并传承不息的"抒情传统"。

就中西文学研究者所津津乐道的"抒情传统"而言,中国的汉文学在世界范围内几乎是独一无二的,自《诗经》而降,这种"抒情传统"便浸润了中国文学史坐标上的每一点时空。就时间而论,《诗经》的最后编定时间,早于古希腊的《荷马史诗》,而两者作为中西文学乃至文化的源头,各自塑造了不同的文学与文化传统。

在整个中国文化史上,几乎没有一部经典能够像《诗经》这样影响深远,它所承载的意义,当然远远超出文学本身。"经典"是一个民族得以存在与绵延的根本,"教化"也是一切经典所必然包含的价值。《荷马史诗》是古希腊人一切智慧的源泉和行动的准则,引导人们追寻卓越勇武的品格($\dot{\alpha}\rho\varepsilon\tau\acute{\eta}$),而继史诗而起的悲剧则有"卡塔西斯"($\kappa\dot{\alpha}\theta\alpha\rho\sigma\iota\varsigma$)的效用,可以净化心灵、陶冶情思,这两者的教化作用不难想见。与此类似,《诗经》作为周代礼乐文化的重要组成部分,同样也是实施教化的基本依据。祭祀、宴饮离不开诗,授政、出使更以"赋诗言志"为士大夫的基本素养,与"诗"相关的还有"礼"和"乐",所谓"不学诗,无以言"、"不学礼,无以立"(《论语·季氏》),"诗"与"礼"一样是立身行事的准则。同时,环绕《诗经》所形成的以"温柔敦厚"为特征的"诗教",与"乐教"、"礼教"也是浑然一体的,孔子所谓"兴于诗,立于礼,成于乐"(《论语·泰伯》),既代表了三者的不可分割性,也说明《诗经》本身在教化中的重要性。其效用恰如《诗大序》里所说的:"正得失,动天地,感鬼神,莫近于诗。先王以是经夫妇,成孝敬,厚人伦,美教化,移风俗。"这是《诗经》作为一部"经典"所具有的重要意义。

如果仅就《诗经》所造就的文学传统而论,"诗教"中"温柔敦厚"的理念固然影响了诗人们的风格追求,但最主要的,还在于《诗经》本来就是一部"吟咏情性"的抒情诗的典范。如果将音乐性的语言和自白性的意旨被看作是抒情诗的两大要素(陈世骧《中国的抒情传统》),《诗经》便是这两种要素的最佳范例,它集诗、乐、舞于一体,所谓"诵《诗》三百,弦《诗》三百,歌《诗》三百,舞《诗》三百"(《墨子·公孟篇》),是其真实的写照。三百篇本身固然是音乐,"风土之音曰风,朝廷之音曰雅,宗庙之音曰颂"(郑樵《通志》),而不同的音乐风格也决定诗的情调,"风"诗的重章叠唱,简切轻快;"雅"诗的温而不迫,和乐通达;"颂"诗的肃穆雍容,舒缓凝重,琴瑟钟鼓与文字章句之间是契合无间的,文字的音乐克谐八音的律动。同时,三百篇也是诗人内在的悲伤与喜乐的独白,"凡音者,生人心者也。情动于中,故形于声。声成文,谓之音。是故治世之音安以乐,其政和;乱世之音怨以怒,其政乖;亡国之音哀以思,其民困。"(《礼记·乐记》)《诗经》所包含的各类题材,如祭祀、宴飨、史事、爱情、怨刺、农事、战争、畋猎等等,几乎涉及到中国古代生活的方方面面,但都毫无例外地代表了诗人切身的挂虑和诉求,弥漫着个人的切切弦音。可以说,一部《诗经》就是诗人种种情性的独白。自《诗经》开始,"诗可以怨"(《论语·阳货》),伴随着抒情诗的形成,也成了中国文学的传统之一。中国文学中有一种"先天的悲哀","忧怨"是《诗经》中最普遍的情绪,"忧怨之诗特多于欢愉之诗",甚至可以说是三百篇的"诗心"(朱东润《诗心论发凡》)。

在中西两大文学传统中,继《荷马史诗》而起的,是古希腊的戏剧,这延续了其叙事文学的传统;而继《诗经》而起的,则是奇幻华美的"楚辞",它同样延续了中国文学的抒情传统。"楚辞"以其浪漫旖旎的情思、原始瑰丽的诗风被视为南方文学的代表,而与以《诗经》为代表的北方文学(中原文学)相颉颃,但就抒情的传统而言,这种地域性的差异毋宁是次要的。"楚辞"中所表现的,仍是各式各样的抒情诗歌:祭歌,颂辞,悼诗,恋曲,无不渗透着激越的情怀与凄切的哀思。其间更糅合了楚地特有的"巫风",为这类抒情诗增加了梦幻的色彩。《离骚》以其奇丽的语言和"游"的精神内核成为这类诗歌的代表,尽管它是一首长达近 400 句的鸿篇巨制,但究其实质,仍然只是诗人"心路历程"的自我告白。"《国风》好色而不淫,《小雅》怨诽而不乱。若《离骚》者,可谓兼之矣。"(《史记·屈原列传》)在中国的诗歌传统中,《诗》、《骚》一脉相承,从音乐的形式和抒情的内容两方面铸就了中国文学的抒情传统。

当然,抒情、叙事二者并不互相排斥,甚至是相辅而成的。抒情文学的传统之下并非没有叙事,从《邶风·谷风》、《卫风·氓》、《豳风·七月》等事件清晰的诗歌,到《大雅》中《生民》、《公刘》、《緜》、《皇矣》、《大明》等叙述周人开国史的篇章,再到《离骚》中奇幻的游历,乃至汉乐府以降的"即事名篇"之作,皆可从中窥见历历分明的事件;而元、明以来的杂剧、传奇,则更是以抒情诗来叙事的典范。叙事文学的传统之下自然也含有抒情,从古希腊开始即有品达、萨莆等著名的抒情诗人,而史诗、悲剧中的许多抒情段落也同样符合抒情诗的基本定义。我们甚至可以说,在各类文学之中,既不存在没有抒情的叙事,也不存在没有叙事的抒情;因为文学本是主情而生,而情也是因事而发,但就其"大传统"而论,这些内容在其呈现为具体的文学作品之际,却因为其文化及心理的差异,在体式及风格上产生了不同。

这样看来,决定某一民族文学体式及其发展方向的,不是别的,而正是其民族文化及心理中的"大传统"。显然,中西文学中抒情、叙事这两种传统的形成,也导致了二者在文学批评中的价值判断完全不同,身处不同传统中的读者面对文学时所注意的重点和欣赏的范围也绝不相类。在叙事传统之下,史诗的布局、戏剧的结构、情节的发展以及人物的塑造是首要的,亚里斯多德《诗学》中所讨论的主要是这些内容;就连同属东方的印度古典梵语诗歌之中也将叙事诗与抒情诗作了一个基本的区分,叙事诗是"大诗"(Mahākāvya),而抒情诗却属于"小诗"(Khaṇḍakāvya)中的一类,这至少也体现了他们对两类诗歌的不同态度。而在抒情文学的传统之下,人们更津津于诗人内心情志的探求,断断于字句之间微意的辨析、音节的玩赏;至于其情节结构,则尚在其次,即使是作为叙事文学的戏曲也是如此,因此,"元剧最佳之处,不在其思想结构,而在其文章。其文章之妙,一言以蔽之曰:有意境而已矣。何以谓之有意境?曰:写情则沁人心脾,写景则在人耳目,述事则如其口出是也。古诗词之佳者,无不如是,元曲亦然。"(王国维《宋元戏曲史》)将"剧"与诗词等量齐观,其玩味情志、藻饰的意识可谓是根深蒂固了。

《诗经》和"楚辞"以后的中国文学,基本上被笼罩在这一"抒情"的大传统之中。诗、词、歌、赋,固然只能算是抒情的韵文体式的变更,与《诗》、《骚》一体相承,毋庸赘述。元、明以来繁盛的古典戏剧,在很大的程度上只是一支支连贯的抒情"曲"的形式,伴随着更复杂的音乐而形成的独特文体,音乐和抒情是主要的,而它的情节却通常很简单,甚至可以缩减到可有可无的境地(如郑光祖的《王粲登楼》)。至于小说,除了其中常常穿插着各式各样的诗体作品之外,在其叙述过程之中,也往往渗透了抒情性的印记,而且其抒情性越高,往往成就也越高,例如《红楼梦》、《儒林外史》等小说作品,它们之所以能够达到这么高的成就,毫无疑问也在于它内在的"诗性"或者"抒情性"。

中国的叙事作品,当然与史学传统有关,史传文从《尚书》以来,《左传》、《战国策》等作品,都是这一传统下的产物,但是真正伟大的历史著作也是不乏"诗性"的,司马迁作为一个伟大的史家,《史记》固然是"史家之绝唱";但从文学成就来看,他也是一位"诗人",而且是一位伟大的"抒情诗人"(李长之《司马迁之人格与风格》),毫无疑问,《史记》能够成为"无韵之《离骚》",无非也是其中寄寓了"言志"的抒情传统。

推而言之,在整个中国文化史中,这一传统也无处不在,举凡音乐、书法、绘画等艺术领域,莫不如此。例如书法之中,"一字已见其心"(张怀瓘《文字论》),以字象而写心象;宋、元以后的绘画则更强调其"写意性",脱去写实的樊篱,强调"得之于象外"(苏轼语),更是进入了纯粹的抒情领域了。可以说,中国文化史上的抒情传统,自从生民甫立,就已经奠定了其坚实的基础。既然中国文学的代表是诗歌,而中国诗歌自其开端便是以《诗经》和"楚辞"为代表,我们不妨细细赏鉴一下中国抒情诗传统中的这两部核心经典。

《诗经》

　　《诗经》开始产生的时代,最迟也要从西周初年(公元前11世纪)算起,假如其中的《商颂》部分真的是产生于殷商时代的话,那么它的产生年代还要前推几百年;它的下限是春秋时期(公元前6世纪)。与其他的古老文明存留至今的典籍相比,《诗经》在时代上晚于印度文明的吠陀时期,早于其史诗时期;而比古希腊文明的《荷马史诗》稍早或约略同时,是世界上最古老的典籍之一。从地域上来说,《诗经》所反映的,主要是黄河流域(中原地区)的文明,也有一小部分涉及到长江流域,包括今天的陕西、山西、河南、河北、山东和湖北北部等地区。《诗经》所包含的时代这么长远,地域这么宽广,而作者则是来自不同时代、不同地域和不同阶层,诗歌创作又出于不同目的,这必然也会造成它的种种复杂性。不难看出,《诗经》中不同类型的诗篇在风格上往往差异很大。

　　这样一部古老的经典,能够完好地保存至今天,不能不说是一个奇迹,如果中国文学里没有《诗经》,此后两千年的诗歌史会是什么样的面目? 我们永远无法想象。《诗经》的成书是一个不断结集、整理的过程,而周代掌诗的职官"太师"在这一过程中起了很大的作用。到了春秋时期,《诗经》已经有了一个大致的定本,从而成为士大夫广泛学习的一部经典,"诗三百"是这部经典在当时的通称。同时,由于它的"诗"的特质,较之散文更易流传、记诵,所以虽然经历了战国的兵燹,秦代的"焚书",却没有什么损伤,用《汉书·艺文志》中的话来说,"以其讽诵,不独在竹帛故也"。到了汉代,《诗经》列入学官,成为"五经"之首,阐释和传习这部书的学者有齐、鲁、韩、毛等好几家;而唐、宋以来的科举考试之中,它也是规定的书目之一,更是历代读书人所必读的一部书了。

我们今天虽然将《诗经》看成是中国文学史上第一部诗歌总集,但它实际上可以算是中国上古社会的一部"百科全书",无论是研究上古时代的语言、文学、历史、政治、民俗,还是天文、地理、音乐、博物,《诗经》都具有无可替代的价值,"现存先秦古籍,真赝杂糅,几乎无一书无问题;其精金美玉、字字可信可宝者,《诗经》其首也。"(梁启超《要籍解题及其读法》)即使就文学史上的影响而论,无论在广度上还是深度上,《诗经》也是其他任何一部文学作品无法望其项背的。这里,我们只能简单地就语言、主题以及艺术特色几个方面来谈谈如何理解这一部经典。

《诗经》的时代虽然遥远,但我们要阅读它,并不需要经过严格的古典训练,这不像研究西方古典那样需要对古希腊语、拉丁语进行专门的学习。以汉字为载体,而且两、三千年以来,这些作品还有很大一部分可以被普通读者所阅读和理解,这是很多民族都做不到的。《诗经》中有相当篇幅的作品,即使今天去读,仍然觉得它明白如话,像"彼采葛兮,一日不见,如三月兮!"(《王风·采葛》)"风雨如晦,鸡鸣不已。既见君子,云胡不喜?"(《郑风·风雨》)"惴惴小心,如临于谷。战战兢兢,如履薄冰。"(《小雅·小宛》)这样的诗句毋须解释,读者自然能够领会它的含义。事实上,这部经典中的很多诗句,我们早已经耳熟能详了,因为它们已经成为日常语言的一部分,只不过当我们"出口成章"时,并没有意识到它们原来也是诗句罢了,比如"高高在上"、"辗转反侧"、"忧心忡忡"、"夙兴夜寐"、"信誓旦旦"、"万寿无疆"、"小心翼翼"、

"不可救药"等等，都是《诗经》中原句；而如"衣冠楚楚"、"忧心如焚"、"爱莫能助"、"必恭必敬"、"风雨飘摇"、"惩前毖后"、"未雨绸缪"、"耳提面命"、"明哲保身"、"天高地厚"、"逃之夭夭"等等，也只是经过简单的缩合或改动，它们至今仍活跃在我们的口头之中。

这些内容表现了汉字的普遍性和持久性，它超越了时间和地域的限制。当然，《诗经》也有它另外的一面。近代大学者王国维曾说《诗经》是古代典籍中最难读的两种书之一，他认为其中至少有十分之一、二的内容是他所读不懂的。连他这样对于古典有深湛研究的学者都有这么多内容读不懂，那么普通读者读不懂的比例当然会更高一些。因为《诗经》中所运用的毕竟还是一种远古的语言，所以难免会产生一些隔膜，不能望文生义地去理解；还有一些语句，即使在先秦的典籍中，也只是《诗经》中独用，其他的典籍之中绝少能够看到，从字、词、乃至诗句，都有这样的问题。

从最简单的"字"的层面来说，《诗经》中有一些字虽然不是难字，但因为《诗经》中用了它的本义或古义，它的意义与今天的常见义完全不同。如《豳风·七月》中"塞向墐户"的"向"，指的是向北开的窗户；《周颂·臣工》中"庤乃钱镈"的"钱"（音 jiǎn），是铁锹一类的农具；又如《陈风·墓门》中"斧以斯之"的"斯"，是指"劈开"，这样的字就需要借助于注解了。

再进一步，就是王国维所提到的"成语"，这里的"成语"是指有特定含义的词语，比如说"不淑"这个词，根据王国维的考证（《与友人论〈诗〉〈书〉中成语书》），多用来指人遭遇的不幸，是吊唁或者慰问时的常用语。而我们今天所说的"遇人不淑"这样一个成语，却多是指人品性的不好。这个成语来自《王风·中谷有蓷》：

中谷有蓷，暵其干矣。有女仳离，慨其叹矣。慨其叹矣，遇人之艰难矣。

中谷有蓷，暵其修矣。有女仳离，条其啸矣。条其啸矣，遇人之不淑矣。

中谷有蓷，暵其湿矣。有女仳离，啜其泣矣。啜其泣矣，何嗟及矣。

这首诗通常被解释成为一首弃妇诗，是说在荒年之中负心的丈夫将她抛弃了，她只好在荒野中号泣慨叹，怨恨所嫁非人。但这里"不淑"其实和"艰难"同义，都指人境遇的不好，这样的话，全诗的情调便有了很大的不同。"不淑"也见于《墉风·君子偕老》，这首诗通篇都是赞美一个女子的容颜之美、衣饰之盛，惟有一句"子之不淑，云如之何"是涉及到情感因素的。此诗历来被看成是讽刺一位淫乱失德的夫人，与她的外在的容饰之美不相称。假如这里的"不淑"理解为她丈夫的早逝而造成的"不幸"，那么诗的主题便发生了转折性的变化。这是《诗经》之所以不易理解的第二个因素。

《诗经》语言中还有一个问题，就是它句式的特殊性。诗句常常以一种程式化的（formulaic）用语出现，这些用语构成了《诗经》创作的基本结构，并在大量的诗篇中反复使用（不仅仅是重章叠句），这使得《诗经》的风格变得很容易模仿和识别。魏晋时代盛极一时的模拟《诗经》的四言诗，便是很好的例证。我们先来看《世说新语·文学》篇里一则论诗的故事：

谢公因子弟集聚，问："《毛诗》何句最佳？"遏称曰："昔我往矣，杨柳依依；今我来思，雨雪霏霏。"

谢玄（遏）所引的这句诗当然是《诗经》中情景交融的名句,清初的王夫之在《姜斋诗话》里还有一个经典的解释:"以哀景写乐,以乐景写哀,一倍增其哀乐。"但是如果我们仔细读一读《小雅》,就不难发现《出车》中还有"昔我往矣,黍稷方华;今我来思,雨雪载涂"、《小明》中也有"昔我往矣,日月方除;曷云其还,岁聿云莫"、"昔我往矣,日月方奥;曷云其还,政事愈蹙"这些类似的诗句,它们在句式和意境上几乎完全一致。假如我们再读到曹植的"昔我初迁,朱华未希。今我旋止,素雪云飞",大概就会觉得曹植的诗太没有创造性了。但在《诗经》中,这一现象却是普遍存在的,典型的诗句如"之子于归"、"既见君子"等都出现了数十次,而"载×载×"、"陟彼××,言采其×"、"山有×,隰有×"等句式也在全书中频繁地运用。这在某种程度上说明《诗经》具备一定的口头文学的特征,而这一特征正好也是"史诗"所具备的,考虑到《诗经》的产生时代,这是不足为怪的。也就是说,《诗经》与各民族的"史诗"在形态上也还是有一些共通之处的。

　　总之,《诗经》中的语言,既有浅白到普通读者都能读懂的一面,也有艰深到专业研究人员也无法确切理解的一面。不管怎样,了解它的这一基本特色之后,对于我们阅读《诗经》还是有所助益的。

　　其次来看《诗经》的基本内容和主题。《诗经》分为风、雅、颂三类,它的分类标准是音乐,因为整部《诗经》都是乐歌,"乐教"在古代社会中又占有极其重要的地位,因此,以音乐来划分,是一个方便而且容易被人理解的编集方法,其中"风"为地方的音乐,共有160篇,包括《周南》、《召南》、《邶》、《鄘》、《卫》、《王》、《郑》、《齐》、《魏》、《唐》、《秦》、《陈》、《桧》、《曹》、《豳》十五国风;"雅"为朝廷上的正乐,有《大雅》31篇、

《小雅》74 篇（另有"笙诗"六首，有诗题而没有诗句，通常不计入总数）；而"颂"则为祭祀时的音乐，包括《周颂》31 篇、《鲁颂》4 篇、《商颂》5 篇。《诗经》中的全部诗作，总计为 305 首。

在题材上，《诗经》反映了远古社会的方方面面。后世诗歌的大部分题材，如祭祀、史事、农事、宴会、怨刺、战争、爱情、婚姻等等，在《诗经》里都可以找到它的源头。这倒不在于说明《诗经》中能够出现这么多的题材便有多么伟大，而是说诗歌中所表现的无非是人类的基本生活和情感。智识的增加、环境的变化可以给诗歌的题材带来增减，但人类基本感情的范围却是有限的。比如祭祀诗在《诗经》中很重要，在那样的时代是"国之大事"，但它属于群体性行为，在个体的意识发展之后，便很少成为诗人创作的重点；而山水、田园、边塞一类诗，在后世很发达，则是由于环境的变化；至于宴会、战争代代有之，爱情、婚姻也是凡情所共，这些题材当然历久弥新，诗人们所争的只不过是一种更艺术化、更个人化的表达。

《诗经》中的祭祀诗主要保存在"三颂"及《大雅》之中，所祭的对象有先祖、农神、天地、山川等，而以祭祖之诗为最多，这反映了殷周以来古代社会中崇宗重祖的观念，也是宗法制度的具体表现。作为仪式来说，当然很重要；但从艺术的角度来看，这类诗风格滞重，价值不算太高。

史事诗主要集中在周民族的发展及西周开国史上，《大雅》中的《生民》、《公刘》、《绵》、《皇矣》、《大明》这五首，有人称之为"周族史诗"，前面已经说过，这个提法不算恰当；诗歌本身也包含了周民族中后稷、公刘、太王、王季、文王、武王的功业，其中对于始祖后稷的描述颇有神话或传奇色彩，《生民》中说到姜嫄"履帝武敏歆"，因为踩了"大神之迹"，生下了后稷，便将他遗弃掉，可是出现了一系列神异的现象，仿佛得

27

到了天助,牛羊、樵夫、大鸟都来帮助他:

> 诞寘之隘巷,牛羊腓字之。诞寘之平林,会伐平林;
> 诞寘之寒冰,鸟覆翼之。鸟乃去矣,后稷呱矣。实覃实
> 吁,厥声载路。

这与各民族创世诗歌有类似的地方,只是描述过于简短。史
事诗中其他各篇的描述都比较平实,其中的一些记载,也补
充了史书的不足,使人对周人开国的业绩有一个比较完整的
理解。

农事诗也是《诗经》中较多的一类,周代是农耕社会,必
然很重视农业的生产,《周颂》中的《臣工》、《噫嘻》、《丰年》、
《载芟》、《良耜》都是农事祭歌,但也都描述农事,正如祭歌中
也描述所祭者的盛德、功业一样。这类诗中最杰出、也是最
长的一首是《豳风·七月》,诗以时令为顺序,记载了农民一
年的生活情景,极为生动。

宴会诗则是另一个重要的类别,这与周代社会的封建制
结构相关。“封建”即“封土建国”,各诸侯国大都为周室之同
姓,其次则是姻亲,周朝的统治便建立在这种宗法和姻亲关
系之上,而宴会则是一种温和的、艺术化的政治表达手段。
《小雅·鹿鸣》是典型的一首:

> 呦呦鹿鸣,食野之苹。我有嘉宾,鼓瑟吹笙。吹笙
> 鼓簧,承筐是将。人之好我,示我周行。
> 呦呦鹿鸣,食野之蒿。我有嘉宾,德音孔昭。视民
> 不恌,君子是则是效。我有旨酒,嘉宾式燕以敖。
> 呦呦鹿鸣,食野之芩。我有嘉宾,鼓瑟鼓琴。鼓瑟
> 鼓琴,和乐且湛。我有旨酒,以燕乐嘉宾之心。

怨刺诗主要是国家政治渐趋腐败、民生日益艰难的情形下出现的,或规谏训诫,或针贬时弊,或感慨忧生,或怨愤不平,这些都是《诗大序》中所说的"变风变雅":"至于王道衰,礼义废,政教失,国异政,家殊俗,而变风变雅作矣。""诗可以怨",在这类诗中有一个清晰的表达。《大雅》中的《板》、《荡》、《民劳》等,《小雅》中的《节南山》、《正月》等,以及《国风》中《伐檀》、《硕鼠》等大量的诗篇,都是典型的篇章。

战争诗大部分表达了一种反战的思想,这与其他民族对待战争的看法是不一样的。战争原本是"史诗"中所表达的重要主题,而这些史诗既然是所谓的"英雄史诗",这些战场上的英雄必须从战争中才能取得光荣和声名;但厌恶战争却是《诗经》中战争诗的核心主题。而且《诗经》中的这类战争诗,并没有像《楚辞·国殇》中那样激烈的战斗场景,战情的省略是一个基本的原则,这固然可以代表了《诗经》"温柔敦厚"的风格特征,同时也正是反战思想的表现。《小雅·出车》可以为代表:

> 我出我车,于彼牧矣。自天子所,谓我来矣。召彼仆夫,谓之载矣。王事多难,维其棘矣。
>
> 我出我车,于彼郊矣。设此旐矣,建彼旄矣。彼旟旐斯,胡不旆旆?忧心悄悄,仆夫况瘁。
>
> 王命南仲,往城于方;出车彭彭,旗旐央央。天子命我,城彼朔方。赫赫南仲,玁狁于襄。
>
> 昔我往矣,黍稷方华;今我来思,雨雪载涂。王事多难,不遑启居。岂不怀归?畏此简书。
>
> 喓喓草虫,趯趯阜螽。未见君子,忧心忡忡;既见君子,我心则降。赫赫南仲,薄伐西戎。
>
> 春日迟迟,卉木萋萋;仓庚喈喈,采蘩祁祁。执讯获

丑,薄言还归。赫赫南仲,玁狁于夷。

此处虽然是对于异族"玁狁"的战争,但前三章所表达的对于战事的紧张,以及心境的悲伤,后三章则是从不同角度展现了战事结束回乡时的喜悦,其场景止于战争的准备以及战事结束后的回归,其厌倦战争的特点可谓跃然纸上。比较例外的是《秦风》,这大概是由于秦人的文化稍异于中原,而且是好战之国,其中的《小戎》、《无衣》等篇章中表现出了昂然的情绪。

爱情婚姻诗无疑是《诗经》中最动人的篇章,主要收录在《国风》之中,其间有初见的喜悦,有倾慕的表白,有相思的苦楚,有失恋的喟叹,有新婚的快乐,有弃妇的悲哀,有悼亡的凄凉。内容可谓极其丰富,如果合而观之,它们几乎可以编成一部完整的诗剧。如《郑风·野有蔓草》表达的是初见的喜悦:

野有蔓草,零露溥兮。有美一人,清扬婉兮。邂逅相遇,适我愿兮。
野有蔓草,零露瀼瀼。有美一人,婉如清扬。邂逅相遇,与子偕臧。

其他如《卫风·伯兮》表达了相思的苦闷,《唐风·绸缪》表现了新婚的快乐,《郑风·出其东门》表示对爱情的忠贞,《卫风·氓》、《邶风·谷风》中描写了弃妇的形象,这些丰富的篇章从整体上构成了先民们情感世界中最为灿烂的一页,向来为读者所喜爱。

在艺术上,《诗经》的创作手法分为赋、比、兴三种,"赋"

是铺陈,"比"是比喻,这两者都不难理解,只有"兴"是不大容易理解的。既不能简单地认为它是暗喻或者象征,也不能草率地说它与下文的诗句只存在韵律上的关联,"兴"是"起"的意思,具有"感发志意"的特征,这是无可否认的;但这种被唤起的情感到底和用来"起兴"的"象"有什么关系? 这是学界至今仍在探讨的问题。从一些具体诗章来看,我们确实无法指明其间的联系,比如《召南·殷其雷》:"殷其雷,在南山之阳。何斯违斯? 莫敢或遑。振振君子,归哉归哉!"显然,这里殷殷的雷声与下文希望君子的回归,其中的联系是已经遗失了还是没有衍生出来,我们无法知道。即使是一些被认为有比喻意义的"起兴",比如《周南·关雎》中"关关雎鸠,在河之洲。窈窕淑女,君子好逑",其中"雎鸠"和"淑女"之间的关系也并不是天生的,不管它是经过长期的阐释,学者将雎鸠"挚而有别"的特性附会到"淑女"的身上,还是因为"鸠"是某种部落的图腾,运用这一"兴象"具有特殊的指向性或仪式性,但有一点是肯定的,就是它引起了诗人某种情感上的联想,这种联想是含蓄的,而下句诗"窈窕淑女,君子好逑"的主题意旨却是清晰的。从文学理解的角度来说,关于"兴"的定义,我们既可以用钟嵘《诗品》中所说的"文已尽而意有余",也可以用朱熹的"兴者,先言他物,以引起所咏之辞也"。

"比兴"以其含蓄的韵味成为中国诗歌史上最重要的传统之一,它不同于其他文学中的抒情风格,它所表达的是以一种既不过于热烈、也不过于冷淡的、"温其如玉"的情感,这已经成为中国文学的最高标准,而"风雅比兴"、"温柔敦厚"、"乐而不淫、哀而不伤、怨而不怒"等等,也是中国古典诗歌中最理想的风格追求,这一传统影响深远,哺育了一代又一代的杰出诗人。

《诗经》的艺术成就当然远不止此。其他方面如韵式、修辞、章法等等内容,这里限于篇幅,就不能一一细论了。

　　总而言之,《诗经》为中国诗歌、甚至全部中国文学、乃至于整个中国文化都奠定了一个抒情的基调,并且在艺术创作及风格上也树立了一个极高的典范,成为后世的一切文学艺术的基础。

楚　辞

　　"楚辞"是继《诗经》之后中国古典诗歌史上第二个重要时期,对我国抒情文学的发展起了一个极大的推动作用。楚辞是战国时期最光辉的诗歌作品,而屈原则是诗歌史上第一位重要诗人,后世的楚辞体作家,再也不能达到他的高度。

　　和《诗经》比较起来,楚辞具有属于它自身的突出个性。《诗经》所代表的中原文学偏重于写实,比较关注人生;而"楚辞"则往往超出人生之外,更多地带有神话色彩,有充分的浪漫情调。楚辞属于南方文学,它在思想上的导引是老子和庄子,庄子思想中"游"的精神,与楚地的巫风相结合,产生了一种不同于中原文化的奇异色彩。质言之,北方文学以博大厚重为主,而南方文学则更偏于情思飘渺。

　　"巫"的色彩是楚辞文学中很重要的特质。楚国地处偏远,向来是蛮夷之地,楚人"信巫鬼,重淫祀"(《汉书·地理志》),楚辞受此风气的影响,颇有类似于原始宗教文学的特征(藤野原友《巫系文学论》)。其中有卜问及占卜,如《天问》、《卜居》、《渔父》;有祝辞,代表作品是《离骚》;有神舞剧,《九歌》是最典型的例子;有招魂之辞,如《招魂》、《大招》。此类作品各有其原始宗教的来源,如《九歌》原本是楚地流行的"巫系文学"之一,出于职业女巫之手,主要用于祭礼的表演,其歌辞具有娱神的性质,多涉及性爱的内容,所以"其词鄙陋",朱熹甚至认为"其辞之亵慢淫荒,当有不可道者"。屈原对它的内容进行了改写,但其原始的形式则保存了下来,其基本情调也没有很大的改变,所以它既是一种祭歌,又体现出一种"人神恋爱"的特色。又如《招魂》，本来也是流行于楚地，巫觋在招魂仪式上所唱的歌辞，"外陈四方之恶，内崇楚国之美"（王逸《楚辞章句》），屈原以此形式来招楚怀王之魂，而所表达的则包括对于祖国、君王的忧虑与悼惜，文辞华美富丽，是"化腐朽为神奇"的代表篇章之一。

在诗歌艺术的形态上，"楚辞"也具有明显不同于《诗经》的特点，这是诗歌史上的一次大转折。

"楚辞"在字数上突破了《诗经》以四言为主的结构方式，转以六言为主，这种声调的延长，对于诗歌情调变化有着极其重要的作用。《诗经》中的"二南"，多产生于南方，如《汉广》、《江有汜》等在江汉流域，近于楚境，这类诗在情调上与《诗经》中的其余各"风"稍有不同，也可以看成是"楚辞"的先导；但"楚辞"的体式则主要来源于民间，楚歌中有《子文歌》、《楚人歌》、《越人歌》、《沧浪歌》等等，如《越人歌》：

> 今夕何夕兮搴舟中流，今日何日兮得与王子同舟。蒙羞被好兮不訾诟耻，心几烦而不绝兮得知王子。山有木兮木有枝，心悦君兮君不知！

这首歌在格式上变化较多，但基本上已经属于"楚辞"的标准体式。这种声调当时在各地都有所流行，如出现于北方的《麦秀歌》："麦秀渐渐兮禾黍油油，彼狡童兮不与我好兮。"《易水歌》："风萧萧兮易水寒，壮士一去兮不复还！"《徐人歌》："延陵季子兮不忘故，脱千金之剑兮带丘墓。"《琴歌》："乐莫乐兮新相知，悲莫悲兮生别离。"《琴歌》之辞也见于《九歌·少司命》，大概屈原径取其语。

在虚词上的运用上，"楚辞"不像《诗经》那么繁多，而只以"兮"字为主，不过"兮"字的位置却是变化多端的，除了继承《诗经》句式的,如《橘颂》中"后皇嘉树,橘徕服兮"、"独立不迁,岂不可喜兮"等格式之外,"楚辞"中大部分"兮"字都作为一个主要的语气停顿点,它两端的语句基本上保持一个平衡,字数从两字到七字甚至更多(字数若达四字以上,多被断为两句,颇失其"曼声长吟"的原意,如《九歌》与《离骚》的大部分诗句看起来都是七言,但其情调截然不同),标准的体式如"春兰兮秋菊"、"若有人兮山之阿"、"滔滔孟夏兮草木莽莽"、"登高吾不说兮入下吾不能"、"余幼好此奇服兮年既老而不衰"、"朝饮木兰之坠露兮夕餐秋菊之落英",但也可以在一定的范围内变化,如"目渺渺兮愁予"、"期不信兮告余以不闲"、"惜吾不及古人兮吾谁与玩此芳草"等等。从总体上来看,"楚辞"的句式以"兮"字两边三字或六字最多,但其他各式也都是常见的。这种形式上的变化,使得诗人抒情之时,声情表达的空间大大地增加了。它几乎不再受到音节的限制,既可以表达曼声长吟的情调,也能够适应急促紧张的风格。后期作家的变化更多,几乎无所不可,如宋玉《九辩》的开篇:"悲哉秋之为气也,萧瑟兮草木摇落而变衰。憭栗兮若在远行,登山临水兮送将归。"形成一种宛转的音乐美。汉初淮南小山的《招隐士》中以"块兮轧,山曲弟,心淹留兮恫慌忽。罔兮沕,憭兮栗,虎豹穴。丛薄深林兮人上栗"这种极短的句式表达丛林中一种紧张的气氛。不管怎样,"楚辞"首先在体式上开创了一个与《诗经》完全不同的局面。

"楚辞"在音乐、语言等各方面,也都有一些独特的风格。楚地的音乐对于楚辞的形成也有一定的影响。春秋之时,乐歌已经有"南风"、"北风"之别,"南风"即是楚风。战国时期楚地音乐极为发达,其歌曲如《涉江》、《采菱》、《劳商》、《薤露》、《阳春》、《白雪》等等,都见于楚辞。"楚辞"中的"乱辞"或者"倡"、"少歌"等形式,都是当时楚歌中的乐曲的组成部分,《楚辞》中保存这种形式,说明它与音乐的关系相当紧密。与此相应,楚地的方言也有其特殊的意义和音调,对于楚辞同样有相当的影响,《楚辞》之中有许多词汇便是楚地的方言,如"些、只、羌、纷、谇"等等,所谓"书楚语,作楚声"(黄伯思《翼骚序》),具有浓郁的地域文化色彩。

由于这些因素的影响,"楚辞"在篇幅上大大超过《诗经》,《诗经》中的作品大多比较短小,长篇作品如《国风·七月》也不过才88句300多字,但楚辞却多有长篇,如《离骚》就有约2500字,诗歌的体制变化是其产生长篇作品的必然因素之一。

另一方面,屈原的创作也体现了中原文化与南方文化的融合,"楚辞"在形式上取自代表南方特色的楚地文化,但由于屈原对于儒家典籍文化极为熟稔,他的作品中又时时表现出中原文化的陶冶。在其代表作品《离骚》中,"忠君爱国"这一典型的儒家思想在前半部分体现得相当充分;而其后半部分内容,尽管也是为了这一主题服务,却通过一种游历的手法来表现,这种"游"的精神却是楚人所独有,它代表了屈原的"心路历程",在形态上与北方文学有明显的不同。

在艺术上,屈原继承了《诗经》中"比兴"的大传统,更进一步地创造了"香草美人"的传统,这也是屈原对于中国诗歌的重要贡献。王逸《离骚序》中说:"《离骚》之文,依《诗》取兴,引类譬喻,故善鸟香草,以配忠贞;恶禽臭物,以比谗佞;灵修美人,以媲于君;宓妃佚女,以譬贤臣;虬龙鸾凤,以托君子;飘风云霓,以为小人。"比较全面地揭示了这一特点。

"香草"在屈原的诗歌中有特殊的意义,它常常是屈原人格的化身。如《离骚》:"纷吾既有此内美兮,又重之以修能。扈江离与辟芷兮,纫秋兰以为佩。"用香草装饰自己,即是以增进自己的美德,这在《离骚》之中反复出现:"佩缤纷其繁饰

明陈洪绶《屈子行吟图》

兮,芳菲菲其弥章。民生各有所乐兮,余独好修以为常。"在他遭受挫折之时,或者"结幽兰而延伫",或者"折琼枝以继佩",有时他通过这种"修饰"来表明坚守自己的品格:

> 进不入以离尤兮,退将复修吾初服。制芰荷以为衣兮,集芙蓉以为裳。不吾知其亦已兮,苟余情其信芳。高余冠之岌岌兮,长余佩之陆离。芳与泽其杂糅兮,唯昭质其犹未亏。忽反顾以游目兮,将往观乎四荒。佩缤纷其繁饰兮,芳菲菲其弥章。

又如:"擘木根以结茝兮,贯薜荔之落蕊。矫菌桂以纫蕙兮,索胡绳之纚纚。謇吾法夫前修兮,非世俗之所服。""香草"既然代表了一种高尚的人格,与之相对,"恶草"则代表一种丑恶的力量,如他惋惜人才的变质时说:

> 余既滋兰之九畹兮,又树蕙之百亩。畦留夷与揭车兮,杂杜衡与芳芷。冀枝叶之峻茂兮,愿俟时乎吾将刈。虽萎绝其亦何伤兮,哀众芳之芜秽。
>
> 时缤纷其变易兮,又何可以淹留?兰芷变而不芳兮,荃蕙化而为茅。何昔日之芳草兮,今直为此萧艾也?岂其有他故兮,莫好修之害也!

推而言之,其饮食、服饰等也无不蕴含了这一传统,诗中可以用饮食芳洁来比喻人格高尚,如《离骚》:"朝饮木兰之坠露兮,夕餐秋菊之落英。苟余情其信姱以练要兮,长顑颔亦何伤。"《涉江》:"吾与重华游兮瑶之圃,登昆仑兮食玉英。"也可以用服饰的精美来比拟品德的坚贞的,如《涉江》:"余幼好此奇服兮,年既老而不衰。带长铗之陆离兮,冠切云之崔嵬。被明月兮佩宝璐。"

"美人"则是楚辞比兴中的另一重要内容,甚至可以认为是它的核心。在《诗经》里,草木、虫鱼、鸟兽、风雨、雷电都是常见比兴意象,但是《诗经》中没有将女子作为比兴材料。用女子作比兴的材料,可能首先出现于"楚辞",并且成为我们理解楚辞的关键(游国恩《楚辞女性中心说》)。

在中国古代,臣子的地位与妾妇的地位大体相当,《易·坤·文言》中说:"坤,地道也,妻道也,臣道也。"屈原常以楚怀王的妻妾自比,文辞之中多用女性的语气,而当楚怀王不信任他的时候,他所表达出来的情感也类似于弃妇的哀怨。

屈原所用的词汇如"美人""佳人""灵修""荃""荪"等都可以纳入"美人"的范畴。"美人"或为自喻,或用来比喻君王,与"美人"相关的还有"昏期"、"媒"、"理"等辞,这也是用夫妇来比喻君臣的。"美人"与"香草"相辅助,构成了"楚辞"比兴的核心传统。

屈原及其作品对于后世影响最大的首推其爱国情操和"香草美人"的传统。屈原忧愤而深广的爱国情怀,"虽与日月争光可也"(《史记·屈原贾生列传》),这对后世文学的影响尤大,得到了后代诗人、士大夫的普遍认同,并且不断地被发扬光大。从贾谊、李白、杜甫到陆游,都处在屈原人格力量的感召之下。"香草美人"同样成为一个典范的意象,从张衡的《四愁诗》到张九龄《感遇》等莫不如此,如《感遇》:

> 兰叶春葳蕤,桂华秋皎洁。欣欣此生意,自尔为佳节。谁知林栖者,闻风坐相悦。草木有本心,何求美人折!

兰桂的坚贞,美人却不用其材,其喻意显然。当然,屈原也开拓了我国文学中"怨"的主题,后世文人在不遇之时往往以屈原自勉。

从文体的角度来说,骚体赋是对"楚辞"的直接继承,而楚辞中的铺陈手段对大赋也有深刻的影响;楚辞对后世七言诗体的形成也有重要的影响。在文学情调上,楚辞中"游"的精神和奇幻的想象对于具有浪漫气质的诗人如李白、李贺等更有充分的影响。

原典选读

《诗经》

国风

卷 耳

采采卷耳，不盈顷筐。嗟我怀人，寘彼周行。

陟彼崔嵬，我马虺隤。我姑酌彼金罍，维以不永怀。

陟彼高冈，我马玄黄。我姑酌彼兕觥，维以不永伤。

陟彼砠矣，我马瘏矣，我仆痡矣，云何吁矣！

竹 竿

籊籊竹竿，以钓于淇。岂不尔思，远莫致之。

泉源在左，淇水在右。女子有行，远兄弟父母。

淇水在右，泉源在左。巧笑之瑳，佩玉之傩。

淇水滺滺，桧楫松舟。驾言出游，以写我忧。

女曰鸡鸣

女曰鸡鸣。士曰昧旦。子兴视夜，明星有烂。将翱将翔，弋凫与雁。

弋言加之，与子宜之。宜言饮酒，与子偕老。琴瑟在御，莫不静好。

知子之来之，杂佩以赠之。知子之顺之，杂佩以问之。知子之好之，杂佩以报之。

出其东门

出其东门，有女如云。虽则如云，匪我思存。缟衣綦巾，聊乐我员。

出其闉闍，有女如荼。虽则如荼，匪我思且。缟衣茹藘，聊可与娱。

溱 洧

溱与洧，方涣涣兮。士与女，方秉蕳兮。女曰观乎？士曰既且。且往观乎？洧之外，洵吁且乐。维士与女，伊其相谑，赠之以勺药。

溱与洧，浏其清矣。士与女，殷其盈矣。女曰观乎？士曰既且。且往观乎？洧之外，洵吁且乐。维士与女，伊其将谑，赠之以勺药。

无 衣

岂曰无衣？与子同袍。王于兴师，修我戈矛，与子同仇。

岂曰无衣？与子同泽。王于兴师，修我矛戟，与子偕作。

岂曰无衣？与子同裳。王于兴师，修我甲兵，与子偕行。

月 出

月出皎兮，佼人僚兮。舒窈纠兮，劳心悄兮。

月出皓兮，佼人懰兮。舒忧受兮，劳心慅兮。

月出照兮，佼人燎兮。舒夭绍兮，劳心惨兮。

东 山

我徂东山，慆慆不归。我来自东，零雨其蒙。我东曰归，我心西悲。制彼裳衣，勿士行枚。蜎蜎者蠋，烝在桑野。敦彼独宿，亦在车下。

我徂东山，慆慆不归。我来自东，零雨其蒙。果臝之实，亦施于宇。伊威在室，蟏蛸在户，町畽鹿场，熠耀宵行。不可畏也,伊可怀也。

我徂东山,慆慆不归。我来自东,零雨其蒙。鹳鸣于垤,妇叹于室。洒埽穹窒,我征聿至。有敦瓜苦,烝在栗薪。自我不见,于今三年。

我徂东山,慆慆不归。我来自东,零雨其蒙。仓庚于飞,熠耀其羽。之子于归,皇驳其马。亲结其缡,九十其仪。其新孔嘉,其旧如之何?

小雅

伐　木

伐木丁丁,鸟鸣嘤嘤。出自幽谷,迁于乔木。嘤其鸣矣,求其友声。相彼鸟矣,犹求友声;矧伊人矣,不求友生?神之听之,终和且平。

伐木许许,酾酒有藇。既有肥羜,以速诸父。宁适不来,微我弗顾。于粲洒扫,陈馈八簋。既有肥牡,以速诸舅。宁适不来,微我有咎。

伐木于阪,酾酒有衍。笾豆有践,兄弟无远。民之失德,干糇以愆。有酒湑我,无酒酤我。坎坎鼓我,蹲蹲舞我。迨我暇矣,饮此湑矣。

頍　弁

有頍者弁,实维伊何?尔酒既旨,尔殽既嘉。岂伊异人?兄弟匪他。茑与女萝,施于松柏。未见君子,忧心弈弈;既见君子,庶几说怿。

有頍者弁,实维何期?尔酒既旨,尔肴既时。岂伊异人?兄弟具来。茑与女萝,施于松上。未见君子,忧心怲怲;既见君子,庶几有臧。

有頍者弁,实维在首。尔酒既旨,尔肴既阜。岂伊异人?

兄弟甥舅。如彼雨雪,先集维霰。死丧无日,无几相见。乐酒今夕,君子维宴。

车 舝

间关车之舝兮,思娈季女逝兮。匪饥匪渴,德音来括。虽无好友,式燕且喜。

依彼平林,有集维鷮。辰彼硕女,令德来教。式燕且誉,好尔无射。

虽无旨酒,式饮庶几;虽无嘉殽,式食庶几;虽无德与女,式歌且舞。

陟彼高冈,析其柞薪。析其柞薪,其叶湑兮。鲜我觏尔,我心写兮。

高山仰止,景行行止。四牡騑騑,六辔如琴。觏尔新婚,以慰我心。

大雅

生 民

厥初生民,时维姜嫄。生民如何?克禋克祀,以弗无子。履帝武敏歆,攸介攸止;载震载夙,载生载育,时维后稷。

诞弥厥月,先生如达。不坼不副,无菑无害。以赫厥灵,上帝不宁。不康禋祀,居然生子。

诞寘之隘巷,牛羊腓字之。诞寘之平林,会伐平林;诞寘之寒冰,鸟覆翼之。鸟乃去矣,后稷呱矣。实覃实吁,厥声载路。

诞实匍匐,克岐克嶷,以就口食。蓺之荏菽,荏菽旆旆,禾役穟穟,麻麦幪幪,瓜瓞唪唪。

诞后稷之穑,有相之道。茀厥丰草,种之黄茂。实方实苞,实种实褎,实发实秀,实坚实好,实颖实栗,即有邰家室。

诞降嘉种，维秬维秠，维穈维芑。恒之秬秠，是获是亩；恒之穈芑，是任是负，以归肇祀。

诞我祀如何？或舂或揄，或簸或蹂；释之叟叟，烝之浮浮。载谋载惟，取萧祭脂，取羝以軷，载燔载烈。以兴嗣岁。

卬盛于豆，于豆于登。其香始升，上帝居歆。胡臭亶时。后稷肇祀，庶无罪悔，以迄于今。

（以上选自十三经注疏本《毛诗正义》）

楚　辞

九歌

山　鬼

若有人兮山之阿，被薜荔兮带女萝。既含睇兮又宜笑，子慕予兮善窈窕。乘赤豹兮从文狸，辛夷车兮结桂旗。被石兰兮带杜衡，折芳馨兮遗所思。余处幽篁兮终不见天，路险难兮独后来。表独立兮山之上，云容容兮而在下。杳冥冥兮羌昼晦，东风飘兮神灵雨。留灵修兮憺忘归，岁既晏兮孰华予？采三秀兮于山间，石磊磊兮葛蔓蔓。怨公子兮怅忘归，君思我兮不得闲。山中人兮芳杜若，饮石泉兮荫松柏。君思我兮然疑作。雷填填兮雨冥冥，猨啾啾兮又夜鸣。风飒飒兮木萧萧，思公子兮徒离忧。

招魂

朕幼清以廉洁兮，身服义而未沫。主此盛德兮，牵于俗而芜秽。上无所考此盛德兮，长离殃而愁苦。帝告巫阳曰："有人在下，我欲辅之。魂魄离散，汝筮予之。"巫阳对曰："掌梦,上帝其难从。若必筮予之,恐后之谢,不能复用巫阳焉。"
乃下招曰:

魂兮归来!去君之恒干,何为乎四方些?舍君之乐处,
而离彼不祥些。魂兮归来!东方不可以托些。长人千仞,惟
魂是索些。十日代出,流金铄石些。彼皆习之,魂往必释些。
归来归来!不可以托些。魂兮归来!南方不可以止些。雕
题黑齿,得人肉以祀,以其骨为醢些。蝮蛇蓁蓁,封狐千里
些。雄虺九首,往来鯈忽,吞人以益其心些。归来归来!不
可以久淫些。魂兮归来!西方之害,流沙千里些。旋入雷
渊,麇散而不可止些。幸而得脱,其外旷宇些。赤蚁若象,玄
蜂若壶些。五谷不生,丛菅是食些。其土烂人,求水无所得
些。彷徉无所倚,广大无所极些。归来归来!恐自遗贼些。
魂兮归来!北方不可以止些。增冰峨峨,飞雪千里些。归来
归来!不可以久些。魂兮归来!君无上天些。虎豹九关,啄
害下人些。一夫九首,拔木九千些。豺狼从目,往来侁侁些。
悬人以嬉,投之深渊些。致命于帝,然后得瞑些。归来归来!
往恐危身些。魂兮归来!君无下此幽都些。土伯九约,其角
觺觺些。敦脄血拇,逐人駓駓些。参目虎首,其身若牛些。
此皆甘人,归来归来!恐自遗灾些。魂兮归来!入修门些。
工祝招君,背行先些。秦篝齐缕,郑绵络些。招具该备,永啸
呼些。魂兮归来!反故居些。天地四方,多贼奸些。像设君
室,静闲安些。高堂邃宇,槛层轩些。层台累榭,临高山些。
网户朱缀,刻方连些。冬有宎厦,夏室寒些。川谷径复,流潺
湲些。光风转蕙,氾崇兰些。经堂入奥,朱尘筵些。砥室翠
翘,挂曲琼些。翡翠珠被,烂齐光些。蒻阿拂壁,罗帱张些。
纂组绮缟,结琦璜些。室中之观,多珍怪些。兰膏明烛,华容
备些。二八侍宿,射递代些。九侯淑女,多迅众些。盛鬋不
同制,实满宫些。容态好比,顺弥代些。弱颜固植,謇其有意

些。姱容修态，絙洞房些。蛾眉曼睩，目腾光些。靡颜腻理，遗视矊些。离榭修幕，侍君之闲些。翡帷翠帐，饰高堂些。红壁沙版，玄玉之梁些。仰观刻桷，画龙蛇些。坐堂伏槛，临曲池些。芙蓉始发，杂芰荷些。紫茎屏风，文缘波些。文异豹饰，侍陂陁些。轩辌既低，步骑罗些。兰薄户树，琼木篱些。魂兮归来！何远为些？室家遂宗，食多方些。稻粢穱麦，挐黄粱些。大苦咸酸，辛甘行些。肥牛之腱，臑若芳些。和酸若苦，陈吴羹些。胹鳖炮羔，有柘浆些。鹄酸臇凫，煎鸿鸧些。露鸡臛蠵，厉而不爽些。粔籹蜜饵，有餦餭些。瑶浆蜜勺，实羽觞些。挫糟冻饮，酎清凉些。华酌既陈，有琼浆些。归反故室，敬而无妨些。肴羞未通，女乐罗些。陈钟按鼓，造新歌些。《涉江》、《采菱》，发扬《荷些》。美人既醉，朱颜酡些。娭光眇视，目曾波些。被文服纤，丽而不奇些。长发曼鬋，艳陆离些。二八齐容，起郑舞些。衽若交竿，抚案下些。竽瑟狂会，搷鸣鼓些。宫庭震惊，发《激楚》些。吴歈蔡讴，奏大吕些。士女杂坐，乱而不分些。放陈组缨，班其相纷些。郑、卫妖玩，来杂陈些。《激楚》之结，独秀先些。菎蔽象棋，有六簙些。分曹并进，遒相迫些。成枭而牟，呼五白些。晋制犀比，费白日些。铿钟摇簴，揳梓瑟些。娱酒不废，沈日月些。兰膏明烛，华镫错些。结撰至思，兰芳假些。人有所极，同心赋些。酎饮尽欢，乐先故些。魂兮归来！反故居些。

　　乱曰：献岁发春兮汩吾南征，菉苹齐华兮白芷生。路贯庐江兮左长薄，倚沼畦瀛兮遥望博。青骊结驷兮齐千乘，悬火延起兮玄颜烝。步及骤处兮诱骋先，抑骛若通兮引车右还。与王趋梦兮课后先，君王亲发兮惮青兕。朱明承夜兮时不可淹。皋兰被径兮斯路渐。湛湛江水兮上有枫，目极千里兮伤春心。魂兮归来哀江南。

　　　　　　　　　　　　（以上选自洪兴祖《楚辞补注》）

史传、诸子与散文的成熟

　　史传、诸子，是中国散文领域的双峰。《左传》长于战争的详绎描绘及行人辞令的典雅渊懿,《战国策》则展现了"辩丽横肆"的纵横之辞;《史记》、《汉书》在史学上皆有"发凡起例"之功用,在文学上则《史记》的横恣畅达与《汉书》的整饬简练并称名作。《孟子》气势磅礴、"长于譬喻",《庄子》"寓言十九"、浪漫舒卷,分别代表了儒、道两家的文艺精神。

一般认为，散文的出现晚于诗歌，因为在文字产生之前，还有一个口头文学的时代，而口头文学为了便于记诵，往往采用一种诗歌的样式，这已经被许多民族的文学史所证实；而散文则被认为是文字产生以后的一种书面记录。

就目前可见的文献来看，中国散文的传统虽然可以远溯到商、周时期的甲骨文和金文，但甲骨文的卜辞以及青铜器的铭文一类的记载大多简略而朴素，很难从文学的角度进行探讨，只能视为散文的萌芽。真正可以从文章或文学的角度进行分析的作品应该从《尚书》算起。《尚书》记载了商、周时代的部分历史，其中《盘庚》是可靠的商代作品，语言艰涩；大部分则属于周代作品。书中主要的文体是"诰"和"誓"，如《大诰》、《康诰》、《酒诰》、《甘誓》、《牧誓》、《秦誓》等等，诰即告，有劝诫的意味；誓是告诫将士的言辞。这些篇章，充分地体现了"记言"的特色，"记事"的特点并不充分，只有《周书》中《金縢》、《顾命》等少数几篇，才体现出较强的叙事性。

今存的《春秋》本是经过孔子删定的鲁国编年史，但记事只是大纲式或标题式的，前人多强调其中的"微言大义"、"一字褒贬"等内涵,在中国文化史上的地位也很高;但从文学的角度来看,它仍然过于简略,宋代的王安石讥讽它为"断烂朝报",正是指出了它的不足之处。因此,《春秋》还算不得真正意义上的历史散文。

与《春秋》相关联,并且同为中国古代经书中的一部,而达到了极高的语言及叙事艺术成就的,首推《左传》。《左传》也称为《春秋左氏传》或《左氏春秋》,作者据称是左丘明,但疑不能定。传统的说法认为,这部书是为了解释《春秋》而作的,它的起止年代与《春秋》稍有出入,但大致相当,而其艺术成就则远非《春秋》所能及。《左传》是我国第一部详明的史书,其中有丰富多彩的历史事件,有真实可感的历史人物,如果说《诗经》代表了先民的心灵情思,那么《左传》无疑提供了他们的生活场景。书中最详明突出的叙事在于纷乱的战争,最典雅渊懿的语言在于行人的辞令。

《国语》与《左传》大致同时,分别记载周、鲁、齐、晋、郑、楚、吴、越八国的史事,全书的记载并没有一个完整的系统,如《齐语》主要记录管仲的政迹,《吴语》、《越语》集中于吴越争霸,其中《晋语》内容最多,几乎占了全书一半的篇幅,而侧重于记载晋文公的事迹。《国语》最主要的在于记言,包括朝聘、讽谏、宴会等种种场合下的言辞,如《周语》中邵公谏厉王弭谤,《晋语》中的叔向贺贫,《楚语》中的王孙圉论楚宝等等,都是其中有名的段落。《楚语》中记王孙圉出使晋国,晋国的赵简子以玉为宝,"鸣玉以相",并问楚国的佩玉"白珩"是价值多高的宝物,王孙圉说:

> 未尝为宝。楚之所宝者,曰观射父,能作训辞,以行事于诸侯,使无以寡君为口实。又有左史倚相,能道训典,以叙百物,以朝夕献善败于寡君,使寡君无忘先王之

业。又能上下说乎鬼神，顺道其欲恶，使神无有怨痛于
楚国。又有薮曰云连徒洲，金、木、竹、箭之所生也，龟、
珠、角、齿，皮、革、羽、毛，所以备赋用以戒不虞者也。所
以共币帛，以宾享于诸侯者也。若诸侯之好币具，而导
之以训辞，有不虞之备，而皇神相之。寡君其可以免罪
于诸侯，而国民保焉。此楚国之宝也。若夫白珩，先王
之玩也，何宝焉？

以善人为宝，用来治国安民，这体现了当时正统的"敬天保
民"思想，而这正是《国语》这本书中所要表达的主导观念。
书中也有的段落有生动的叙事，比如《晋语》中写晋国诸公子
争位，以及公子重耳流亡的事件。但总体上来说，无论在语
言上、叙事上，《国语》的艺术成就都要逊于《左传》。

时代较后的《战国策》也是历史散文中的重要作品，这部
书在思想上和观念上与《左传》、《国语》有差异。它所体现的
是纵横家的思想，讲求谋略机诈，追求显达富贵，基本上表现
了当时"游士"的精神风貌和人生理想，因此历代有很多学者
都从儒家的角度出发对这本书进行过批判。然而从文学的
角度来说，《战国策》却不失为一部杰出的著作，它不仅在语
言上恣肆宏丽，而且在人物形象的塑造上个性鲜明，栩栩
如生。

《左传》、《战国策》等既是重要的历史著作，也是成功的
文学作品，它们是先秦时代历史散文的主要成就，这一传统
在汉代得到了进一步发展。西汉时期，司马迁《史记》的出
现，使我国历史散文的发展达到了顶峰。它既是我国第一部
纪传体的通史，为后代的"正史"确立了体例上的规范；同时
书中在人物传记的创作中所达到的叙事成就，也是历代同类
文学的典范，鲁迅称它为"史家之绝唱，无韵之离骚"（《汉文

学史纲要》），很好地概括了它在史学和文学两大领域中的高
度成就。东汉班固的《汉书》则是我国第一部纪传体断代史，
同样具有发凡起例的作用，在史学价值上甚至可与《史记》相
匹敌，但它的文学成就则稍逊于《史记》，两者的观念、叙事风
格、以及叙事重点也各有不同。

　　历史散文之外，还有一类散文，即我们通常所说的诸子
散文，在中国文学史上也占有极为重要的地位，但它的兴起
与发展则远在历史散文之后。诸子散文在思想、文体、文学
等方面的形成与发展，各有特色，它们并不处于同一层面，应
该分开论述。诸子在思想上的成就不一，这是思想史上的专
门问题，可以暂置弗论；至于其文学成就，则以《庄子》、《孟
子》为其冠，下文有专节论述。

　　若仅就文体而言，先秦诸子散文的发展也可以分为三个
阶段，各具不同的特色。其总体趋势是由说理简括而趋于详
细，文辞由简约而趋于富赡。第一个时期是春秋末年到战国
初期，这时期的作品以《论语》及《老子》为代表，《论语》是语
录体，主要记载了孔子（也有少数孔子弟子）的言行，语言平
实深刻，含蓄隽永。《老子》以韵文为主，韵散结合，集中反映
了老子的哲学思想。这两种文约义丰，奠定了说理散文的基
础。《墨子》向有组织、有结构的论说文形式发展，处于过渡
阶段。第二个时期是战国中叶，以《孟子》、《庄子》为代表。
《孟子》主要也是语录体，但是已经有了很显著的发展，形成
了对话式的论辩文。《庄子》的文章，则已经由对话体而向论
点集中的论文过渡，除了少数的几篇以外，几乎已经完全突
破了语录体的形式而发展成为专题的议论文。两者的文辞
比第一期更加繁富，而说理也更加畅达。第三个时期为战国
末期，代表作品有《荀子》、《韩非子》。荀子之文思理严密，论

证全面,篇章首尾一贯,各篇之间也有照应,表现出系统而又严谨的特征。又大量运用了日常生活的常见的事物为譬喻,深入浅出,使理论形象化。《韩非子》也长于运用寓言,但题材较为平实,不像庄子那么奇恣。在其论证上,以论辩的透彻、逻辑的严密而成为诸子散文论辩艺术的集大成者。两者的共同风格是逻辑谨严,分析深入,文辞富赡,代表着先秦诸子说理散文的最高文体成就。

诸子散文在秦汉时期也有一定的继承和发展。战国时期的秦国有吕不韦主持编集的《吕氏春秋》,体系严密,文风畅达,而多用寓言;汉兴以后,陆贾、贾谊、董仲舒、刘向等人,或有史论、政论,如贾谊《过秦论》、《论积贮疏》、《陈政事疏》等,纵横捭合,颇有战国遗风。或有专书及对策,如淮南王刘安招集门客所撰集的《淮南子》,文理繁富;刘向还编有《说苑》、《新序》,网罗逸失,颇寓劝诫,其政论则情辞肯切,事理双契;而董仲舒的《贤良对策》,儒雅雍容,影响深远,这些都说明汉代的散文在综集了先秦诸子散文的种种特色基础之上,得到了进一步的发展。

《左传》与《战国策》

　　从思想的角度来看,《左传》偏于儒家,具备一定的民本思想,主张"天之爱民甚矣",要求统治者也要"视民如子"、"视民如伤",它往往以"君子曰"的形式发表评论,对历史事件和历史人物进行道德评价,总结历史的教训,以为后世的治国者提供借鉴。所谓"关国家盛衰,系生民休戚,善可为法,恶可为戒"(司马光《资治通鉴》),这也是古典史学中的传统观念,并为历代史家所继承。

　　从文学的角度来看,《左传》具备了极高的叙事艺术。《左传》中的事件,有的联系紧密,环环相扣,故事情节集中而紧张;有的较为松懈,事件与事件之间没有特别的因果关系,而只因为编年而产生或多或少的联系。《左传》的叙事方法已经极其详备,顺叙、倒叙、插叙、预叙、补叙等种种方法,可谓应有尽有,有人曾归纳出其中的数十种叙事方法,唐代的史学家刘知几已经说它是"叙事之最"(《史通》)了,可见它在以叙事为核心的中国史学传统中的地位。

　　就叙事文学最重要的因素,即情节和人物两方面来看,《左传》既有生动的情节,也有个性鲜明的人物。《左传》中的情节,有的类似于人物传记(如郑国子产的故事),有的则是通过一个简单的线索将情节串连起来(如晋公子重耳的流亡),也有的则是充满了戏剧性的冲突,具有明显的因果关系,这一类中最突出的是战争的描写,全书描写了大小战役有几百次,如城濮之战、崤之战、鄩之战、邲之战等大战的叙事历来为人称道。

　　在人物塑造方面,《左传》中有众多的人物类型:有贤明的君主,也有昏庸的统治者;有忠良的大臣,也有奸邪的小人;有卓识远见的女子,也有祸国殃民的妇人。不过,由于大部分人物过于类型化或绝对化,他们大体上都可以算作"扁平的"或"静止的"人物,而非"圆形的"或"发展的"人物,也就是说他们的性格特征是始终不变的。(王靖宇《〈左传〉与传统小说论集》)这当然是史传文的特点,因为它必须从一个比较客观的角度来叙述,因此文中多通过对话、行动以及评论来展现人物,却很少涉及人物的心理变化。宣公二年,晋灵公派鉏麑刺杀赵盾,鉏麑看到赵盾为国操劳,"盛服将朝",就叹道:"不忘恭敬,民之主也。贼民之主,不忠;弃君之命,不信。有一于此,不如死也。"于是"触槐而死"。这一段独白在《左传》之中可以说是绝无仅有,由于它超越了"信史"的叙事特征,曾引起后世不少学者的批评。(钱锺书《管锥编·左传正义一》)尽管有其类型化的一面,《左传》中的人物仍是性格鲜明、丰富生动的。

　　这里,我们只以战争的叙述为例。《左传》中描写战争,多半比较完整,而对于战争过程的描绘更是精彩纷呈,"城濮之战"可以作为一个典型的例子。作为晋、楚两大诸侯之间的争霸战,城濮之战是春秋时最大、最重要的一次战争。随着齐桓公去世,楚国吞并了它周围的陈、蔡、许、郑等许多小国,进一步觊觎中原地区;而晋国在公子重耳取得政权后,也励精图治,国势日益强盛,两雄之争势不可免。经过城濮一役,晋国成为无可争议的新霸主,一直维持到春秋末年。《左传》对这一次战争作了详细的描绘,包括战争的种种起因、战役的经过以及战争的影响都有清楚的交待,也涉及到战争的两个主要人物,楚将子玉与晋文公,两人的性格特征也形成一个强烈的对比。子玉刚愎自用,待下残暴,训练士卒一天,

"鞭七人,贯三人耳";而且盲目自信,战争前还妄称"今日必无晋矣",楚国的蒍贾战前就评论说"子玉刚而无礼,不可以治民,过三百乘,其不能以入矣",——这是《左传》中常见的预叙方式,事先预见事件的结果。与此相对比,晋文公极为明智,他善于纳谏,军纪严明,行事谨慎,对于战争计划周密,调度有方。作者在叙述之中也有预叙:"出縠戍,释宋围,一战而霸,文之教也。"战争中双方的谋略、进退、合战等描写都很详细,穿插着人物对话,甚至还包括晋文公的一个梦的解释;而对于战争的结果,也有充分的叙述,晋军大胜,确立了霸主地位;子玉则羞愧自杀。文中还加入了一段评论:"君子谓……晋于是役也,能以德攻。"这几个方面完好地结合,使城濮之战成为了《左传》叙事中一个有机的整体和成功有范例。

《左传》既有记事的精妙,也有记言的典美。语言的典雅美赡是《左传》的另一个重要成就。"言之无文,行而不远",辞令作为当时政治生活中的重要部分,《左传》中也极其重视,尤其是行人的外交辞令,以及臣子的进谏之言。例如僖公三十年"烛之武退秦师",便是一个著名的例子。晋、秦两国围郑,国家危急,烛之武临危受命,说服秦伯,使秦军退去,晋国失去盟军,也退兵,郑国得以保全,其说服如下:

> 秦、晋围郑,郑既知亡矣。若亡郑而有益于君,敢以烦执事。越国以鄙远,君知其难也;焉用亡郑以陪邻?邻之厚,君之薄也。若舍郑以为东道主,行李之往来,共其乏困,君亦无所害。且君尝为晋君赐矣,许君焦、瑕,朝济而夕设版焉,君之所知也。夫晋何厌之有?既东封郑,又欲肆其西封,若不阙秦,将焉取之?阙秦以利晋,唯君图之。

这段话极简短,但用语委婉而言辞周密,对于秦、晋、郑三国之间的得害关系分析得透彻无余,亡郑对秦国无益,只有利于晋国,而晋国则是含得无厌的国家,对秦国也将有不利,这里补叙了晋国有负于秦国的事实。说辞先置郑亡于不顾,却处处从秦着眼,最终使得"秦伯说,与郑人盟。使杞子、逢孙、杨孙戍之,乃还。"这样的例子在《左传》之中举不胜举,充分表明了春秋之时辞令的美盛。

《战国策》与《左传》在思想上呈现出很大的差异,它突出地表现了战国时期纵横家的思想,反映了当时"士"这一阶层的崛起与分化。战国时期,由于政治上封建制度的逐步解体,以及思想上私家学术的繁荣,使得这一时期,无论在政治上还是思想上都呈现出与春秋时期完全不同的风貌,这也是中国文化史上的一次大转折时期,前人已有详备论述:"春秋时犹尊礼重信,而七国则绝不言礼与信矣;春秋时犹宗周王,而七国则绝不言王矣;春秋时犹严祭祀、重聘享,而七国则无其事矣;春秋时犹宗姓氏族,而七国则无一言及之矣;春秋时犹宴会赋诗,而七国则不闻矣;春秋时犹有赴告策书,而七国则无有矣。"(顾炎武《日知录》)

从春秋到战国,"礼崩乐坏"仅仅是一种外在的表象,其本质的因素却是这次文化大转折中向"定于一"(《孟子》)的中央集权发展的内在驱动力。这不仅仅在于诸侯之中的强者希望能够统一天下,而是当时整个的社会及思想界都有这种"大一统"的愿望,各国都在变法图强,招揽人才,所以战国时代"爱国"的思想并没有被过分地强调,"朝秦暮楚"是再平常不过的现象(屈原可以算是一个例外)。随着秦国的富强,六国均衡的局面被打破,在这种情况下,诸侯之间的胜负既决定于武力的强弱,也决定于策士的权谋和纵横势力的消长，所谓"横成则秦帝，纵成则楚王"，春秋时的礼法信义，已经完全变为权谋谲诈；从容辞令的行人，也成为滔滔雄辩的说客，《战国策》正是这种纵横策士的真实写照。

《战国策》颇受到正统儒者的诟病，如宋代的曾巩就认为书中表现的是一种"邪说"，不过，从史学及文学的角度来看，这部书却是相当重要的，所以清代陆陇虽然也认为这本书"其机变之巧，足以坏人心术"，却也并不否认"其文章之奇，足以悦人耳目"（《战国策去毒跋》）。

在人物塑造以及情节描写上，《战国策》也很成功，书中一系列"士"的形象，如苏秦、张仪、鲁仲连等等，无不生动鲜明，栩栩如生，作者更多地追求一种传奇色彩，在其中设计了紧张的细节，极具个性的语言，甚至不惜超出史实，运用文学虚构。同时，由于没有编年史书体例上的限制，它在人物的塑造上也比《左传》更加集中，这也许启发了《史记》中纪传体的形成。

《战国策》中的文辞以"辩丽横肆"著称，这与《左传》中温文尔雅的辞令有显著的不同，是先秦时代语言的一大发展。它一方面表现为铺张夸饰，对偶排比等手法的运用，如《齐策一》中苏秦说齐王合纵时说：

> 齐南有太山，东有琅邪，西有清河，北有渤海，此所谓四塞之国也。齐地方二千里，带甲数十万，粟如丘山。齐车之良，五家之兵，疾如锥矢，战如雷电，解若风雨，即有军役，未尝倍太山、绝清河、涉渤海也。临淄之中七万户，臣窃度之，下户三男子，三七二十一万，不待发于远县，而临淄之卒，固以二十一万矣。临淄甚富而实，其民无不吹竽、鼓瑟、击筑、弹琴、斗鸡、走犬、六博、蹋踘者；临淄之途，车毂击，人肩摩，连衽成帷，举袂成幕，挥汗成

雨；家敦而富，志高而扬。夫以大王之贤与齐之强，天下不能当。今乃西面事秦，窃为大王羞之。

这里极力渲染齐国之强与临淄之胜，对于齐王能够"敬奉社稷以从"，显然是起到了很大的作用。说辞的另一方面则表现为多用比喻、寓言，以增强说辞之中的说服力，其例多不胜数，我们日常所熟悉的一些成语，如"螳螂捕蝉、黄雀在后""画蛇添足""狐假虎威""南辕北辙"等等，都出自于《战国策》。

因而，从文学、文章的角度来说，《战国策》在叙事的情节、人物的刻画，以及语言的运用等诸多方面，都比《左传》及《国语》等史传散文有很大的变化，并对后世的史传、以及各种散文的发展产生了积极的影响。

《孟子》与《庄子》

　　"孔孟"与"老庄"在思想史上并称,分别是儒家和道家的代表人物。但从文学的角度而言,《论语》和《老子》却属于早期散文的简明形式,尽管两者的某些篇章中不乏深具诗意或叙事风格的片断,如《论语·述而》:"饭疏食,饮水,曲肱而枕之,乐亦在其中矣。不义而富且贵,于我如浮云。"极具诗的风味。而《阳货》中的一段记载却展现了孔子风趣可亲的一面:"子之武城,闻弦歌之声。夫子莞尔而笑曰:'割鸡焉用牛刀?'子游对曰:'昔者偃也闻诸夫子曰:"君子学道则爱人,小人学道则易使也。"'子曰:'二三子!偃之言是也。前言戏之耳!'"但类似的篇章并不多。《老子》尽管多采取韵文的形式,却重在阐理,文学意味反而比《论语》更弱一些。

　　《孟子》与《庄子》继承了《论语》和《老子》的思想,并都有进一步的发展。如孟子发展了孔子的"仁"说,进而讲求"义";政治上主张实行"仁政",认为"民贵君轻";又提出"性善"的学说,修养上则讲究"养气"、"求放心"等等。《庄子》着重发展了《老子》中超世隐逸的内涵。这两种著作不仅思想完全不同,作品的风格也大相迳庭,却都达到了很高的文学成就。

　　《孟子》的文学成就,首先在于它文章中的论辩色彩。"理不辩不明",战国时的诸子,为了推行自己的学说,各学派之间的论辩势不可免,《孟子》中排斥杨、墨,《墨子》中的《非攻》,《荀子》中的《非十二子》,《韩非子》中的《五蠹》,莫不具有论辩性,因此孟子也说:"予岂好辩哉,予不得已也。"(《滕文公下》)在孟子的论辩中,一是运用与战国策士相似的磅礴气势,排比铺张,这与他的"养气"之说相应。如《梁惠王下》中孟子回答齐宣王如何识别才与不才的问题说:"国君进贤,如不得已,将使卑逾尊,疏逾戚,可不慎与?左右皆曰贤,未可也;诸大夫皆曰贤,未可也;国人皆曰贤,然后察之;见贤焉,然后用之。左右皆曰不可,勿听;诸大夫皆曰不可,勿听;国人皆曰不可,然后察之;见不可焉,然后去之。左右皆曰可杀,勿听;诸大夫皆曰可杀,勿听;国人皆曰可杀,然后察之;见可杀焉,然后杀之。故曰,国人杀之也。如此,然后可以为民父母。"这一段通过反复排比,增强了论证的效果。二是善用巧智,以层层推理的办法,迫使对方自然地同意自己的意见。如《滕文公上》中陈相赞赏许行的学说,认为国君应该"与民并耕而食,饔飧而治",而孟子则认为人的社会分工各不相同,每个人都不可能独立做所有的事情,国君同样也不可能既要耕田、做饭,同时还要治理国家:

> 孟子曰:"许子必种粟而后食乎?"
>
> 曰:"然。"
>
> "许子必织布而后衣乎?"
>
> 曰:"否,许子衣褐。"
>
> "许子冠乎?"
>
> 曰:"冠。"
>
> 曰:"奚冠?"
>
> 曰:"冠素。"
>
> 曰:"自织之与?"
>
> 曰:"否,以粟易之。"
>
> 曰:"许子奚为不自织?"

曰:"害于耕。"

曰:"许子以釜甑爨、以铁耕乎?"

曰:"然。"

"自为之与?"

曰:"否,以粟易之。"

"以粟易械器者,不为厉陶冶;陶冶亦以械器易粟者,岂为厉农夫哉?且许子何不为陶冶,舍皆取诸其宫中而用之?何为纷纷然与百工交易?何许子之不惮烦?"

曰:"百工之事,固不可耕且为也。"

"然则治天下独可耕且为与?有大人之事,有小人之事。且一人之身,而百工之所为备。如必自为而后用之,是率天下而路也。故曰:或劳心,或劳力。劳心者治人,劳力者治于人。治于人者食人,治人者食于人——天下之通义也。"

显然这里陈相由于孟子步步紧逼而逻辑严密的论证,不得不承认了"百工之事,固不可耕且为也",孟子也就顺理成章地得出治国同样是不可以"耕且为"的,因而提出"劳心"与"劳力"的不同。

其次,孟子"长于譬喻"(赵岐《孟子章句题辞》),也善于用寓言来说明道理。孟子的比喻和寓言,复杂而多样,有普通的片断比喻,也有全章、全段用比喻的,这些都属于中国文学"比兴"的大传统。《梁惠王上》中梁惠王认为自己与邻国相比,已经是尽心了,但是"邻国之民不加少,寡人之民不加多",他问孟子原因何在,孟子就说:"王好战,请以战喻:填然鼓之,兵刃既接,弃甲曳兵而走,或百步而后止,或五十步而后止。以五十步笑百步,则何如?"用了这个比喻之后,便很容易地说明只有实施"王道"才能达到他想要的结果。有时全章用比喻，便形成一个寓言故事，如《离娄下》：

> 齐人有一妻一妾而处室者，其良人出，则必餍酒肉而后反。其妻问其所与饮食者，则尽富贵也。其妻告其妾曰："良人出，则必餍酒肉而后反；问其与饮食者，尽富贵也，而未尝有显者来。吾将瞯良人之所之也。"早起，施从良人之所之，遍国中无与立谈者。卒之东郭墦间之祭者乞其余，不足，又顾而之他。此其为餍足之道也。其妻归，告其妾曰："良人者，所仰望而终身也，今若此！"与其妾讪其良人，而相泣于中庭。而良人未之知也，施施从外来，骄其妻妾。由君子观之，则人之所以求富贵利达者，其妻妾不羞也而不相泣者几希矣。

这段寓言结构完整，而且极富有戏剧性，对官场中钻营之徒的讽刺辛辣入骨，因而自然也就让人对其结论感到信服。

总体而言，孟子除了在思想上对后世的儒家有着无可替代的影响，他的文章本身也已经相当成熟，后世的古文家从韩愈到苏洵、苏轼、王安石等人，莫不受到孟子的沾溉。

庄子是先秦诸子中文学成就最高的一位。《庄子》三十三篇之中，《内篇》七篇被认为是庄子自作，而《外篇》、《杂篇》则是其后学所作。庄子的思想在《内篇》之中已经有系统的表达，而《逍遥游》一篇可视作全书的纲领，所谓"至人无己，神人无功，圣人无名"，此数语足以尽之。然而《庄子》虽然在思想史上堪称独步，但他的思想却不是冷冰冰的表达，"他的思想本身便是一首绝妙的诗"（闻一多《庄子》）。文学史上历来以庄、屈并称，足见庄子在文学领域的伟大成就。

《天下》篇中说庄周"以谬悠之说,荒唐之言,无端崖之辞,时恣纵而不傥,不以觭见之也。以天下为沉浊,不可与庄语,以卮言为曼衍,以重言为真,以寓言为广",又说"其书虽瑰玮而连犿无伤也,其辞虽参差而諔诡可观",《寓言》篇中也说到"寓言十九,重言十七,卮言日出",可见"寓言"是这本书中最重要的创作方式,但与《孟子》、《韩非子》等立足于现实世界的寓言不同,《庄子》中的寓言,多是想落天外,充满了神话般奇幻的色彩。"重言"包括一些假托的历史故事和古人之言,这在书中也占有比较重要的地位。这些内容无一不具有奇诡的风格和浓郁的诗意。如《逍遥游》开篇:"北冥有鱼,其名为鲲。鲲之大,不知其几千里也。化而为鸟,其名为鹏。鹏之背,不知其几千里也。怒而飞,其翼若垂天之云。是鸟也,海运则将徙于南冥。南冥者,天池也。"便几乎是一则神话,而篇中所塑造的"神人"的形象更是令人悠然神往:"藐姑射之山,有神人居焉,肌肤若冰雪,绰约若处子。不食五谷,吸风饮露,乘云气,御飞龙,而游乎四海之外。其神凝,使物不疵疬而年谷熟。"这种浪漫的色彩在《庄子》中几乎随处可见。

《庄子》的寓言中许多都含有深邃的思想,然而即使撇开它的思想不论,这种寓言本身也是绝妙的故事。如《应帝王》中浑沌与儵、忽的故事:

> 南海之帝为儵,北海之帝为忽,中央之帝为浑沌。儵与忽时相与遇于浑沌之地,浑沌待之甚善。儵与忽谋报浑沌之德,曰:"人皆有七窍以视听食息,此独无有,尝试凿之。"日凿一窍,七日而浑沌死。

这则寓言意在说明一种"自然无为"的"浑沌"状态,而极言

"有为"之害。这种思想当然来源于老子。但单看这则寓言本身,其奇特的想象已经足以达成其文学的成就。又如"蜗角蛮触"的故事:"有国于蜗之左角者曰触氏,有国于蜗之右角者曰蛮氏,时相与争地而战,伏尸数万,逐北旬有五日而后反。"(《则阳》)其意本在说明战国时期各国之间的战争,在"游心于无穷"的人看来,这种事业其实是微不足道的,如同蜗牛角上的细微之地一样。而其想象之奇,则超出一般人的思维。《庄子》中当然也有取材于现实的寓言,如《徐无鬼》中以匠石运斤斫垩来表示知音的难遇:

> 庄子送葬,过惠子之墓,顾谓从者曰:"郢人垩慢其鼻端,若蝇翼,使匠石斫之。匠石运斤成风,听而斫之,尽垩而鼻不伤,郢人立不失容。宋元君闻之,召匠石曰:'尝试为寡人为之。'匠石曰:'臣则尝能斫之。虽然,臣之质死久矣。'自夫子之死也,吾无以为质矣,吾无与言之矣。"

《庄子》一书在语言方面也取得了很高的成就,所谓"庄子文与太白诗同妙"(方东树《昭昧詹言》),这种恣肆跌宕的语言风格,在先秦诸子之中尤其突出。《齐物论》中对于大风的描绘,舒卷无定而音节和谐,可为此类风格的代表:

> 夫大块噫气,其名为风。是唯无作,作则万窍怒呺,而独不闻之翏翏乎? 山林之畏佳,大木百围之窍穴,似鼻,似口,似耳,似枅,似圈,似臼,似洼者,似污者;激者,謞者,叱者,吸者,叫者,譹者,宎者,咬者,前者唱于而随者唱喁。泠风则小和,飘风则大和,厉风济则众窍为虚。而独不见之调调之刁刁乎?

　　庄子的艺术风格,几乎遍及所有的文体,李白的诗,苏轼的诗与文,乃至《牡丹亭》、《红楼梦》等戏曲、小说作品,在其内在的精神上,无一不受惠于《庄子》,而以苏轼最为特出,苏文"如行云流水"、"不择地而出",最得力于《庄子》,他曾自称:"吾昔有见于中,口未能言。今见《庄子》,得吾心矣。"(苏辙《东坡先生墓志铭》)

《史记》与《汉书》

　　《史记》与《汉书》是汉代的史学名著,作为正史中最早的两部,它们都有着了不起的"发凡起例"的作用,而《史记》更为突出。司马迁作《史记》,旨在"究天人之际,通古今之变,成一家之言",他在继承前代史学优秀传统的基础上,创立了一部纪传体的通史。《史记》由十二本纪、十表、八书、三十世家、七十列传构成一个有机的整体,全面地记载了上起黄帝、下至汉武帝这三千年的历史兴衰,展现了一幅波澜壮阔的社会生活画卷。这种体例为历代史书所沿用,所谓"百代而下,史官不能易其法,学者不能舍其书"(郑樵《通志》),其开创性是任何一部史书所不能比拟的。班固的《汉书》,则是第一部纪传体断代史,它记载了西汉一代的历史风貌,在体例上则袭用《史记》,只不过改"书"为"志",将"世家"并入"列传",全书共有十二本纪、八表、十志、七十列传,但其中的一些专史,如《艺文志》、《地理志》等等,也具有重要的开创意义。

　　这两本书中所体现出来的思想也有所不同,体现了两汉在思想和学术上的差异。司马迁的思想具有较大的包容性,他既尊崇孔子和儒家思想,也推崇道家,同时也受到其他各家的影响;而班固则近于纯粹的儒家,所以他曾批评司马迁"是非颇缪于圣人,论大道则先黄老而后六经,序游侠则退处士而进奸雄,述货殖则崇势利而羞贱贫。"(《汉书·司马迁传》)从文学的角度来看,《史记》中的叙事,代表了史传文学的最高成就,因此被称为"史家之绝唱,无韵之离骚"(鲁迅《汉学文史纲要》);而《汉书》虽稍逊于《史记》,但也以其整饬简练的风格、谨严精细的笔法成为史传文学的另一典范。

司马迁像

《史记》的文学价值主要体现在"本纪"、"世家"、"列传"等人物传记之中。在编排上,这些传记以类相从(如苏秦、张仪等策士排列在一起),联系紧密的则写成合传(如《游侠列传》、《循吏列传》等),还通过"互见法"(如说"语在某某事中"等)达成各传之间的联系,因此虽然人物众多,却有条不紊,轮廓清晰。司马迁所掌握的史料极其丰富,在这些史料的详略剪裁上,极具匠心,尤其是在一些重大历史事件中,所涉及的人物和事件千头万绪,他处理起来,却显得游刃有余,精妙入微。如《陈涉世家》写秦末的社会大动乱,诸侯豪杰并起,但司马迁却举重若轻,让人读后对当时的天下大势了然在胸,同时传记中的重要人物也无不描写得如在目前,备极精彩。司马迁也善于从一些小事取材,来展现人物的个性,如《酷吏列传》中对于张汤的描写:

> 张汤者,杜人也。其父为长安丞,出,汤为儿,守舍。还,而鼠盗肉,其父怒,笞汤。汤掘窟,得盗鼠及余肉,劾鼠掠治,传爱书、讯鞫论报,并取鼠与肉,具狱磔堂下。其父见之,视其文辞如老狱吏,大惊,遂使书狱。

这里所写的是张汤儿时的一件琐事,但由于它表现了张汤残忍的个性,与他后来成为酷吏有性格上的关联,因此司马迁不惜在这样的小事上多费笔墨。又如《李斯列传》中写到李

68

斯见到厕中鼠和仓中鼠而感慨的事："年少时,为郡小吏,见吏舍厕中鼠食不絜,近人犬,数惊恐之。斯入仓,观仓中鼠,食积粟,居大庑之下,不见人犬之忧。于是李斯乃叹曰:'人之贤不肖譬如鼠矣,在所自处耳!'"既然人的贤与不肖决定于他所处地位之高下,道德价值便不再是人格的必然要求,为了追求富贵就可以不择手段,这也决定了李斯一生的悲剧命运。这些小事或者只是出于传闻,但司马迁在处理时却让这些事例得到了充分的运用,同时也让文章的艺术价值大大提高。

《史记》在人物刻画方面极为突出。他笔下的人物风貌各异,但都是立体化的、血肉丰满的,而不是平面化、类型化的人物。司马迁所着力描写或者歌颂的人物之中,往往具有一种悲剧情调,或者具有相当的传奇色彩。这一方面与司马迁个人的不幸经历有关,另一方面也与他喜欢猎奇的心理有关。

李广是司马迁着力歌颂的人物之一,司马迁因李陵事下狱受腐刑,故在《李将军列传》既写出了李广的传奇色彩,又对李广不得封侯、最后自杀寄寓了深深的同情。李广是战争中的奇才,汉文帝就曾对他说过:"惜乎,子不遇时! 如令子当高帝时,万户侯岂足道哉!"而匈奴对他极畏惧,称他为"汉之飞将军","避之数岁,不敢入右北平"。李广颇为传奇的一件事是射石:

> 广出猎,见草中石,以为虎而射之,中石没镞,视之石也。因复更射之,终不能复入石矣。

唐诗"林暗草惊风,将军夜引弓。平明寻白羽,没在石棱中",就是说这件事。由于司马迁的传记,千百年来李广一直引起许多人的景仰。在唐诗中,李广的形象很多,"君不见沙场征战苦,至今犹忆李将军"、"但使龙城飞将在,不教胡马度阴山"等都是。可是尽管李广的才略勇武,天下无双,他的一生却始终不得志,他的从弟李蔡,"为人在下中,名声出广下甚远",也能够封侯为相,甚至李广的部下都能封侯,李广却"不得爵邑,官不过九卿"。最后他随大将军卫青出征,因为失道,"遂引刀自刭。广军士大夫一军皆哭。百姓闻之,知与不知,无老壮皆为垂涕。"司马迁对李广有很高的评价:

> 传曰:"其身正,不令而行;其身不正,虽令不从。"其李将军之谓也。余睹李将军悛悛如鄙人,口不能道辞。及死之日,天下知与不知,皆为尽哀。彼其忠实心诚信于士大夫也。谚曰"桃李不言,下自成蹊",此言虽小,可以谕大也。

这一类悲剧英雄的形象,如《项羽本纪》中的项羽,《赵世家》中的公孙杵臼、程婴等等,都经过司马迁的用心刻画。至于传奇色彩,在《史记》中无论人物还是故事,都常常有这种倾向,如鲁仲连、张良等人物,刘邦斩白蛇等情节,莫不如此。正因为这样,《史记》中的很多人物或故事,往往成为后世小说、尤其是戏曲文学的武库。

《史记》不仅为史学创作树立了规范,对中国文学的发展影响也极其深远。在叙事文学方面,从唐传奇到明清小说,其叙事模式、人物塑造等方面,无不受到它的沾溉;而在散文创作方面,《史记》的语言及风格,也是古文家学习的典范,从唐宋八大家、明代古文家,以至清代的桐城派散文家,无不奉以为圭臬。

《汉书》的总体文学成就虽然及不上《史记》，但仍有自己的特点，同样得到了后世的赞赏。《汉书》的文字风格与《史记》明显不同，苏辙说司马迁"疏宕有奇气"，是就其文笔恣肆而言；刘勰说班固"裁密而思靡"，则是就《汉书》在语言和章法上的严密、有法度来说的，这的确是《汉书》最突出的风格特征。

这一特征在许多方面都有所体现，如果将《汉书》中承袭《史记》之处与原文作一对比，就可以发现《汉书》"简省"的特点。如《史记·项羽本纪》描写项羽时说"籍长八尺余，力能扛鼎，才气过人，虽吴中子弟，皆已惮籍矣"，《汉书·项羽传》改作"籍长八尺二寸，力扛鼎，才气过人，吴中子弟皆惮籍。"又如《本纪》中"天下匈匈数岁者，徒以吾两人耳"，《传》中改作"天下匈匈，徒以吾两人"，然而将句中的虚字都去掉之后，风味顿改。再加上《汉书》喜用古字，更让它有一种"简古"的风格。有时《汉书》中甚至会省略一部分情节，以达到简省的目的，这样一来，从语言和情节等角度来看，《汉书》的生动性便远不如《史记》，如"蒯通说韩信"这一件事，《史记·淮阴侯列传》便比《汉书·蒯通传》要生动得多。不过，由于《汉书》中收入了大量的奏议和辞赋，班固本人也是著名的辞赋家，《汉书》的语言在一定程度上也受到了当时辞赋的影响，有时也体现出既凝炼而又繁缛的特色，这也是后代的文人学者比较欣赏的地方。

《史记》之所以具备一种传奇色彩，与司马迁喜欢写战争中的豪杰之士有关，如其中战国群雄、楚汉之争以及汉初人物的相关记载，而《汉书》较侧重于记载西汉盛世时期的人物，班固重视"文治"甚于"武功"，而游侠、刺客一流更被他认为"罪不容诛"。《汉书》更多地记载了一些儒臣、循吏，褒扬他们的嘉言懿行，因而，后世儒生重《汉书》，而文士喜

《史记》,不是没有道理的。班固的这一倾向,在《汉书·公孙弘卜式兒宽传》的"赞"中表现得很明显,可以看出班固对武帝之时人材的看法和倾向:

> 汉之得人,于兹为盛,儒雅则公孙弘、董仲舒、兒宽,笃行则石建、石庆,质直则汲黯、卜式,推贤则韩安国、郑当时,定令则赵禹、张汤,文章则司马迁、相如,滑稽则东方朔、枚皋,应对则严助、朱买臣,历数则唐都、洛下闳,协律则李延年,运筹则桑弘羊,奉使则张骞、苏武,将率则卫青、霍去病,受遗则霍光、金日磾,其余不可胜纪。是以兴造功业,制度遗文,后世莫及。孝宣承统,纂修洪业,亦讲论六艺,招选茂异,而萧望之、梁丘贺、夏侯胜、韦玄成、严彭祖、尹更始以儒术进,刘向、王褒以文章显,将相则张安世、赵充国、魏相、丙吉、于定国、杜延年,治民则黄霸、王成、龚遂、郑弘、召信臣、韩延寿、尹翁归、赵广汉、严延年、张敞之属,皆有功迹见述于世。参其名臣,亦其次也。

《汉书》中也有一些传记写得很传神,如《苏武传》、《霍光传》等等,而尤以《苏武传》最为突出。当然《汉书》在传记的体例上也有一些变化,如比较注重家族史的描写等等。

原典选读

左传·郑伯克段于鄢

初，郑武公娶于申，曰武姜，生庄公及共叔段。庄公寤生，惊姜氏，故名曰寤生，遂恶之。爱共叔段，欲立之。亟请于武公，公弗许。及庄公即位，为之请制。公曰："制，岩邑也，虢叔死焉。佗邑唯命。"请京，使居之，谓之京城大叔。祭仲曰："都，城过百雉，国之害也。先王之制：大都，不过参国之一；中，五之一；小，九之一。今京不度，非制也，君将不堪。"公曰："姜氏欲之，焉辟害？"对曰："姜氏何厌之有？不如早为之所，无使滋蔓！蔓，难图也。蔓草犹不可除，况君之宠弟乎？"公曰："多行不义，必自毙，子姑待之。"

既而大叔命西鄙、北鄙贰于己。公子吕曰："国不堪贰，君将若之何？欲与大叔，臣请事之；若弗与，则请除之，无生民心。"公曰："无庸，将自及。"大叔又收贰以为己邑，至于廪延。子封曰："可矣。厚将得众。"公曰："不义，不昵。厚将崩。"大叔完聚，缮甲兵，具卒乘，将袭郑，夫人将启之。公闻其期，曰："可矣。"命子封帅车二百乘以伐京。京叛大叔段。段入于鄢。公伐诸鄢。五月辛丑，大叔出奔共。书曰："郑伯克段于鄢。"段不弟，故不言弟；如二君，故曰克；称郑伯，讥失教也：谓之郑志。不言出奔，难之也。

遂置姜氏于城颍，而誓之曰："不及黄泉，无相见也！"既而悔之。颍考叔为颍谷封人，闻之，有献于公。公赐之食。食舍肉。公问之。对曰："小人有母，皆尝小人之食矣；未尝君之羹，请以遗之。"公曰："尔有母遗，繄我独无！"颍考叔曰："敢问何谓也？"公语之故，且告之悔。对曰："君何患焉？若阙地及泉,隧而相见,其谁曰不然?"公从之。公入而赋:"大隧之中,其乐也融融。"姜出而赋:"大隧之外,其乐也泄泄。"遂为母子如初。君子曰:"颍考叔,纯孝也,爱其母,施及庄公。《诗》曰:'孝子不匮,永锡尔类',其是之谓乎!"

庄子·逍遥游

北冥有鱼,其名为鲲。鲲之大,不知其几千里也。化而为鸟,其名为鹏。鹏之背,不知其几千里也。怒而飞,其翼若垂天之云。是鸟也,海运则将徙于南冥。南冥者,天池也。

《齐谐》者,志怪者也。《谐》之言曰:"鹏之徙于南冥也,水击三千里,抟扶摇而上者九万里,去以六月息者也。"

野马也,尘埃也,生物之以息相吹也。天之苍苍,其正色邪?其远而无所至极邪?其视下也,亦若是则已矣。

且夫水之积也不厚,则其负大舟也无力。覆杯水于坳堂之上,则芥为之舟;置杯焉则胶,水浅而舟大也。风之积也不厚,则其负大翼也无力。故九万里,则风斯在下矣,而后乃今培风,背负青天而莫之夭阏者,而后乃今将图南。

蜩与学鸠笑之曰:"我决起而飞,枪榆枋,时则不至,而控于地而已矣,奚以之九万里而南为?"适莽苍者,三飡而反,腹犹果然;适百里者,宿舂粮;适千里者,三月聚粮,之二虫又何知?

小知不及大知,小年不及大年。奚以知其然也?朝菌不知晦朔,蟪蛄不知春秋,此小年也。楚之南有冥灵者,以五百岁为春,五百岁为秋;上古有大椿者,以八千岁为春,八千岁为秋。而彭祖乃今以久特闻,众人匹之,不亦悲乎!

汤之问棘也是已。穷发之北有冥海者,天池也。有鱼焉,其广数千里,未有知其修者,其名为鲲。有鸟焉,其名为鹏,背若太山,翼若垂天之云,抟扶摇羊角而上者九万里,绝云气,负青天,然后图南,且适南冥也。斥鴳笑之曰:"彼且奚适也?我腾跃而上,不过数仞而下,翱翔蓬蒿之间,此亦飞之至也。而彼且奚适也?"此小大之辩也。

故夫知效一官,行比一乡,德合一君,而征一国者,其自视也亦若此矣。而宋荣子犹然笑之。且举世而誉之而不加劝,举世而非之而不加沮,定乎内外之分,辩乎荣辱之境,斯已矣。彼其于世未数数然也。虽然,犹有未树也。夫列子御风而行,泠然善也,旬有五日而后反。彼于致福者,未数数然也。此虽免乎行,犹有所待者也。若夫乘天地之正,而御六气之辩,以游无穷者,彼且恶乎待哉?故曰,至人无己,神人无功,圣人无名。

尧让天下于许由,曰:"日月出矣而爝火不息,其于光也,不亦难乎!时雨降矣而犹浸灌,其于泽也,不亦劳乎!夫子立而天下治,而我犹尸之,吾自视缺然。请致天下。"许由曰:"子治天下,天下既已治也。而我犹代子,吾将为名乎?名者,实之宾也。吾将为宾乎?鹪鹩巢于深林,不过一枝;偃鼠饮河,不过满腹。归休乎君,予无所用天下为!庖人虽不治庖,尸祝不越樽俎而代之矣。"

肩吾问于连叔曰:"吾闻言于接舆,大而无当,往而不返。吾惊怖其言,犹河汉而无极也;大有径庭,不近人情焉。"连叔曰:"其言谓何哉?"曰:"藐姑射之山,有神人居焉,肌肤若冰雪,绰约若处子。不食五谷,吸风饮露,乘云气,御飞龙,而游乎四海之外。其神凝,使物不疵疠而年谷熟。吾以是狂而不信也。"连叔曰:"然。瞽者无以与乎文章之观,聋者无以与乎钟鼓之声。岂唯形骸有聋盲哉?夫知亦有之。是其言也,犹时女也。之人也,之德也,将旁礴万物以为一世蕲乎乱,孰弊

弊焉以天下为事！之人也，物莫之伤，大浸稽天而不溺，大旱
金石流土山焦而不热。是其尘垢秕糠，将犹陶铸尧舜者也。
孰肯以物为事！"

宋人资章甫而适诸越，越人断发文身，无所用之。尧治
天下之民，平海内之政，往见四子藐姑射之山，汾水之阳，窅
然丧其天下焉。

惠子谓庄子曰："魏王贻我大瓠之种，我树之成而实五
石，以盛水浆，其坚不能自举也。剖之以为瓢，则瓠落无所
容。非不呺然大也，吾为其无用而掊之。"庄子曰："夫子固拙
于用大矣。宋人有善为不龟手之药者，世世以洴澼絖为事。
客闻之，请买其方百金。聚族而谋曰：'我世世为洴澼絖，不
过数金；今一朝而鬻技百金，请与之。'客得之，以说吴王。越
有难，吴王使之将，冬与越人水战，大败越人，裂地而封之。
能不龟手，一也；或以封，或不免于洴澼絖，则所用之异也。
今子有五石之瓠，何不虑以为大樽而浮乎江湖，而忧其瓠落
无所容？则夫子犹有蓬之心也夫！"

惠子谓庄子曰："吾有大树，人谓之樗。其大本拥肿而不
中绳墨，其小枝卷曲而不中规矩，立之涂，匠者不顾。今子之
言，大而无用，众所同去也。"庄子曰："子独不见狸狌乎？卑
身而伏，以候敖者；东西跳梁，不辟高下，中于机辟，死于罔
罟。今夫斄牛，其大若垂天之云。此能为大矣，而不能执鼠。
今子有大树，患其无用，何不树之于无何有之乡，广莫之野，
彷徨乎无为其侧，逍遥乎寝卧其下。不夭斤斧，物无害者，无
所可用，安所困苦哉？"

史记·刺客列传(节选)

豫让者,晋人也,故尝事范氏及中行氏,而无所知名。去而事智伯,智伯甚尊宠之。及智伯伐赵襄子,赵襄子与韩魏合谋灭智伯,灭智伯之后而三分其地。赵襄子最怨智伯,漆其头以为饮器。豫让遁逃山中,曰:"嗟乎! 士为知己者死,女为说己者容。今智伯知我,我必为报仇而死,以报智伯,则吾魂魄不愧矣。"乃变名姓为刑人,入宫涂厕,中挟匕首,欲以刺襄子。襄子如厕,心动,执问涂厕之刑人,则豫让,内持刀兵,曰:"欲为智伯报仇!"左右欲诛之。襄子曰:"彼义人也,吾谨避之耳。且智伯亡无后,而其臣欲为报仇,此天下之贤人也。"卒释去之。

居顷之,豫让又漆身为厉,吞炭为哑,使形状不可知,行乞于市。其妻不识也。行见其友,其友识之,曰:"汝非豫让邪?"曰:"我是也。"其友为泣曰:"以子之才,委质而臣事襄子,襄子必近幸子。近幸子,乃为所欲,顾不易邪? 何乃残身苦形,欲以求报襄子,不亦难乎!"豫让曰:"既委质臣事人,而求杀之,是怀二心以事其君也。且吾所为者极难耳! 然所以为此者,将以愧天下后世之为人臣怀二心以事其君者也。"既去,顷之,襄子当出,豫让伏于所当过之桥下。襄子至桥,马惊,襄子曰:"此必是豫让也。"使人问之,果豫让也。于是襄子乃数豫让曰:"子不尝事范、中行氏乎? 智伯尽灭之,而子不为报仇,而反委质臣于智伯。智伯亦已死矣,而子独何以为之报仇之深也?"豫让曰:"臣事范、中行氏,范、中行氏皆众人遇我,我故众人报之。至于智伯,国士遇我,我故国士报之。"襄子喟然叹息而泣曰:"嗟乎豫子! 子之为智伯,名既成矣,而寡人赦子,亦已足矣。子其自为计,寡人不复释子!"使兵围之。豫让曰:"臣闻明主不掩人之美,而忠臣有死名之义。前君已宽赦臣,天下莫不称君之贤,今日之事,臣固伏诛,然愿请君之衣而击之,焉以致报仇之意,则虽死不恨。非所敢望也,敢布腹心!"于是襄子大义之,乃使使持衣与豫让。豫让拔剑三跃而击之,曰:"吾可以下报智伯矣!"遂伏剑自杀。死之日,赵国志士闻之,皆为涕泣。

八代诗的嬗变

汉、魏、晋、宋、齐、梁、陈、隋各代,包括北朝,历时八百余年,史称"八代","八代诗"都可以纳入"古体诗"的范畴,而与"近体诗"或"律诗"相对,它是中国古典诗歌中漫长而重要的发展时期。五、七言诗的逐渐发展,声律的日益精密,风格的屡经变化,都为唐诗的繁荣奠定了基础,也造就了曹植、阮籍、左思、陶渊明、谢灵运、谢朓、鲍照、庾信等一大批重要诗人。

先秦时期的《诗经》、《楚辞》为中国的古典诗歌创作树立了典范，同时也奠定了中国文学的抒情传统。在"诗国高潮"的唐诗出现之前，从汉兴到隋亡，这一段时期总计八百余年，其间经历了汉、魏、晋、宋、齐、梁、陈、隋各代，包括北朝，史称"八代"，而这一段时期的诗歌，也通称为"八代诗"。"八代诗"都可以纳入"古体诗"的范畴，而与唐代正式形成、并在其后成为诗坛主流的"近体诗"或"律诗"相对，同样是中国古典诗歌中的重要组成部分，因此，我们不妨将这八百年的诗歌发展作为一个整体来观照。八代诗风格的递嬗，以及其中重要诗人的创作，对古典诗歌的发展，无论在形式上还是在内涵上，都有极其重大的贡献。这里只简略地从几个问题来作一些考察。

一是五言诗和七言诗的起源与发展问题。从诗歌的体式上来说，五、七言诗是继《诗经》的四言、"楚辞"的六言之后，古典诗歌领域内所发生的另一个重大变化。

八代诗的主要形式是五言诗，然而关于五言诗的起源，至今仍然是学术界热衷探讨而聚讼不定的问题之一。五言诗的兴起与繁荣,是多方面因素造成的。首先,有民间歌谣的影响。西汉乐府多用杂言,但民间已有五言歌谣流行(如武帝、成帝时民谣);而现存最早的文人五言诗通常认为是东汉班固的《咏史》,钟嵘《诗品》中认为它"质木无文",可见五言诗在东汉初期仍是一种新诗体,真正成熟的五言诗,要到东汉末年才出现。其次,也有对经典的继承。《诗经》或"楚辞"中的五言句当然不能算作五言诗的起源,但《诗经》长期以来被认为是诗歌的正体,直到齐梁时期的刘勰在《文心雕龙·明诗》中还说"四言正体,则雅润为本;五言流调,则清丽居宗",当时的五言诗成就已经很高了,却仍被看成与"正体"相对的"流调",这从另一方面便看出《诗经》的影响力有多大。因此,在早期五言诗的发展过程中,《诗经》的影响远大于"楚辞",有相当一部分五言诗,即是通过添字的方式从四言诗发展而来,其基本结构则是"四言的"。比如在"亲友各言迈,中心怅有违"(潘岳《金谷集作诗》)这一类诗句中,完全可以看出其中的"四言格调"来(如果还原为四言诗即"亲友言迈,中心有违"),这一点也是不应忽视的。无论如何,从东汉末年起,五言诗已经成为诗人创作的主要诗体了,并且不断取得重大的成就,其表现力大大超过了四言诗,梁朝钟嵘的《诗品》专论五言诗,其《总论》中说:"五言居文辞之要,是众作之有滋味者也,故云会于流俗。岂不以指事造形,穷情写物,最为详切者耶!"可谓切中肯綮。这些对于我们理解五言诗的形成和发展会有一定的帮助。

七言诗的渊源与发展是另一个难题。《诗经》、"楚辞"中的《招魂》(不算"兮"字)以及荀子的《成相篇》中都有七言句,只是这些并非真正的七言诗。不过从起源的角度来看,则以"楚辞"与七言诗的关系最为密切,如西汉乐府《安世房中歌》中的《今有人》:"今有人,山之阿,被服薜荔带女萝。

既含睇，又宜笑，子恋慕予善窈窕……"显然就是改自《九歌·山鬼》："若有人兮山之阿，被薜荔兮带女萝。既含睇兮又宜笑，子慕予兮善窈窕……"从这里可以看出，三、七言句与楚辞句式之间转换是很容易的。有人认为七言诗始于西汉，相传《柏梁诗》便是汉武帝和群臣的联句，这首诗全篇七言，但通常被认为是伪作，我们也只得存疑。到了东汉张衡的《四愁诗》，除了每节的首句用楚辞体外，其余都是七言诗的样式，比如其第一段：

> 我所思兮在泰山，欲往从之梁父艰。侧身东望涕沾翰。美人赠我金错刀，何以报之英琼瑶。路远莫致倚逍遥，何为怀忧心烦劳。

这首诗用楚辞中"香草美人"的比兴手法，缠绵动人，是早期七言体中的优秀之作。不过从体式上看，它仍有一定的问题。一方面，它首句的"楚辞体"仍是一个未解决的问题；另一方面，这首诗中有不少诗句存在断裂感，如"欲往从之梁父艰"、"何以报之英琼瑶"、"路远莫致倚逍遥"这几句中，每句都是由两个句子缩合而成，而"何以报之英琼瑶"还应该视作一问一答的两句："何以报之？英琼瑶。"这不免让人想起《诗经》中"何以赠之？琼瑰玉佩"这样的句子。另外像"欲往从之"、"何以报之"、"路远莫致"这类句式，显然也来源于《诗经》中的"遡洄从之、遡游从之"、"何以予之、何以赠之、杂佩以报之"、"远莫致之"一类的句式。因而，这首诗可以看作是揉合了《诗》、《骚》的传统而成的早期七言诗，尚不完熟。张衡的《思玄赋》后有一段"系辞"，倒是更为流畅的七言诗，但和马融《长笛赋》中的"赞辞"一样，并不是独立的。真正独立而完整的七言诗，要算曹丕的名作《燕歌行》：

> 秋风萧瑟天气凉,草木摇落露为霜。群燕辞归雁南翔,念君客游思断肠。慊慊思归恋故乡,君何淹留寄他方。贱妾茕茕守空房,忧来思君不敢忘,不觉泪下沾衣裳。援琴鸣弦发清商,短歌微吟不能长。明月皎皎照我床,星汉西流夜未央。牵牛织女遥相望,尔独何辜限河梁。

这首诗是一首思妇之辞,情思委婉,真挚感人,对后世的歌行影响很大。这类七言诗有一个共同的特点,就是句句入韵,虽然唐宋时代的诗人也创作这类诗,但它到底还不算是七言诗的常体,可是隔句用韵的七言诗,要等到刘宋时期的鲍照才出现。至于七言律诗,虽然它的体式在初唐时期就已经定型,但真正的发展还要迟至唐代的杜甫以后。

所以,总体而言,七言诗的发展晚于五言诗,张衡、曹丕的作品只是个别的现象,鲍照的七言作品虽然有一定的数量,但他同时代的作家则很少创作七言诗,七言诗的繁荣,仍要等到唐代。"八代诗"总体上可以归入五言诗的世界。

二是声律与对仗的问题。八代诗虽然总体上属于"古体诗",但初唐时期五、七言律诗的成熟,并成为此后古典诗歌中最精致、最通行的诗体,其基础却是八代诗在其发展过程中逐步奠定的。从音律的角度来看,八代诗的发展,也是一个不断律化的过程。

与古诗相比较,律诗最主要的特点,一是对仗,一是平仄。对仗在中国古典作品中早就存在,例子也不胜枚举,其主要原因在于汉语是单音节的,有对仗的天然便利,只是在上古时代,这种文字的对仗并非出于刻意的安排,而多是一种自然形成的结果,比如"青青子衿,悠悠我心"(《诗经·郑风》）、"乘肥马，衣轻裘"（《论语·雍也》）、"上食槁壤，下饮黄泉"（《孟子·滕文公下》）等等。

汉魏以来，诗人们开始逐渐注意诗歌创作的技巧，由于受到辞赋发展的影响，除了在文辞上越来越华丽之外，诗歌之中对仗的情形也越来越多了，《古诗十九首》中如"胡马依北风，越鸟巢南枝"、"迢迢牵牛星，皎皎河汉女。纤纤出素手，札札弄机杼"、"兔丝生有时，夫妇会有宜"、"上言长相思，下言久离别"这样的句子，它们或不避同字，或避同字，但都可以算是对仗；到了建安时期的曹植，诗中的对仗情形比《十九首》有所增加，如《箜篌引》中"阳阿奏奇舞，京洛出名讴"、"主称千金寿，宾奉万年酬。久要不可忘，薄终义所尤"，《白马篇》中"控弦破左的，右发摧月支。仰手接飞猱，俯身散马蹄。狡捷过猴猿，勇剽若豹螭。"这样连续多处用对仗，都表明作者对于这一特点的注意。西晋太康年间的"繁缛"诗风是对仗技法大发展的时期，代表诗人有潘岳、陆机，这时对仗已成为一种必要的手法。他们的许多诗作，除却首尾之外，中间的诗句几乎全用对仗，如陆机《猛虎行》的中间几句："饥食猛虎窟，寒栖野雀林。日归功未建，时往岁载阴。崇云临岸骇，鸣条随风吟。静言幽谷底，长啸高山岑。急弦无懦响，亮节难为音。"到了南朝谢灵运、谢朓、沈约等人之后，这一点几乎已经成为做诗的常识了。

诗歌中"平仄律"的发展，却是一个较难说明的问题。在沈约之前，尽管诗人们已经习惯了对仗，但是他们并未讲究诗的声调。比如像左思《咏史》中"著论准相如，作赋拟子虚"这样两句诗虽然是标准的对仗，可是上、下句的平仄却完全一样。到了齐代永明年间，沈约、谢朓、王融、周颙等人开始注意到，汉字声调的排列不同，对于诗歌声律的和谐有很大的影响，他们发现了汉字的"平上去入"四声，并以此来制定诗歌创作的声律,从而大大提高了诗歌的音乐美。永明时期的代表诗人谢朓曾说过"好诗圆美流转如弹丸",其中就包括了声调的优美。当时的诗人和学者之中,沈约撰有《四声谱》,并说"在昔词人,累千载而不悟",认为这是自己的独得之秘;另外周颙著有《四声切韵》,王斌有《四声论》,都是对汉语声调的认识。平心而论,四声的发现,不能完全算作是某一个人的独创,而是音韵学发展到这时所必然出现的一个结果。

但是四声发现的直接原因是什么?比较普遍的看法认为,这受到了当时佛经翻译中考文审音的影响,即以中国特有的入声,加上印度婆罗门诵《吠陀》经典时的三声而成。这三声记载在公元前四世纪印度语言学家波你尼所著的《八章书》(AṢṬādhyāyī,亦称《波你尼经》)中,通过当时"善声沙门"对梵音的"转读"传入中国。只是当日如何转读,今日已难详知。(陈寅恪《四声三问》)这一说法也受到了一些学者的质疑,比如说,这三声到公元前二世纪在印度已经失传,何以到了六百年后的齐梁时代反而能在中国转读?婆罗门被佛教视为外道,婆罗门诵经法为佛戒所禁,何以译经时却偏要用此诵法?况且梵语藏经属于"混合梵语",而非"吠陀梵语",它与《吠陀》的声调关系,亦难明了。(饶宗颐《印度波你尼仙之围陀三声论略——四声外来说平议》)由此可见,梵学在中国的发展,虽然对于中国古代的音韵学有影响,但与"永明体"诗歌的四声,却不一定有直接的联系。

这样我们只能从语言自身的角度去考察。古语说"一张一弛,文武之道",诗歌的声韵也是一样,必须有待于"一张一弛"的变化,才能符合人的生理和心理的节奏,让人感到和谐。语言声调的变化无非有几种,即高低、轻重、长短。在格律诗之中,比较明显的,如梵语、古希腊语、拉丁语都是一种

"长短律"，以长音与短音相间的方式取得和谐；英语、德语一类的诗歌则是通过轻重相间的方式，形成一种"轻重律"。在汉语的发展过程中，如果上古的声调只有平声和入声两类（王力《汉语诗律学》），那么形成诗律倒是比较容易的，因为入声的短促特性很明显，所以这样的诗律应该是以长短相间为主，可是上古时期并没有严格的诗律，何况对于上古的音调情况也只是一种推测。不管怎么样，在沈约的时代，汉语声调已经演变为平、上、去、入四声。四声的形成，增加了诗律的复杂性，不能单纯地以长短音来考察，而是混合了长短、高低、轻重这几种因素而成的。永明时代的诗人所主张的诗律是"四声律"，这种诗律我们至今也还不太明白它的具体要求，沈约还提出所谓的"四声八病"，指出五言诗应该避免哪些声律上的毛病，但是连沈约也达不到他自己提出的要求，可见以四声来安排声律是有多么困难了。

总之，在沈约、谢朓等人的"永明体"诗歌之中，诗歌的韵律已经有了长足的进步，这是由古体诗向律诗演变的一个关键环节，无论是对仗、押韵，还是声调，诗人们都已经有了一些比较明确的讲究，因而当时已经被称为"新体诗"，和律诗的要求已经很接近了。至于将"四声律"再简化为"平仄律"，采用平声韵，并将诗歌定为八句四韵，以及加上"粘式律"的要求，则要到唐初才真正实现。

三是诗歌内容及风格的演变问题。从东汉末年一直到唐代初年，这一段时期也是文学史上所说的"文学自觉时代"，文学的独立，"辨体"意识的兴起，以及对于文学审美的自觉追求，都体现了这一特征。八代诗的发展，正好顺应了这一潮流，上面谈到诗人对于诗歌形式的追求，就是典型的表现之一。然而从时代的角度来看，两汉四百年的时间里，诗歌繁兴的时代较多地集中在东汉后期,而从东汉末到唐初,这大约四百年的时间里,除了西晋时期的短暂统一外,其余的历朝都处在中国历史上大分裂的时代,因此,八代诗在很大程度上属于"乱世文学"。

八代诗的发展,经历了几个重要的阶段,即汉乐府、东汉文人诗、建安风骨、正始之音、太康诗风、玄言与山水、陶渊明的田园诗、鲍照的七言乐府、永明体诗歌、南北诗风的交融。其中除了汉乐府、东汉文人诗及南北朝民歌多为无名氏作品之外,重要的诗人包括曹植、阮籍、左思、陶渊明、谢灵运、谢朓、鲍照、庾信等等,其中陶渊明作为古体诗的集大成者,代表了八代诗的最高成就,也是整个中国古典诗歌史上最重要的几位诗人之一。以下各节,我们基本上也按照这样的次序,作一个简要的叙述。

两汉乐府

汉乐府是《诗经》、"楚辞"之后诗歌史上又一次重要发展,它们所反映的是当时的社会生活画卷,涉及到的内容很丰富,代表了各阶层的思想。其中有表现民生疾苦的《东门行》、《妇病行》、《孤儿行》,有表现富贵的《鸡鸣》、《相逢行》、《长安有狭斜行》,有丧歌《薤露》、《蒿里》,还有描写仙界、向往长生的《练时日》、《上陵》、《日出入》、《艳歌》;更有爱情婚姻诗如《上邪》、《有所思》,也有《陌上桑》、《羽林郎》和《孔雀东南飞》这一类作品。

两汉乐府中最突出的一点是它的叙事性,也就是《汉书·艺文志》中所说的"感于哀乐,缘事而发"。前面说过,自先秦以来,中国的诗歌就奠定了一个抒情的传统。而汉乐府中这些叙事性的诗篇,可以算是这一传统下的别调,因此也特别值得注意。这些诗中所表现的虽然不是史诗那样的重大题材,但却善于从生活中的细节着手,表现平凡人生中的悲欢。比如《东门行》:

> 出东门,不顾归。来入门,怅欲悲。盎中无斗米储,还视架上无悬衣。拔剑东门去,舍中儿母牵衣啼:"他家但愿富贵,贱妾与君共哺糜。上用苍浪天故,下当用此黄口儿。今非!""咄,行!吾去为迟!白发时下难久居。"

诗中截取了贫苦人生活中的一个片断,但非常典型地反映出了当时社会的不平。这首诗是杂言诗,有对话,有叙述,语言也呈现一定程度的口语化,是杂言叙事诗的代表作之一。

《东门行》只是一个特写镜头,我们并不知道诗中的主人公以及这家人后来的命运如何,但这种写法在汉乐府中却是常见的,如《上山采蘼芜》写了一位弃妇与故夫邂逅的场景,《艳歌行》写的是妻子为一个游子缝补衣服而引起丈夫猜疑的场景,都是一些生动的画面,既让人觉得如身临其境,也引人对故事的前因后果产生一些遐思。当然,叙述有头有尾事件的诗歌也很多,比如《十五从军征》:

> 十五从军征,八十始得归。道逢乡里人,家中有阿谁。遥看是君家,松柏冢累累。兔从狗窦入,雉从梁上飞。中庭生旅谷,井上生旅葵。舂谷持作饭,采葵持作羹。羹饭一时熟,不知贻阿谁? 出门东向看,泪落沾我衣。

诗中有对这位老兵始末的叙说,有与乡人的对话,有对现在凄凉场景的直接描绘,语句平淡,却足以让人落泪长思。读这首诗,我们也很容易联想到杜甫《三吏》、《三别》这些即事名篇的乐府诗。

叙事诗中最著名、叙事最完整、成就最高的一首当然是《孔雀东南飞》。这首诗全篇长达 1700 多字,在整个的汉乐府中可以称得上是"孤篇横绝",找不到第二首与它匹敌的叙事诗。这首诗中主要塑造了刘兰芝、焦仲卿的形象,焦母、刘兄等形象也非常突出,从叙事文学人物刻画的角度来说,已经是相当成功的了。诗中的线索也分为两条,一线是兰芝与仲卿二人的情义,一线是兰芝与婆婆及兄长之间的冲突。一方面是兰芝与仲卿二人感情愈深愈真,另一方面则是与婆婆

兄长之间的冲突愈演愈烈，最后兰芝、仲卿均以自杀的方式
进行抗争，诗歌结尾却以一个浪漫的情景收场：

> 两家求合葬，合葬华山傍。东西植松柏，左右种梧
> 桐。枝枝相覆盖，叶叶相交通。中有双飞鸟，自名为鸳
> 鸯。仰头相向鸣，夜夜达五更。

这既让人想起《梁山伯与祝英台》，也让人想起《罗密欧与朱
丽叶》，仿佛世间真正的爱情都应该有一个凄美的结局。全
诗可以理解为一部诗剧，它既有诗的美，也有人物塑造、事件
冲突，这些都不必赘言，读者自知其妙。

这篇作品最初见于南朝陈代徐陵所编的《玉台新咏》，按
其小序所说，事情发生在东汉末建安年间，"时人伤之，为诗
云尔"，作品也当为东汉末年所作，其间流传三百余年，方成
定本。它显然经过文人不断的润色，以至文辞雅致，否则未
必不像后世《再生缘》、《天雨花》一类的"弹词七字唱"那样文
采不扬；但仔细讽咏，却不难发现其中仍有一些长篇叙事诗
或者史诗的通则，可以举二例说明。

一是诗中的铺衍，这与辞赋的发展互为影响，却也是长
篇叙事诗中的应有之义，最典型的有三处，两处为兰芝的装
饰，一处为太守之子求婚的场景：

> (1)妾有绣腰襦，葳蕤自生光；红罗复斗帐，四角垂
> 香囊；箱帘六七十，绿碧青丝绳，物物各自异，种种在
> 其中。
> (2)鸡鸣外欲曙，新妇起严妆。著我绣夹裙，事事四
> 五通。足下蹑丝履，头上玳瑁光。腰若流纨素，耳著明
> 月珰。指如削葱根，口如含朱丹。纤纤作细步，精妙世

无双。

（3）交语速装束，络绎如浮云。青雀白鹄舫，四角龙子幡。婀娜随风转，金车玉作轮。踯躅青骢马，流苏金镂鞍。赍钱三百万，皆用青丝穿。杂彩三百匹，交广市鲑珍。从人四五百，郁郁登郡门。

这些描写虽然很美，却并不具备多少特殊性，在长篇叙事诗中，这些类似的辞句应该是多处出现的。假如《孔雀东南飞》的篇幅更长些，或者描述到诗中说到的"秦罗敷"（在当时是美人的通称），一定也是类似的辞句。《陌上桑》尽管与这里的场景不同，但如果对照其中的"头上倭堕髻，耳中明月珠"和这里的"头上玳瑁光""耳著明月珰"等诗句，其相似性便不难想见了。

二是语言的重复运用，上一条中的内容，在理论上有重复的可能，但这首诗的篇幅还不够长，所以这类"场景化"的大段重复见不到，但语言的重复仍然是随处可见的，这些诗句可以称为是"程式化"（formulaic）的语言，自是长篇叙事诗及史诗中惯用的技巧，这首诗中较长的重复如：

A1：十三能织素，十四学裁衣。十五弹箜篌，十六诵诗书。十七为君妇，心中常苦悲。

A2：十三教汝织，十四能裁衣，十五弹箜篌，十六知礼仪，十七遣汝嫁，谓言无誓违。

B1：卿但暂还家，吾今且报府。不久当归还，还必相迎取。

B2：誓不相隔卿，且暂还家去。吾今且赴府，不久当还归。

C1：东家有贤女，自名秦罗敷。可怜体无比，阿母为汝求。

    C2：东家有贤女，窈窕艳城郭，阿母为汝求，便复在旦夕。

至于短句的重复，如"我有亲父兄、我有亲父母"、"妾不堪驱使、不堪母驱使"、"府吏默无声、阿女默无声"、"府吏再拜还、再拜还入户"之类，都可以作类似的分析。

这样，针对《孔雀东南飞》这首诗，我们不妨作出这样的推论，即这首诗只是汉末以来大量同类乐府中的一粒遗珍，被南朝人发现了；假如还有更多这类诗存留的话，我们对于中国的叙事诗会有一个全新的理解。

叙事诗作为汉乐府中一个突出的现象，固然应该得到我们更多的注意，但并不代表汉乐府只有叙事诗，事实上，汉乐府中的抒情诗也同样达到了很高的成就。比如前文所举的《上邪》《薤露》一类，还有一些名篇如《江南》、《长歌行》（青青园中葵）、《白头吟》、《悲歌》、《怨歌行》、《伤歌行》一类的作品，其中有杂言的，也有五言的；这一类诗当然是继承了抒情的传统，或为怨女的哀歌，或感叹时光的流逝，这里不妨举一首极言客子之愁的《悲歌》：

    悲歌可以当泣，远望可以当归。思念故乡，郁郁累累。欲归家无人，欲渡河无船。心思不能言，肠中车轮转。

这种情调在汉乐府中有一定的代表性，与《古歌》可以对照着读。事实上，这一愁绪，在东汉末年的文人诗以及《古诗十九首》中便是一个核心的主题。

古诗十九首

　　《古诗十九首》的名称来自萧统所编的《文选》，它是汉代抒情诗的冠冕，也代表了汉代文人五言诗的最高成就。它产生于东汉末年，并非一人、一时、一地的作品，但其情调、主题相近，所以被合为一编。这组诗中所表露的情怀并不高尚，甚至显得鄙陋，它之所以能够成为诗歌史上的经典之作，所依恃的是它杰出的艺术成就。

　　从主题上来说，《古诗十九首》所表现的，无非是游子的歌吟、思妇的怨叹，人生无常的悲哀、及时行乐的情怀。它是一组"末世悲歌"，虽然只是常人的情感，却因为它产生在末世之中，从而将人类的天性、世俗的悲欢展现得更为真切。天涯士子的落寞，常常与思念故乡、妻室相联结，如第六首《涉江采芙蓉》：

　　　　涉江采芙蓉，兰泽多芳草。采之欲遗谁？所思在远道。远顾望旧乡，长路漫浩浩。同心而离居，忧伤以终老。

　　这种落寞有时也表现为仕宦的失意，如第七首"明月皎夜光"便表达了对旧友不相汲引的抱怨："昔我同门友，高举振六翮；不念携手好，弃我如遗迹。南箕北有斗，牵牛不负轭。良无盘石固，虚名复何益？"至于思妇之辞与游子之情，则是《古诗十九首》中最为常见的一对主题。如第一首《行行重行行》，便着重抒发了夫妇之间"生别离"的伤感：

　　行行重行行，与君生别离。相去万余里，各在天一涯。道路阻且长，会面安可知？胡马依北风，越鸟巢南枝。相去日已远，衣带日已缓。浮云蔽白日，游子不顾返。思君令人老，岁月忽已晚，弃捐勿复道，努力加餐饭。

时代的悲哀带来生命的悲哀，夫妇之间的离别原本寻常，但在末世之中则凭添了一种流离之感。

　　"人生无常"与"及时行乐"是另一对紧密相连的主题。它们同样只是凡人的情感，并不具有任何超越的意义。这一类主题在《诗经》中已经有所体现，像《唐风·蟋蟀》中说到"蟋蟀在堂，岁聿其逝。今我不乐，日月其迈"，《小雅·頍弁》中说到"死丧无日，无几相见。乐酒今夕，君子维宴"，大体上都有这样的思想，而《唐风·山有枢》表达得最为明白：

　　山有枢，隰有榆。子有衣裳，弗曳弗娄。子有车马，弗驰弗驱。宛其死矣，他人是愉。

　　山有栲，隰有杻。子有廷内，弗洒弗埽。子有钟鼓，弗鼓弗考。宛其死矣，他人是保。

　　山有漆，隰有栗。子有酒食，何不日鼓瑟？且以喜乐，且以永日。宛其死矣，他人入室。

　　这类主题在《诗经》之中只是一些零章片语，而在《古诗十九首》中就变成了一种普遍的音调。诚然，"人生无常"的看法代表了生命意识的觉醒，人们意识到衰老、死亡是不可避免的悲哀，但这一情绪在末世之中通常最为深切，《世说新语·文学》篇中记载王恭经过他弟弟的门前，问他说："古诗中何句为最？"他的弟弟还没有来得及回答，他就吟出了自己认为最佳的一句："所遇无故物,焉得不速老!"这是《十九首》中令人警省一句诗,很能体现当时一般士大夫的情怀。在社会动荡、人人自危的世态之下,一切高远的追求都杳不可及,甚至一切道德、功名、事业本身都失去了意义,没有任何事物具有"不朽"的价值。儒家的"三不朽"(立德、立功、立言)既然已经难以通行,再加上当时人对于宗教的了解也只限于一些方士的服食求仙,人们所能够看到的,只有眼前的欢乐,因此"及时行乐"自然而然地成为一般人的选择:他们所追求的是金钱与富贵,所流连的是醇酒与美人。方东树说"汉魏人无明儒理者,故极高志,止此而已"(《昭昧詹言》),事实上这更多地是与时代精神(Zeitgeist)有关,儒理尚在其次。第十三首《驱车上东门》可以算是这类主题集中体现:

> 驱车上东门,遥望郭北墓。白杨何萧萧,松柏夹广路。下有陈死人,杳杳即长暮。潜寐黄泉下,千载永不寤。浩浩阴阳移,年命如朝露。人生忽如寄,寿无金石固。万岁更相迭,圣贤莫能度。服食求神仙,多为药所误。不如饮美酒,被服纨与素。

诗的前几句是因为见到坟墓而悟到人生短暂,由此引发了"年命如朝露"、"人生忽如寄"的感叹,不仅常人如此,圣贤也同样如此。面对这种情形,大概有两种处理办法,一是寻求长生不老,一是及时行乐,这到魏晋时期竟然发展成了"服药"与"饮酒"两种社会风习,变成诗歌的核心主题,并成为当时名士们必不可少的装饰品。第十五首《生年不满百》则是更为简略的概括:

> 生年不满百,常怀千岁忧。昼短苦夜长,何不秉烛

游！为乐当及时，何能待来兹。愚者爱惜费，但为后世嗤。仙人王子乔，难可与等期。

"生年不满百，常怀千岁忧"是千古名句，诗中反对长久之想，正如古罗马诗人贺拉斯在诗中说，"生命的短暂让我们不能抱有长远的希望"（vitae summa brevisspemnosvetatinco-harelongam），所以要"为乐及时"，要"秉烛夜游"，以增加生命的密度，爱惜钱财、妄求长生都是不可取的。类似的诗句在《十九首》中不胜枚举，如第十一首《回车驾言迈》中说"人生非金石，焉能长寿考"，第三首"青青陵上柏"中也说："人生天地间，忽如远行客。斗酒相娱乐，聊厚不为薄……极宴娱心意，戚戚何所迫！"这也难怪当时士大夫的人生追求也只是寻求富贵，以供声色场中的驱驰而已。如第四首《今日良宴会》：

今日良宵会，欢乐难具陈。弹筝奋逸响，新声妙入神。令德唱高言，识曲听其真。齐心同所愿，含意俱未伸。人生寄一世，奄忽若飚尘。何不策高足，先据要路津。无为守穷贱，轗轲长苦辛。

诗末的四句说得再明白不过了。至于第十二首《东城高且长》中所说的"四时更变化，岁暮一何速？晨风怀苦心，蟋蟀伤局促。荡涤放情志，何为自结束！燕赵多佳人，美者颜如玉。被服罗裳衣，当户理清曲……思为双飞燕，衔泥巢君屋。"也一样是由于眼前的事物而想到时光的流逝，不可挽留，进而想到不如放情自纵，在声色之中聊以度日吧。

《古诗十九首》中绝无高远的情怀和理想，它之所以能够成为"风余"、"诗母"（陆时雍《诗镜总论》），对后来的五言诗产生巨大的影响力，首先在于它情感的真切，所谓"情真、景真、事真、意真,澄至清,发至情"(陈绎曾《诗谱》),即使是一些鄙俗之想,也都彻底呈露,毫无掩饰,王国维曾评论说:"'昔为倡家女,今为荡子妇。荡子行不归,空床难独守。''何不策高足,先据要路津。无为守穷贱,轗轲长苦辛。'可谓淫鄙之尤。然无视为淫词、鄙词者,以其真也。"(《人间词话》)其次则在于它艺术手法的高超,它继承了《诗经》、《楚辞》以来抒情文学的优秀传统,善用比兴,钟嵘《诗品》中称它是:"文温以丽,意悲而远,惊心动魂,几乎一字千金。"胡应麟《诗薮》中也说:"随语成韵,随韵成趣,辞藻气骨,略无可寻,而兴象玲珑,意致深婉,真可以泣鬼神、动天地。"这些普通的情感更能够引起常人的共鸣,我们读《古诗十九首》,既觉其文字之美,也觉其情性之真,不免百感交集。

建安风骨与正始之音

　　建安和正始这两个时期的诗歌在文学史上都很重要,它们在时间上相隔不过二十年,但诗歌风貌却大相迳庭。建安时代名义上还是东汉末年,但曹氏秉政;正始时期虽仍属于魏代,而司马氏专权。建安时期,曹氏父子提倡文学,并形成以"三曹七子"为代表的艺术典范"建安风骨";而正始时期政治黑暗,文人动辄得咎,这时的诗歌创作多用比兴,体现出隐晦曲折的特征。

　　建安时代,天下大乱,但曹氏父子雅好文艺,并在他们周围集中了当时最优秀的文学之士,他们普遍关心民瘼,诗歌中多体现了汉末战乱所造成的民生凋敝,表现出强烈的责任感以及深切的忧患意识,如曹操《蒿里行》:"白骨露于野,千里无鸡鸣。生民百遗一,念之断人肠。"王粲《七哀诗》"悟彼下泉人,喟然伤心肝!"同时,他们也多具有建功立业的抱负,如王粲自称"服身事干戈,岂得念所私"(《从军诗》),而陈琳也要求"庶几及君在,立德垂功名",等等。在风格上,多表现出一种"尚气"的特征。我们常常用"慷慨悲凉"来描述建安时期的诗歌特征,"慷慨"也正是建安诗人所习用的词语之一。这批诗人各有成就,"三曹"都有可称之处,如曹操《短歌行》、《步出夏门行》等是《诗经》之后四言诗的异调,东府则被称为"汉末实录"(锺惺《古诗归》),风格古朴苍劲;曹植"骨气奇高,辞采华茂"(锺嵘《诗品》),代表了建安诗歌的最高成就。"七子"之中,王粲最为突出,刘桢、陈琳、阮瑀、徐干等人也各有名篇传世。这里我们只谈一谈曹植。

曹植的文艺天赋极高,但一生却为政治所苦。早年鹰扬发厉,吟咏抱负,精神面貌极其乐观上进;但自曹丕继位以后,处处受到限制,转而幽愤寄托,感慨悲凉。前期的代表作品如《白马篇》:

> 白马饰金羁,连翩西北驰。借问谁家子,幽并游侠儿。少小去乡邑,扬声沙漠垂。宿昔秉良弓,楛矢何参差。控弦破左的,右发摧月支。仰手接飞猱,俯身散马蹄。狡捷过猴猿,勇剽若豹螭。边城多警急,虏骑数迁移。羽檄从北来,厉马登高堤。长驱蹈匈奴,左顾凌鲜卑。弃身锋刃端,性命安可怀?父母且不顾,何言子与妻。名编壮士籍,不得中顾私。捐躯赴国难,视死忽如归。

这里所塑造的是一个武艺高超、忧国忘家的"幽并游侠儿",实际上也正是他自己心目中的理想形象,代表了他建功立业的追求,这是"建安风骨"的代表诗篇之一。

《世说新语》中记载了曹植"七步诗"的故事,这很能表达他后期的处境。由于曹丕父子对他的猜忌,而他后期的作品之中,始终有一种愤郁之情,却又不得不委婉地表达,有时采用比兴的手法。这一时期的重要诗作有《赠白马王彪》、《杂诗六首》、《泰山梁甫吟》、《野田黄雀行》、《七哀诗》等,在艺术上更为成熟。如《赠白马王彪》是一首七章的长篇抒情诗,它的写作背景是当时曹植和白马王曹彪、任城王曹彰去京师朝会,但任城王到京后却不明不白地死去,而曹植和曹彪返回之时又被责令不能同行。这使他"愤而成篇",采用了蝉联体的形式,表达了复杂的心情,其中既有对任城王的悼念,也表达自己不安的心境,全诗层次分明,丰富深沉。而《七哀诗》

则通过男女之情的比兴手法抒发了君臣不合与怀才不遇之感,全诗意韵深长:

> 明月照高楼,流光正徘徊。上有愁思妇,悲叹有余哀。借问叹者谁,言是宕子妻。君行逾十年,孤妾常独栖。君若清路尘,妾若浊水泥。浮沉各异势,回合何时谐?愿为西南风,长逝入君怀。君怀良不开,贱妾当何依。

曹植是第一位大力创作五言诗的诗人,在艺术上也有独到之长。他的诗歌融汇了汉乐府、《古诗十九首》的长处,使得诗歌进一步"文人化",他更进一步地讲求辞藻,如《美女篇》上承《陌上桑》,但它的华美却远过于后者;他也注意到对仗的声律特色,像"秋兰被长坂,朱华冒绿池"这样的名句,不仅对仗极工,而且讲求炼字的技巧;他还善长用警句,如"高台多悲风,朝日照北林"(《杂诗六首》)、"惊风飘白日,忽然归西山"(《赠徐干》)等句都安排在首句,以致于沈德潜说他"最工起调"(《古诗源》),他的确是建安时期最讲求诗歌技巧的一位诗人了。不过,他那种"骨气"却始终没有在他的"辞采"中淹没,则是他能够成为一位杰出诗人的最重要因素。

正始时期,由于司马氏的专权,与曹氏较亲近或拒绝合作的一些文人,如何晏、夏侯玄、嵇康等人,都被杀害。这一时代的诗人政治理想已经丧失,而诗歌的风貌也与建安时期大相径庭,诗人则以阮籍、嵇康为代表,嵇康的四言诗是继曹操之后的又一重要成就,如《幽愤诗》、《赠秀才入军》等,这些诗作,着力描绘"采薇山阿,散发岩岫,永啸长吟,颐性养寿"、"目送归鸿,手挥五弦"的那种自由飘逸、清新脱俗的境界,是老庄思想与诗歌相结合的典范作品,也代表了嵇康的人格取向。但这一时期诗坛上最重要的成就,则是阮籍的《咏怀诗》八十二首。

阮籍为人,"饮酒昏酣,遗落世事",一副佯狂之态,但事实上却往往"发言玄远,口不臧否人物"(《晋书》本传),力图全身免祸。因而,他的诗歌也具备了类似的特征。锺嵘在《诗品》里说:"《咏怀》之作,可以陶性灵,发幽思。言在耳目之内,情寄八荒之表。洋洋乎会于风雅,使人忘其鄙近,自致远大,颇多感慨之词。厥旨渊放,归趣难求。"李善在注《文选》时,也认为:"嗣宗身仕乱朝,常恐罹谤遭祸,因兹发咏,故每有忧生之嗟。虽志在刺讥,而文多隐避,百代之下,难以情测。"尽管其《咏怀》诗的旨趣难以真正把握,但其第一首诗,却向来被视作这组诗发端的纲领:

> 夜中不能寐,起坐弹鸣琴。薄帷鉴明月,清风吹我襟。孤鸿号外野,翔鸟鸣北林。徘徊将何见,忧思独伤心。

这里以一种纯粹忧伤的笔调,写出胸中的落寞与苦闷,"孤鸿"恰恰像是诗人的象征,以与"独伤心"相照应。在这一组诗中,阮籍用了很多密集的意象,有花草树木,有鸟兽虫鱼,如桃李、蒿莱、孤鸟、寒鸟、离兽、蟋蟀、蟪蛄等等,虽然难以一一指明其用意,但它们显然是有特殊的内涵,如其中的第三首:

> 嘉树下成蹊,东园桃与李。秋风吹飞藿,零落从此始。繁华有憔悴,堂上生荆杞。驱马舍之去,去上西山趾。一身不自保,何况恋妻子。凝霜被野草,岁暮亦

云已。

起首的六句,便是一个很典型的"比"的用法,草木的繁华与憔悴,与世事的兴盛与衰败,二者几无分别。

这一组《咏怀》诗内容极其深广,既有自己的理想,也有对当时政治、礼法的批判,既有无奈避世的感叹,也有寄托深远的悲痛,使这组诗构成了一个复杂的整体。这组诗在整个五言诗的发展过程中占有很重要的地位,而对后来的诗人也产生了深远影响,如陶渊明《饮酒》、庾信《拟咏怀》、陈子昂《感遇》乃至李白的《古风》这一类"咏怀"的组诗,都继承了阮籍的这一传统。

陶渊明与古风的终结

　　两晋诗坛，从西晋初期以陆机、潘岳为代表的"太康体"，经过左思、刘琨、郭璞，发展到东晋以王羲之、孙绰、许询为代表的"玄言诗"，再到晋宋之交陶渊明的田园诗，其间诗风数变，如"太康体"之"繁缛"、左思之"风力"、玄言诗之"寡味"、陶渊明之"平淡"，但这些总体上都属于古朴诗风的范围，而陶渊明则是这一古风的集大成者。

　　陶渊明之外，两晋诗人中以左思的成就最高。他的《咏史》八首，可以称为西晋一代诗歌的冠冕。这一组诗实是寒士的"不平之鸣"，在当时极其注重门阀的情形下，朝政皆由士族把持，形成了"上品无寒门，下品无势族"的政治现象，左思出身于寒门，仕进不得意，因此他一方面歌颂归隐"非必丝无竹，山水有清音"、"踟蹰足力烦，聊欲投吾簪"（《招隐》），一方面也感叹"英雄有迍邅，由来自古昔，何世无奇才，遗之在草泽"（《咏史》其七），而其中的第二首更是后一主题最好的艺术表达：

> 郁郁涧底松，离离山上苗。以彼径寸茎，荫此百尺条。世胄蹑高位，英俊沉下僚。地势使之然，由来非一朝。金张藉旧业，七叶珥汉貂。冯公岂不伟，白首不见招。

　　这一组诗中也涉及到自己的建功立业理想，"铅刀贵一割，梦想骋良图"（其一）；也有对古人的推崇，"吾希段干木，偃息藩魏君。吾慕鲁仲连,谈笑却秦军"(其三);还有对豪贵的蔑视,"高眄邈四海,豪右何足陈。贵者虽自贵,视之若埃尘。贱者虽自贱,重之若千钧"(其六);当然,最能表现其"风力"的要数第五首:

> 皓天舒白日,灵景耀神州。列宅紫宫里,飞宇若云浮。峨峨高门内,蔼蔼皆王侯。自非攀龙客,何为歘来游。被褐出阊阖,高步追许由。振衣千仞冈,濯足万里流。

"振衣千仞冈,濯足万里流"出语极壮,这种英风豪气,形成了极为挺拔的诗歌风格。左思的诗风继承了建安时代的"风骨",而他的《咏史》也"创成一体,垂式千秋"(陈祚明《采菽堂古诗选》),成为后代咏史诗的典范。

陶渊明是中国诗歌史以及文化史上一个很特别的现象。提到他,我们也许马上会想到他的诗中"篇篇有酒",想到"采菊东篱下,悠然见南山",就如同我们提到屈原就会想起"香草美人"一样。的确,"酒"与"菊"已经成了陶渊明的象征,而能够使某种意象成为自己象征的诗人,文学史上并不多见;而能够使这种象征上升为一种普遍的文化意义、并成为中国士大夫精神归宿的,那就更是寥若晨星了,陶渊明便是这几粒星辰中极为耀眼的一颗。

一种文化的形成,出于长久的积淀和普遍的认同。陶渊明的认同度之高,在诗人之中是罕见的。我们仅仅从"和陶诗"来看,便可了解一个大概。从苏轼开始,追和陶渊明的诗人可谓不计其数,其中既有隐士、遗民、僧人、被贬谪者或不

陶渊明

得志的人，也有官僚、帝王；既有本国的诗人，也有域外（如朝鲜、日本）的诗人。在中国诗歌史上，大概没有第二位诗人能够引起这么多人的追和。在这么多的和陶诗中，很少有人能够达到陶诗的境界，即使是其中最杰出的苏轼，也仅仅是体现出不同的诗境而已，尽管苏轼自己认为"至其得意，自谓不甚愧渊明"，并自称"我其后身盖无疑"；黄庭坚也说陶、苏二人"出处虽不同，风味乃相似"，实则陶自陶，苏自苏，二人各有自己的气质与境界。

但是陶渊明的境界到底在哪里？以一个字来概括，就是"闲"。文学史上的大部分诗人都很忙，或为建功立业而忙，或为自己的声名而忙，或为自己的利益而忙。因此，他们或者"长太息以掩涕兮，哀民生之多艰"（屈原），或想"致君尧舜上，再使风俗淳"而"穷年忧黎元，叹息肠内热"（杜甫），或觉得"世间富贵应无份，身后文章合有名"（白居易），甚至明知"人生本无事，苦为世味诱"，却仍然不免"富贵耀吾前，贫贱难独守"，以至于为之"汲汲强奔走"（苏轼）。苏轼感叹"我不如陶生，世事缠绵之"、"但恨不早悟，犹推渊明贤"，便是大部分诗人的心迹。何独是诗人如此，世间之人莫不是"世事缠绵"，身心俱不得闲；或有甚者，虽然貌似闲暇，而心中却常常奔驰不已。

陶渊明自称"闲靖少言，不慕荣利"（《五柳先生传》），又说"少学琴书，偶爱闲静，开卷有得，便欣然忘食"（《与子俨等疏》），细读他的诗作，其中说到"闲"的地方，几乎无处不在。其居处则是"闲居"（《闲居》二十首），饮酒则是"闲饮"

（《停云》"闲饮东窗"、《示周续之祖企谢景夷三郎》"闲饮自欢然"），吟咏则是"闲咏"（《时运》"闲咏以归"），所习则是"闲业"（《和郭主簿》"息交游闲业"），至于风物流景，也是无一不闲（《游斜川序》"风物闲美"、诗"闲谷矫鸣鸥"，《和胡西曹示顾贼曹》"闲雨纷微微"）。若考察陶渊明生平，时时可见其持生养家之不暇，又何能有如此之"闲"？

它的要诀当然在于其心中之"闲"，心中果真能"闲"，万境才能自闲，所以连风雨都是"闲风"、"闲雨"；陶渊明的诗文中，有三处明白地表明了这个意思。《归园田居》中说："户庭无尘杂，虚室有余闲。"《戊申岁六月中遇火》中说："形迹凭化往，灵府长独闲。"又《自祭文》中也说："勤靡余劳，心有常闲。"这里的"虚室""灵府""心"都是一义，正因为"心有常闲"，所以尽管"勤靡余劳"，却不觉其为"劳"；因为"形迹"只是外在的，任凭外在的环境和世界有什么变化，心中却是永久不变的，黄庭坚的诗"世事已更千变尽，心中不受一尘侵"，表达的是同一意趣。所以如果不明白渊明的"闲"，不足以读其诗；不知道渊明之所以闲，更无以知其人。陶渊明的名诗《饮酒》：

> 结庐在人境，而无车马喧。问君何能尔？心远地自偏。采菊东篱下，悠然见南山。山气日夕佳，飞鸟相与还。此中有真意，欲辨已忘言。

这首诗的义理其实颇为深微，可以读来极其自然，丝毫不见其用力之处。方回的《心境记》的一段话解释陶诗，说得最好："我之境与人同，而我之所以为境，则存乎方寸之间，与人有不同焉者耳……心即境也，治其境而不于其心，则迹与人境远，而心未尝不近；治其心而不于其境，则迹与人境近，而心未尝不远。"古人说"关门即是深山",陶渊明则更进一层,心即深山,而眼前之境莫非深山,所以才能够于喧嚣的"人境"而不知"车马之喧",此即所谓"心远地自偏",这也就是前面所说的"心闲则万境自闲"。不过此境说之则易,得之实难。陶渊明之能得此"闲境",乃在于其"真"。

陶渊明在《五柳先生传》中描述自己说:"好读书,不求甚解;每有会意,便欣然忘食。性嗜酒,家贫不能常得。亲旧知其如此,或置酒而招之。造饮辄尽,期在必醉,既醉而退,曾不吝情去留。环堵萧然,不蔽风日。短褐穿结,箪瓢屡空,晏如也。常著文章自娱,颇示己志。忘怀得失,以此自终。"萧统写《陶渊明传》引了这段话,并称"时人谓之实录",可见当时人也就是这么看待陶渊明的。《陶渊明传》中记载了不少逸事,如说"渊明不解音律,而蓄无弦琴一张,每酒适辄抚弄以寄其意。"又说:"贵贱造之者,有酒辄设。渊明若先醉,便语客:'我醉欲眠,卿可去。'其真率如此。"他在做彭泽令的时候,因为督邮至县,渊明叹道:"我岂能为五斗米折腰向乡里小儿!"因此"即日解绶去职,赋《归去来》"。从这些事情完全可以看出陶渊明的"真"来,只有"任真"、"真率"的人,才有可能脱去种种羁绊,对利欲无所系恋,行止一出于己心,这样的人便是"真人"。真人于取舍之际,决断分明,古语说:"因循人似闲,心中常有余忙;果决人似忙,心中常有余闲。"渊明既然"虚室有余闲",定是果决之人,这样的人才能"无入而不自得",萧统对陶渊明的总体评价是"任真自得",极中肯綮。

陶渊明的思想较为复杂,不过总体来说以"自然"、"守真"为宗,于道家为近。他在《归去来兮辞》序中说自己"质性自然,非矫厉所得",《归园田居》中说"复得返自然","自然",也就是万物各遂其性分,人能保持他的"天真",便是自然;所以陶渊明也屡屡说到"真",比如"此中有真意",又说"养真衡

茅下",陈寅恪认为他的思想是"承袭魏晋清谈演变之结果及
依据其家世信仰道教之自然说而创改之新自然说"(《陶渊明
之思想与清谈之关系》)。当然,他的思想中也有儒家的影
响,不过与佛氏较远。相传东林惠远法师结莲社,"以书招渊
明,渊明曰:'若许饮则往。'许之。遂造焉。忽攒眉而去。"
(《莲社高贤传》)此事或出于附会,但也足见陶渊明的思想与
佛家并不相合。以真人而学儒,固为真儒;学佛,则为真佛;
但陶渊明非儒非佛,这在他的诗歌《形影神·神释》一章中表
现得最明晰,他既知道生之有死,"老少同一死,贤愚无复
数",而长生实不可得;也不赞同儒家"立善有遗爱",他认为
唯一能做的是"正宜委运去",所谓:

> 纵浪大化中,不喜亦不惧。应尽便须尽,无复独
> 多虑。

从诗歌的层面来说,陶渊明的最大贡献是他开创了田园
诗的传统。陶渊明的田园,只是他心迹的外化,普通的农民
当然是无法感受这种躬耕之乐的,一般的士大夫对田园的理
解也多是想象中的美好。而对于陶渊明而言,只要能够顺适
自然之性,事事皆可乐,田园只不过是其中一端而已。如《和
郭主簿》(其一):

> 蔼蔼堂前林,中夏贮清阴。凯风因时来,回飙开我
> 襟。息交游闲业,卧起弄书琴。园蔬有余滋,旧谷犹储
> 今。营己良有极,过足非所钦。舂秫作美酒,酒熟吾自
> 斟。弱子戏我侧,学语未成音。此事真复乐,聊用忘华
> 簪。遥遥望白云,怀古一何深。

此首所写的是隐居之愉快，一切简朴的生活，他都能够从中发现快乐。对陶渊明来说，树荫、风日，书琴、园蔬、弱子、美酒，无一不是乐境。这首诗的旨趣与《归去来兮辞》很相近，"息交游闲业，卧起弄书琴"即"请息交以绝游，悦亲戚之情话，乐琴书以销忧"；"酒熟吾自斟，弱子戏我侧"，即"携幼入室，有酒盈樽，引壶觞以自酌"；"聊用忘华簪，遥遥望白云"即"富贵非我愿，帝乡不可期"。两相对照而读，更能解了渊明风味。

　　陶诗的艺术特色，可用"平淡自然"来概括，他继承了汉魏以来诗歌的浑然古朴的风格，是古体诗歌的集大成者。苏东坡评陶诗"质而实绮，癯而实腴"，是这种诗歌的最好的概括。元好问《论诗绝句》中也说："一语天然万古新，豪华落尽见真淳。南窗白日羲皇上，未害渊明是晋人。"他的诗风正好契合了宋人"平淡"诗歌理想。自宋代开始，陶渊明才真正奠定了他在中国诗歌史上大诗人的地位。

南北朝诗风

　　南北朝时期,南北诗歌的发展并不均衡,南方文采风流,而北方则显得质木无文。所谓"江左宫商发越,贵于清绮,河朔词义贞刚,重乎气质"(《隋书·文学传序》),北朝文人固然无法与南方相比,而南北文学的差异,从民歌中便可窥见大概。南朝民歌以"吴歌"、"西曲"为代表,多为清丽缠绵的情歌,喜用双关语,形式活泼。北朝民歌则多反映了游牧民族的粗犷,其境界或阔大,或悲怆,既表现尚武精神,也有爱情小调,多朴素直白。《西洲曲》和《木兰诗》分别代表了两类民歌的最高成就。这两首作品都经过文人的加工,但其主要情调未变。如《西洲曲》既运用了民歌中常见的"谐音双关",也用了"接字法",全诗四句一韵,"续续相生,连跗接萼,摇曳无穷,情味愈出"(沈德潜《古诗源》)。而《木兰诗》则塑造了木兰的艺术形象,并成为后世各类戏曲的取材对象,简笔与繁笔相间,长句与短句相间,雅语与口语相间,篇首与篇尾都极度铺衍,而战争过程即"万里赴戎机"以下六句却极度简略,其剪裁之笔,精妙绝伦。

　　文人诗歌的发展,则以南朝为主,南朝时期是诗歌转变的一大关键。东晋末的陶渊明代表了古风的终结,但在当时他只被目为"隐逸诗人之宗",并未产生很大的影响。晋宋之交,比陶渊明稍后的谢灵运,则以他独具一格的山水诗;刘宋的鲍照为诗歌另辟一境,成为南朝最重要的诗人之一。齐、梁、陈三代,则代表了新体诗的形成和发展时期。齐梁时期的"永明体"以沈约、谢朓、王融等为代表,而谢朓成就最高。

其后的诗人如范云、江淹、何逊、吴均、阴铿等人,都深受此体的影响,梁代的何逊与陈代的阴铿则是较杰出的两位;而梁、陈时代所形成的"宫体",则在是"永明体"的基础上进一步发展其辞藻与声调,其代表作家有萧纲、萧绎兄弟,庾肩吾、庾信父子,徐摛、徐陵父子,以及陈后主、江总等人,其中后期的庾信融会了南北诗风,成为南北朝晚期成就最高的诗人。我们本节主要介绍谢灵运、鲍照、谢朓、庾信等几位诗人。

谢灵运的山水诗,开拓了古典诗歌的题材领域,自谢灵运之后,山水才成为一类独立的歌吟对象。但山水诗的产生,却又与玄言有很大的关联,玄言诗中隐含了从山水中体会玄思的意味,谢灵运将其中的山水成份进一步拓展,而玄言则进一步削弱,"山水"终于从附庸而成为大国,谢诗"如芙蓉出水,自然可爱"(锺嵘《诗品》),不过诗的最后往往还是要缀上一两句玄言,却正好泄露了山水与玄言之间的密切联系。

在艺术上,谢灵运极其工于山水的描绘与锤炼,"俪采百字之偶,争价一句之奇。情必极貌以写物,辞必穷力而追新"(《文心雕龙·明诗》),他这种用力雕琢辞句的做法,对齐梁以下的新诗体也有不少影响。如其《石壁精舍还湖中作》:

> 昏旦变气候,山水含清晖。清晖能娱人,游子憺忘归。出谷日尚早,入舟阳已微。林壑敛暝色,云霞收夕霏。芰荷迭映蔚,蒲稗相因依。披拂趋南径,愉悦偃东扉。虑澹物自轻,意惬理无违。寄言摄生客,试用此道推。

这首诗是谢灵运的代表作之一,也符合他大部分山水诗的典型特征。诗中大多是对于山水的描绘,其中"山水含清晖"
"林壑敛暝色,云霞收夕霏"等更是深得后人激赏的名句;而
最后四句却是典型的玄言句,是以山水而体现玄思的套式。

谢灵运在题材和诗艺上有了一个极大的创新,后来的谢
朓、何逊,乃至唐代的孟浩然、王维,都是承其源而来。然而
谢灵运诗歌的程式化,以及他雕琢辞藻的作风,却是他的局
限,他给人印象最深刻的往往是一些名句,如"野旷沙岸净,
天高秋月明"(《初去郡》)、"池塘生春草,园柳变鸣禽"(《登池
上楼》)、"明月照积雪,朔风劲且哀"(《岁暮》)、"白云抱幽石,
绿筱媚清涟"(《过始宁墅》)、"春晚绿野秀、岩高白云屯"(《入
彭蠡湖口》)等等,形成一种"有句无篇"的格局。

鲍照的声名在当时及不上谢灵运,但他可以算是刘宋一
代成就最高的诗人。他的诗,无论在题材上,还是体式上,都
与当时的诗坛不一致,表现出独具一格的风格。他的成就主
要在于乐府诗,继承了汉魏以来乐府的传统,反映了深广的
社会现实,他写边塞的战争,也写游子与思妇;写自己的穷
愁,也关注民生的疾苦,如他的《代白头吟》、《代出自蓟北门
行》、《代东武吟》等都是杰出的作品。

然而鲍照更突出的贡献是他的七言乐府诗。七言诗从
张衡、曹丕以来,并没有什么发展;而且是他们所用的,都是
句句为韵的七言,所以七言诗所具有的纵横捭阖的技法,也
没有得到应有的发挥,鲍照在他的《拟行路难》十八首中,拓
展了它的功用,将它与人的情感因素相结合,发展出一种抑
扬顿挫的声律效果,如其第一首:

奉君金卮之美酒,玳瑁玉匣之雕琴。七彩芙蓉之羽
帐,九华葡萄之锦衾。红颜零落岁将暮,寒光宛转时欲

沉。愿君裁悲且减思，听我抵节行路吟。不见柏梁铜雀上，宁闻古时清吹音。

此诗的起首四句音节极妙，后人仿效不已，从顾况、欧阳修、晁补之都有仿作，而黄庭坚的"酌君以蒲城桑落之酒，泛君以湘累秋菊之英，赠君以黔川点漆之墨，送君以阳关堕泪之声"（《送王郎》）颇加润色，最为知名。"之"在句中与楚辞旧式的"兮"字相类，但"兮"的功用在于"缓吟"，而"之"却更强调"顿挫"，在七言句的宛转之中强生变化，取得奇异生新的效果。再加上这首诗中以极华丽的辞藻与之相间，而后六句却平和委婉，二者相得益彰。当然，鲍照也长于运用杂言，如《拟行路难》的第四首，即是五、七言间用的代表作之一：

泻水置平地，各自东西南北流。人生亦有命，安能行叹复坐愁。酌酒以自宽，举杯断绝歌路难。心非木石岂无感，吞声踯躅不敢言。

此处的短句用于描述，长句用于感叹，二者环扣相生，将他的悲愤不平之气展现无遗，然而诗中却绝不说破他所愁的是什么，最后用一含蓄的长句收束，自有余味。

七言本是当时的民间歌谣体，文人视其为鄙俗，但鲍照却大胆地采用这种体式，并加以改造发展，使得在他之后，七言诗得到了进一步的发展，为唐代七言歌行的全面成熟打下了良好的基础。

谢朓是"永明体"中最杰出的诗人，他发展了谢灵运的山水诗，两人并称为"大谢"、"小谢"，他与谢灵运的不同处在于，他更注重将个人的情感融会到山水之中，而不像谢灵运

那样只着意于山水的描绘;同时他将其中的"玄言"部分完全涤除了,显得更加清新,如其名作之一《晚登三山还望京邑》:

> 灞涘望长安,河阳视京县。白日丽飞甍,参差皆可见。余霞散成绮,澄江静如练。喧鸟覆春洲,杂英满芳甸。去矣方滞淫,怀哉罢欢宴。佳期怅何许,泪下如流霰。有情知望乡,谁能鬒不变?

宫殿、江水、喧鸟、花木,种种"景语"都成为怀乡的"情语",毫不造作,也没有从景中强生玄理的缺陷。"余霞散成绮,澄江静如练"极为李白所称赏,也成为后代诗词之中最喜用的典故之一。

谢朓对"永明体"本身的发展也作出了很大的贡献,他的观念是"好诗圆美流转如弹丸",因此他的诗还别具一股"流丽"的特征,如上面这首诗,便有一半以上是工整的对仗。因此,"流丽清新"几乎是谢朓诗歌的明显的特色。而像《入朝曲》这样的诗,则几乎句句对仗,平仄和谐,词采也很华丽,是"新体诗"的代表样式:

> 江南佳丽地,金陵帝王州。逶迤带绿水,迢递起朱楼。飞甍夹驰道,垂杨荫御沟。凝笳翼高盖,叠鼓送华辀。献纳云台表,功名良可收。

在小诗方面,谢朓也有很好的作品,这对于后来五言绝句的发展,有一定的影响,比如下面两首流传很广的绝句:

> 夕殿下珠帘,流萤飞复息。长夜缝罗衣,思君此何极!(《玉阶怨》)

> 绿草蔓如丝,杂树红英发。无论君不归,君归芳已
> 歇。(《王孙游》)

谢朓也是熔裁名句的能手,他的一些佳句,如"大江流日夜,客心悲未央"(《暂使下都夜发新林至京邑赠西府同僚》)、"天际识归舟,云中辨江树"(《之宣城郡出新林浦向板桥》)、"窗中列远岫,庭际俯乔林。日出众鸟散,山暝孤猿吟"(《郡内高斋闲望答吕法曹》)、"余雪映青山,寒雾开白日。暧暧江村见,离离海树出"(《高斋视事》)等等,萧散闲远,疏密有致,不愧名言。但他与谢灵运一样,尚未能完全免去"有句无篇"的不足。

庾信原本是"宫体诗"的代表诗人之一,以描写艳诗而著称,也有一些奉和之作,虽然不乏个别清新的佳句,如"荷风惊浴鸟,桥影聚行鱼"(《奉和山池》)等,但如果仅仅凭借这些作品,他当然是不能成为一位重要诗人的。他在梁元帝承圣三年出使西魏,结果被扣留下去,这成了他诗赋创作的转折点,在此后的作品中,"乡关之思"成了他最重要的主题,而风格上他更融合南北,成为南北朝晚期最杰出的诗人。杜甫所说的"庾信文章老更成,凌云健笔意纵横"、"庾信平生最萧瑟,暮年诗赋动江关",都是说他后期的作品。

《拟咏怀》是庾信后期的重要作品之一,这是继阮籍的《咏怀》传统而来的杰作,其第一首同样奠定了全诗的主调:

> 步兵未饮酒,中散未弹琴。索索无真气,昏昏有俗
> 心。涸鲋常思水,惊飞每失林。风云能变色,松竹且悲
> 吟。由来不得意,何必往长岑?

这里将涸鲋、惊鸟用来自比,将"风云变色、松竹悲吟"用来衬托,极为明显地表明了自己去国的悲痛和凄凉的心境。倪璠说他的作品"篇篇有哀"(《注释庾集题辞》),其哀不仅普遍,而且极深沉,这一内容实是他变前期柔靡之风而为"健笔"的最为重要的因素。在他的其他作品之中,也同样有类似的表达,如他的五言绝句《寄王琳》:

> 玉关道路远,金陵信使疏。独下千行泪,开君万里书。

尽管这只是一首二十字的短诗,但其深厚的情感和意境,与他的《拟咏怀》甚至更长篇的作品相比,也毫不逊色。从绝句的发展史来看,它在风格上,显然要比谢朓那些清丽小巧的作品,更上了一层。

庾信对诗歌的格律也有很大的贡献,他的五言诗,如《寄徐陵》《秋日》等很多作品在声律上已经能够暗合唐代的五言近体诗的要求;而七言诗如《乌夜啼》等,更体现了七言诗的"律化"特征:

> 促柱繁弦非子夜,歌声舞态异前溪。御史府中何处宿,洛阳城头那得栖。弹琴蜀郡卓家女,织锦秦川窦氏妻。讵不自惊长泪落,到头啼乌恒夜啼。

总体来说,无论在内容上和艺术上,庾信的后期作品都有了一个质的飞跃,他通过融会南北的诗风,为唐代诗歌的大发展作了一个很好的铺垫。

原典选读

四愁诗

张　衡

　　我所思兮在太山,欲往从之梁父艰。侧身东望涕沾翰。美人赠我金错刀,何以报之英琼瑶。路远莫致倚逍遥,何为怀忧心烦劳。我所思兮在桂林,欲往从之湘水深。侧身南望涕沾襟。美人赠我金琅玕,何以报之双玉盘。路远莫致倚惆怅,何为怀忧心烦怏。我所思兮在汉阳,欲往从之陇阪长。侧身西望涕沾裳。美人赠我貂襜褕,何以报之明月珠。路远莫致倚踟蹰,何为怀忧心烦纡。我所思兮在雁门,欲往从之雪雰雰。侧身北望涕沾巾。美人赠我锦绣段,何以报之青玉案。路远莫致倚增叹,何为怀忧心烦惋。

上　邪

　　上邪,我欲与君相知,长命无绝衰。山无陵,江水为竭。冬雷震震,夏雨雪。天地合,乃敢与君绝。

饮马长城窟行

　　青青河畔草,绵绵思远道。远道不可思,宿昔梦见之。梦见在我傍,忽觉在他乡。他乡各异县,展转不相见。枯桑知天风,海水知天寒。入门各自媚,谁肯相为言!客从远方来，遗我双鲤鱼。呼儿烹鲤鱼，中有尺素书。长跪读素书，书中竟何如？上言加餐食，下言长相忆。

古诗十九首（选六）

西北有高楼，上与浮云齐。交疏结绮窗，阿阁三重阶。上有弦歌声，音响一何悲！谁能为此曲，无乃杞梁妻！清商随风发，中曲正徘徊。一唱再三叹，慷慨有余哀。不惜歌者苦，但伤知音稀。愿为双鸿鹄，奋翅起高飞。

冉冉孤生竹，结根泰山阿。与君为新婚，兔丝附女萝。兔丝生有时，夫妇会有宜。千里远结婚，悠悠隔山陂。思君令人老，轩车来何迟！伤彼蕙兰花，含英扬光辉；过时而不采，将随秋草萎。君亮执高节，贱妾亦何为？

回车驾言迈，悠悠涉长道。四顾何茫茫，东风摇百草。所遇无故物，焉得不速老？盛衰各有时，立身苦不早。人生非金石，焉能长寿考？奄忽随物化，荣名以为宝。

孟冬寒气至，北风何惨栗。愁多知夜长，仰观众星列。三五明月满，四五蟾兔缺。客从远方来，遗我一书札。上言长相思，下言久离别。置书怀袖中，三岁字不灭。一心抱区区，惧君不识察。

客从远方来，遗我一端绮。相去万余里，故人心尚尔。文采双鸳鸯，裁为合欢被；着以长相思，缘以结不解。以胶投漆中，谁能别离此。

明月何皎皎,照我罗床帏。忧愁不能寐,揽衣起徘徊。客行虽云乐,不如早旋归。出户独彷徨,愁思当告谁。引领还入房,泪下沾裳衣。

美女篇

曹　植

美女妖且闲,采桑歧路间。柔条纷冉冉,叶落何翩翩。攘袖见素手,皓腕约金环。头上金爵钗,腰佩翠琅玕。明珠交玉体,珊瑚间木难。罗衣何飘飘,轻裾随风还。顾盼遗光彩,长啸气若兰。行徒用息驾,休者以忘餐。借问女安居,乃在城南端。青楼临大路,高门结重关。容华耀朝日,谁不希令颜?媒氏何所营?玉帛不时安。佳人慕高义,求贤良独难。众人徒嗷嗷,安知彼所观?盛年处房室,中夜起长叹。

送应氏

曹　植

步登北邙阪,遥望洛阳山。洛阳何寂寞,宫室尽烧焚。垣墙皆顿擗,荆棘上参天。不见旧耆老,但睹新少年。侧足无行径,荒畴不复田。游子久不归,不识陌与阡。中野何萧条,千里无人烟。念我平常居,气结不能言。

咏怀诗(选四)

阮 籍

湛湛长江水,上有枫树林。皋兰被径路,青骊逝骎骎。远望令人悲,春气感我心。三楚多秀士,朝云进荒淫。朱华振芬芳,高蔡相追寻。一为黄雀哀,泪下谁能禁。

昔年十四五,志尚好诗书。被褐怀珠玉,颜闵相与期。开轩临四野,登高望所思。丘墓蔽山冈,万代同一时。千秋万岁后,荣名安所之。乃悟羡门子,噭噭令自嗤。

驾言发魏都,南向望吹壹。箫管有遗音,梁王安在哉。战士食糟糠,贤者处蒿莱。歌舞曲未终,秦兵已复来。夹林非吾有,朱宫生尘埃。军败华阳下,身竟为土灰。

洪生资制度,被服正有常。尊卑设次序,事物齐纪纲。容饰整颜色,磬折执圭璋。堂上置玄酒,室中盛稻粱。外厉贞素谈,户内灭芬芳。放口从衷出,复说道义方。委曲周旋仪,姿态愁我肠。

咏史(选三)

左 思

弱冠弄柔翰,卓荦观群书。著论准过秦,作赋拟子虚。边城苦鸣镝,羽檄飞京都。虽非甲胄士,畴昔览穰苴。长啸激清风,志若无东吴。铅刀贵一割,梦想骋良图。左眄澄江湘,右盼定羌胡。功成不受爵,长揖归田庐。

吾希段干木，偃息藩魏君。吾慕鲁仲连，谈笑却秦军。当世贵不羁，遭难能解纷。功成耻受赏，高节卓不群。临组不肯绁，对珪宁肯分。连玺曜前庭，比之犹浮云。

荆轲饮燕市，酒酣气益震。哀歌和渐离，谓若傍无人。虽无壮士节，与世亦殊伦。高眄邈四海，豪右何足陈。贵者虽自贵，视之若埃尘。贱者虽自贱，重之若千钧。

和郭主簿（其一）

陶渊明

蔼蔼堂前林，中夏贮清阴。凯风因时来，回飙开我襟。息交游闲业，卧起弄书琴。园蔬有余滋，旧谷犹储今。营己良有极，过足非所钦。春秫作美酒，酒熟吾自斟。弱子戏我侧，学语未成音。此事真复乐，聊用忘华簪。遥遥望白云，怀古一何深。

癸卯岁始春怀古田舍（其二）

陶渊明

先师有遗训，忧道不忧贫。瞻望邈难逮，转欲志长勤。秉耒欢时务，解颜劝农人。平畴交远风，良苗亦怀新。虽未量岁功，即事多所欣。耕种有时息，行者无问津。日入相与归，壶浆劳近邻。长吟掩柴门，聊为陇亩民。

杂诗(其二)

陶渊明

白日沦西阿,素月出东岭。遥遥万里辉,荡荡空中景。风来入房户,夜中枕席冷。气变悟时易,不眠知夕永。欲言无余和,挥杯劝孤影。日月掷人去,有志不获骋。念此怀悲凄,终晓不能静。

辛丑岁七月赴假还江陵夜行涂口

陶渊明

闲居三十载,遂与尘事冥。诗书敦宿好,林园无俗情。如何舍此去,遥遥至南荆!叩枻新秋月,临流别友生。凉风起将夕,夜景湛虚明。昭昭天宇阔,皛皛川上平。怀役不遑寐,中宵尚孤征。商歌非吾事,依依在耦耕。投冠旋旧墟,不为好爵萦。养真衡茅下,庶以善自名。

拟古(其一)

陶渊明

荣荣窗下兰,密密堂前柳。初与君别时,不谓行当久。出门万里客,中道逢嘉友。未言心相醉,不在接杯酒。兰枯柳亦衰,遂令此言负。多谢诸少年,相知不忠厚。意气倾人命,离隔复何有。

拟行路难

鲍 照

璇闺玉墀上椒阁,文窗绣户垂绮幕。中有一人字金兰,被服纤罗蕴芳藿。春燕差迟风散梅,开帏对影弄禽爵。含歌揽涕恒抱愁,人生几时得为乐。宁作野中之双凫,不愿云间之别鹤。

对案不能食,拔剑击柱长叹息。丈夫生世能几时,安能叠燮垂羽翼。弃檄罢官去,还家自休息。朝出与亲辞,暮还在亲侧。弄儿床前戏,看妇机中织。自古圣贤尽贫贱,何况我辈孤且直。

代出自蓟北门行

鲍 照

羽檄起边亭,烽火入咸阳。征师屯广武,分兵救朔方。严秋筋竿劲,虏阵精且强。天子按剑怒,使者遥相望。雁行缘石径,鱼贯度飞梁。箫鼓流汉思,旌甲被胡霜。疾风冲塞起,沙砾自飘扬。马毛缩如蝟,角弓不可张。时危见臣节,世乱识忠良。投躯报明主,身死为国殇。

暂使下都夜发新林至京邑赠西府同僚

谢 朓

大江流日夜,客心悲未央。徒念关山近,终知返路长。

秋河曙耿耿,寒渚夜苍苍。引领见京室,宫雉正相望。金波丽鳷鹊,玉绳低建章。驱车鼎门外,思见昭丘阳。驰晖不可接,何况隔两乡?风云有鸟路,江汉限无梁。常恐鹰隼击,时菊委严霜。寄言蠵罗者,寥廓已高翔。

之宣城郡出新林浦向板桥

谢　朓

江路西南永,归流东北骛。天际识归舟,云中辨江树。旅思倦摇摇,孤游昔已屡。既欢怀禄情,复协沧洲趣。嚣尘自兹隔,赏心于此遇。虽无玄豹姿,终隐南山雾。

拟咏怀(选一)

庾　信

榆关断音信,汉使绝经过。胡笳落泪曲,羌笛断肠歌。纤腰减束素,别泪损横波。恨心终不歇,红颜无复多。枯木期填海,青山望断河。

重别周尚书

庾　信

阳关万里道,不见一人归。惟有河边雁,秋来南向飞。

（以上选自《先秦汉魏晋南北朝诗》）

辞赋与骈文的发展

辞赋、骈文介乎诗与散文之间，而其发展历程也与诗、文有错综复杂的关联，它们可以严格到讲求字数、平仄、对仗、押韵、用典，也可以自由到几乎无所拘束，在这两极之间，产生了众多的体式。它们都属于"美文"的范畴，或铺张扬厉，或庄重典雅，或整饬铿锵，或率真抒情，从而成为铭、诔、颂、赞、表、启等众多应用文体的不二选择。

　　"赋"是介乎诗与散文之间的一种文体,《汉书·艺文志》说"不歌而诵之谓赋",刘勰认为它"受命于诗人,拓宇于楚辞"(《文心雕龙·诠赋》),这些看法着眼于它近于诗歌的性质和长于铺陈的特点。显然,《诗》、《骚》作为我国文学的源头,几乎对后世的一切文学都产生着巨大的影响;然而,赋却又不仅仅来源于《诗》、《骚》。

　　《诗经》对赋的影响,前人认为《诗经》中的"六义"中有"赋",所以班固说"赋者,古诗之流也",从《诗经》而发展成为一种文体。也有人认为存在一种"诗体赋",比如"楚辞"中的《天问》,荀子的《赋篇》,因为它们是四言体,与《诗经》相去不远。(马积高《赋史》)但这一文体较有限,事实上,《诗》的影响毋宁是一种内在的抒情传统的影响,不如"楚辞"那么直观。

　　"楚辞"对赋的直接影响体现为汉代的骚体赋,这本身就是汉赋的重要组成部分。屈原的作品本身就被看成"赋",司马迁说屈原"作《怀沙》之赋",班固在《汉书·艺文志》里列有"屈原赋二十五篇",《汉书·贾谊传》中称屈原作《离骚赋》。

汉初贾谊的《吊屈原》也被看作赋。"骚体赋"实际就是楚辞，因此有时"辞赋"连称。其间接影响则是汉大赋中骚体与散体的合流；而楚辞之中的部分篇章的"铺陈"作风相当突出（如《招魂》），这对于汉大赋也有很大的影响。毫无疑问，"楚辞"不仅本身就是赋，而且它也是汉代大赋的最直接、最重要的源头之一。

  关于赋的渊源，其实是一个颇为复杂而有趣的问题。前文谈到，史诗的英雄主题虽然在汉文学里并没有发展成形，但并不代表史诗的一些基本技法的消失。史诗的基本特征之一是"繁复冗长"，这在战国诸子之中，"其侈陈寓言，讲说故事，曾经发展为纵横家之'说'……《庄子》一书，实亦'说'之一型，极尽夸饰之能事。"在汉代以来，更发展成为"赋"这种新文体，甚至"至庾信之《哀江南赋》，可以看做词藻繁缛之一种史诗，与印欧之史诗文学实异曲同工。"（《文学与神明——饶宗颐访谈录》）就实际的情形来说，我们当然不能将赋就看成史诗，只能说它在创作技法上具备史诗的某种特征，何况因为赋之中缺少足够的情节和动作因素来支持整个文体，它的这种繁冗在多数情况下，仅仅成为一种修辞手段，"赋中若有些微的戏剧或小说的潜意向，这意向都会被转化，转化成抒情式的修辞；赋中常见铺张声色、令人耳迷目眩的词藻，就是为了要达成抒情效应。"（陈世骧《论中国抒情传统》）以汉代大赋的奠基之作《七发》为例，楚客在铺叙与"音乐"相关的内容时，似乎便有此倾向：

    龙门之桐，高百尺而无枝，中郁结之轮菌，根扶疏以分离。上有千仞之峰，下临百丈之溪。湍流溯波，又澹淡之。其根半死半生，冬则烈风漂霰飞雪之所激也，夏则雷霆霹雳之所感也，朝则鹂黄鳱鴠鸣焉，暮则羁雌迷

鸟宿焉。独鹄晨号乎其上,鹍鸡哀鸣翔乎其下。于是背
秋涉冬,使琴挚斫斩以为琴,野茧之丝以为弦,孤子之钩
以为隐,九寡之珥以为约。使师堂操畅,伯子牙为之歌。
歌曰:"麦秀蕲兮雉朝飞,向虚壑兮背槁槐,依绝区兮临
回溪。"飞鸟闻之,翕翼而不能去;野兽闻之,垂耳而不能
行;蚑蟜蝼蚁闻之,拄喙而不能前。此亦天下之至悲也,
太子能强起听之乎?

这段铺陈很有美感,而且体现出一些情节的"潜意向",然而
并没有真正地发展为某种传奇性的情节,文中琴挚、师堂、伯
子牙等人物随之而虚化,仅仅作为修辞而存在。扬雄说到赋
时认为"诗人之赋丽以则,词人之赋丽以淫",明白地区分了
两类赋作,实则前者近于抒情诗,后者则专指汉代的逞辞大
赋。汉代以后,逞辞大赋并没有太大的发展,而抒情小赋却
愈加兴盛,这不能不说是中国的"抒情传统"在起着核心的
作用。

战国时期诸子和策士的影响,一方面表现为汉大赋继承
了形式上的问答体,有人认为汉赋"本于纵横",这是其重要
的形式特点,实则战国诸子的文章中多有这种形式,因此章
学诚说枚乘的《七发》源于"孟子问齐宣王之大欲",并认为赋
家"出入战国诸子"(《文史通义》),都是很有见解的议论;另
一方面则表现为继承了战国策士们夸饰、铺张的风格。从楚
辞中的《卜居》、《渔父》和宋玉之《风赋》,以及汉代司马相如
的《子虚》、《上林》诸赋皆是。这种大赋,同时也还受到了诗
的影响,所以,大赋不但一般为问答体,有铺张的描述,而且
有韵。可以说,它是诸子问答体和游士说辞的文艺化。

综合上面的论说,可以认为,赋的渊源之中,有楚辞,有
战国诸子和策士文章的影响,同时也有诗歌以及叙事文学的

某些成份。

　　赋在形式上，有两个特点。它有时是一种押韵的体式，同时，它虽然没有严格的字数限制，但通常比较整齐（以四言和六言为主），这是它近于诗的一部分特点；然而它有时又不押韵，还可以有较多的散句，并进行充分的议论，这是它近于散文的一部分特点。

　　明代的徐师曾《文体明辨》中将赋划分为古赋、俳赋、律赋、文赋，既反映了赋体之间有一定的区别，也说明了它的发展过程（不包括骚体赋）。古赋是指汉代以来的的散体大赋，这种赋多以问答体为主，韵散夹杂，凡铺陈时多用整齐对称的韵语，而转折之处则多用散文句式。多用奇字僻字及双声叠韵字，极其明显地体现出了"铺张扬厉"的特色。六朝时期的赋作则是俳赋，也可以称为骈赋，这类赋注重对仗和运用典故，这和当时的骈文的特点是一样的，所不同的是，因为赋是用韵的，所以骈赋就是押韵的骈文；六朝赋在后期还出现了"诗化"的现象，多杂用五、七言句；这类赋词采多很华美，但铺陈较少，更多的注意情与景的描绘。律赋则是唐代科举的产物，对用韵有严格的限制，它规定用八韵，甚至对用韵的顺序也有要求；同时它在平仄及对仗方面，比骈赋有了更高的追求；由于律赋的规定过于严格，而且属于科场的产物，过于程式化，因此很难出现流传千古的名作。文赋则是伴随着唐宋古文运动而出现的新赋体，晚唐杜牧的《阿房宫赋》，已经可以看作是文赋的先声，宋代欧阳修的《秋声赋》，苏轼的前、后《赤壁赋》则是文赋的代表作品。虽然从体式上看，文赋似乎与汉赋有一定的类似之处，不过由于汉赋注重铺张和藻饰，而文赋则体制较小，且风格也以清新流畅为主，因此两者是有本质区别的。

骈文与赋很相近,也是一类特殊的文体。"骈"的本义是两匹马相并列,因此对仗是它的基本要求,其上下句的句法结构、词性要大致相同,字数也要相等,但是为了句子之间的联接以及段落之间的起承转合的方便,句首及句尾的虚词以及一些共有的成分(例如"至于""若夫""譬若""也""矣"等等)是允许存在的,也并不算在对仗的范围之内。除此之外,骈体文的通篇都是要用对仗的。然而这也是一个发展的过程。初期的骈体文,它的对仗也不是十分讲究,骈散兼行的情况也很多,在它不断地发展过程中,这一方面是越来越趋于严密的,因此越到后期,它所用的散句越少。而且在后期的骈体文中,又增加了平仄的因素。这一特点发端于齐梁,而形成于盛唐,这当然是与律诗的平仄发展相应的。与律诗不同的是,骈文并不要求押韵,但对于字数却有一定的要求,只是它并不是以五、七言为主,而是以四字句和六字句为主。在其初期,通常是四四相对或六六相对;而到了后期,则用四、六交错为文,所以有时也被称为"四六文",当然,从三字句到八字句的对仗,也都是有的,只是它们并不多见,可以略而不论。其中的五字句和七字句,它们在节奏上与五、七言律诗的节奏并不相同。诗句多奇数节奏收尾,而骈文多偶数节奏收尾,这是它们最明显的不同。

多用典故,是骈体文一个重要的特色。用典故,包括语典与事典,从文学的角度来看,它们都可以纳入"比兴"的传统;从修辞的角度,则相当于一种类比或比喻。而在它所达成的效果上,则让文章显得很典雅、含蓄和委婉。骈文从汉代开始萌芽,在魏晋时期逐步形成,而到了南北朝时代则达到了极盛,从而成为文章的正宗。经过唐代的"古文运动"和宋代的"诗文革新运动"之后,它的正统地位被古文所取代,但仍然有很多文类是以骈文为主的,比如诏、表、启、祭文一类的文体。

因此,骈文与辞赋,它们都可以算作一类特殊的文体,由于它们的形式基本相近,有时也混用,因此我们将其放在一起来讨论,而以赋体为主。

两汉辞赋

汉代的辞赋可以分为两个基本的大类来叙述,一为骚体赋,一为散体大赋。

首先来看看骚体赋。汉初的赋以骚体为主,其核心内容为表达自己的政治见解和抒发个人的身世,与楚辞的精神是一致的。秦末汉初,楚声很流行,汉代的开国君臣多好楚声,汉武帝时,朱买臣、严助等人皆以能读楚辞而得幸。另一方面,"楚辞"与文人的关系也很密切,他们对屈原有认同之感,同时渲泄自己的失意情绪。重要的作家有贾谊、淮南小山等。贾谊的《吊屈原赋》和《鵩鸟赋》最为知名,都以抒怀为主,如《吊屈原赋》的结尾:

> 讯曰:已矣,国其莫我知兮,子独壹郁其谁语?凤缥缥其高逝兮,夫固自引而远去。袭九渊之神龙兮,沕深潜以自珍。偭蟂獭以隐处兮,夫岂从虾与蛭螾?所贵圣之神德兮,远浊世而自藏。使麒麟可系而羁兮,岂云异夫犬羊!般纷纷其离此尤兮,亦夫子之故也!历九州而相君兮,何必怀此都也?凤皇翔于千仞兮,览德辉而下之;见细德之险征兮,摇增翮而去之。彼寻常之污渎兮,岂能容吞舟之鱼!横江湖之鳣鲸兮,固将制于蝼蚁。

此赋也是对自己的悲悼,充满了抑郁不平之气。《鵩鸟赋》则据老庄的"万物变化"之理,说明祸福荣辱皆不足以介意,以排遣谪居的哀伤。淮南小山的《招隐士》一篇很著名的作品,

它属于"招魂文学"之一种,通过对于山中环境的描写,以表明山中不可以久住,而应该赶快归来,而篇幅极短小精悍:

> 桂树丛生兮山之幽,偃蹇连蜷兮枝相缭。山气巃嵸兮石嵯峨,溪谷崭岩兮水曾波。猿狖群啸兮虎豹嗥,攀援桂枝兮聊淹留。王孙游兮不归,春草生兮萋萋。岁暮兮不自聊,蟪蛄鸣兮啾啾。块兮轧,山曲弟,心淹留兮恫慌忽。罔兮沕,憭兮栗,虎豹穴。丛薄深林兮人上栗。嶔岑碕礒兮,硱磳磈硊,树轮相纠兮,林木茷骫。青莎杂树兮,草草靃靡。白鹿麏麚兮,或腾或倚。状儿崟崟兮,峨峨,凄凄兮漇漇。猕猴兮熊罴,慕类兮以悲。攀援桂枝兮聊淹留。虎豹斗兮熊罴咆,禽兽骇兮亡其曹。王孙兮归来,山中兮不可以久留!

篇中所描写的是山中的危险环境,应该是有所寄寓。作者既善于捕捉山中孤独而恐怖的特征,又表现出一种缠绵幽怨的情思,和《招魂》、《涉江》、《山鬼》等作品有异曲同工之妙,且在短短的篇幅中通过音节的谐和,句法的参差变化,更显出其独创性,汉人的骚体作品每况愈下,而这一首作品却令人耳目一新。

除此之外,骚体赋自汉初以来就一直延续不绝,如司马相如《长门赋》是宫怨作品的始祖,还有司马迁《悲士不遇赋》、扬雄《逐贫赋》等等。东汉时期,大赋衰落,骚体赋却颇为繁盛,形成了纪行赋和述志赋两类主题。

纪行赋是记叙游历途中的见闻而抒发感慨,西汉刘歆《遂初赋》是这种题材的源头。东汉的纪行赋有班彪《北征赋》、曹大家(即班昭)《东征赋》、蔡邕《述行赋》等。述志赋则是直接抒发感情。东汉社会的变化,对于文人的境遇有很大的影响,造成了楚辞精神的又一次发扬。东汉述志赋的主要作品有冯衍《显志赋》、班固《幽通赋》、张衡《思玄赋》、《归田赋》、赵壹《刺世疾邪赋》。这些作品大体上在形式上以骚体为主。张衡的《归田赋》是一篇抒情小赋,语言清新自然,是汉代第一篇田园作品,开启了后代田园作品之先河,也是汉代第一篇重要的骈体赋,表达了"纵心物外、不知荣辱"精神境界。如其中对于春日田园的描绘:

> 于是仲春令月,时和气清。原隰郁茂,百草滋荣。王雎鼓翼,鸧鹒哀鸣;交颈颉颃,关关嘤嘤。于焉逍遥,聊以娱情。尔乃龙吟方泽,虎啸山丘。仰飞纤缴,俯钓长流;触矢而毙,贪饵吞钩;落云间之逸禽,悬渊沉之鲟鲤。

这样的赋不像他其他的作品那样都是长篇巨制,但其旨归则与其《思玄赋》是一致的,都是表明自己在东汉这种社会的压力之下,希望能够解脱,所以都是以隐逸为其主旨的。

赵壹的《刺世疾邪赋》也是早期抒情小赋中的名篇,言辞激切,抒情痛快淋漓,而且语言刚劲,对东汉末年政治腐败、社会颠倒的情况作了直接的抨击:"于兹迄今,情伪万方。佞谄日炽,刚克消亡。舐痔结驷,正色徒行。妪媮名势,抚拍豪强。偃蹇反俗,立致咎殃。捷慑逐物,日富月昌。浑然同惑,孰温孰凉?邪夫显进,直士幽藏。"最后以两段五言诗作结,抒发了"河清不可俟"、"文籍虽满腹,不如一囊钱"、"被褐怀金玉,兰蕙化为刍"的失落和悲哀。

纪行、述志两类作品体现了赋作向抒情小赋的过渡,不过汉代抒情赋理胜于情,具有鲜明的主题,魏晋以后逐步向情的方向发生转变。

真正能够代表汉赋精神的作品却是散体大赋,这类作品始于枚乘,而极于司马相如、扬雄。东汉的班固、张衡以至晋代左思都有知名的大赋作品,但是其气象已不及西汉时期。西汉的赋作,极铺张之盛,当时的赋家几乎都是文字学家,如司马相如有《凡将篇》,扬雄有《方言》,这都是属于文字学方面的著作。在铺陈之际,以穷尽其形态为本色,几乎用尽了描绘之语,读者如读类书或字典。用司马相如自己的话说,"赋家之心,苞括宇宙,总揽人物。"章太炎认为"小学亡而赋不作",也很清楚地说明了这类赋的特色。这与汉代经学的发展也有一定的互动关系,西汉的今文经学有繁琐的风气,所谓"一经说至百万余言",二者合流,也大大助长了铺张之风;同时经学之中讲究"师法"与"家法",固守不变,也使汉赋形成一种套式,所以自东汉开始,大赋便开始衰落,与经学的发展历程也是相应的。

枚乘是汉大赋的奠基人,他的名篇《七发》具有深远的影响。《七发》通篇用散文体式,偶然也有楚辞体的运用,以设问的形式来构成作品,形成了一种宏大的气势,便于文章的展开。全文分为八段,写的是楚太子有疾,吴客来问病,其中除了第一段是序曲,而后面七段则是从不同的侧面来启发太子,分别描写了音乐、饮食、车马、宫苑、田猎、观涛,太子都说"仆病未能也",最后吴客要为太子存方术之士,"论天下之精微,理万物之是非",论说"天下之要言妙道",太子听了精神大振,出了一身汗,因此"霍然病已"。作者意在表明思想的转变是治疗安逸之疾的最好办法,但全文并未就这一点展开,重点却在于前面的种种铺陈,这对后来赋作中千篇一律的"劝百而讽一"的情形也有影响。《七发》标志着新赋体的形成。新赋体改变了歌功颂德的套式,加入了劝谏的内容。另外,这篇作品也改变了楚辞体的样式,形式上进一步散体化,成为一种用韵的散文,同时它也奠定了新赋体的"铺张扬厉"的特色,其中"观涛"一段铺衍尤为后世所赞赏。

司马相如是汉代散体大赋最杰出的作家。代表作品有《子虚赋》《上林赋》,其中虚构了子虚、乌有先生、亡是公,通过他们对齐、楚和天子畋猎的描写,以及他们对于畋猎的态度,来表达自己讽谏意图。其情节很简单,而铺张的程度则比《七发》更进一层,其中对于天子上林的巨丽、畋猎的壮观,更是描绘得波澜壮阔。这种情形也和西汉武帝时期的国力强盛相关,赋作本身颇具"盛世"的夸耀心态。尽管文章最后是为了天下大治的理想而作出一些讽谏,可是由于它铺张过甚,致使这种讽谏所产生的效果很微弱。这篇作品在其篇章结构及艺术特色颇有特色,体现一种较好的"韵散结合"的特征,篇首及篇末以散文叙述,而在铺叙之处则多用韵文;而且根据需要,多用短句、排比句,如描写山水多用四言句,写畋猎多用三字句,这对于铺叙的密集而迅速,起到了很好的效果。

扬雄是西汉后期有名的赋家,他最著名的四篇赋是《甘泉》《河东》《羽猎》《长杨》。《甘泉》通过宫殿的描写对武帝穷奢极侈的作风进行讽谕,《羽猎》《长杨》是写畋猎的,是对汉成帝的畋猎活动表达出的讽谏,《河东赋》则是对其巡游的劝诫,他的赋作仍然足以显示出汉代大赋的基本特征。与司马相如相比,风格颇有不同,司马相如的赋作规模宏大,而扬雄的赋作结构谨严;司马相如散文成分多于骈文,而扬雄之骈文成分多于散文。他还有《蜀都赋》,开后世京都大赋之先河。散体大赋从扬雄开始,已经有衰落的趋向,扬雄晚年称这种赋是"童子雕虫篆刻","壮夫不为",并认为"词人之赋丽以淫"(《法言·吾子篇》),表现出了否定的态度。

东汉时期的大赋,以京都赋最为著名,此类赋上承西汉的苑猎赋,表现了赋作题材的进一步细化,代表作有班固的《两都赋》和张衡《二京赋》;其次还有宫殿赋,它又是京都赋的延伸,以王延寿《鲁灵光殿赋》最为知名。

京都赋的出现有一定的政治背景,这是为了争论当时到底定都长安还是洛阳而作。班固的《两都赋》开创了京都赋的范例。这篇作品的创作主旨也是对当时定都在洛阳的肯定,《文选》李善注说:"班固恐帝去洛阳,故上此词以谏,和帝大悦也。"《两都赋序》中也说:"臣窃见海内清平,朝廷无事,京师修宫室,浚城隍,而起苑囿,以备制度。西土耆老咸怀怨思,冀上之睠顾,而盛称长安旧制,有陋洛邑之议故。臣作两都赋,以极众人之所眩曜,折以今之法度。"其目的是为了从法典、制度着眼来表述应都于洛阳,《西都赋》中对长安的描写极尽其眩耀的能事,着力点在其物质基础,但是其中暗含讽谕的意味;《东都赋》则重在描写光武帝平定天下和明帝时的制度、典礼。在形式上,仍然通过主客问答分别铺叙长安和洛阳的宫室和制度,通过西都宾和东都主人的互相铺叙比较,从而表明对东汉的制度的赞美,以对东都礼乐文明的赞美,体现西都的品物繁盛。其结构与司马相如的《子虚》、《上林》完全相同,而内容则平实得多。《两都赋》中运用了大量的对偶句,增加了赋作音乐上的优美,这也为后来的赋作所大力发扬。另一方面,两篇赋作的风格不一,《西都赋》有意继承西汉大赋的作风,所以其中极力铺叙,而《东都赋》则通篇都是以劝谏为主,在风格上也以朴素见长,这也是对于西汉大赋的一个突破。

张衡的《二京赋》也非常有名,这篇赋是为了劝诫当时的公卿节俭而作,而其形式则拟《两都赋》,序中说:"时天下承平日久,自王侯以下,莫不踰侈。衡乃拟班固《两都》,作《二京赋》,因以讽谏。精思傅会,十年乃成。"与《两都赋》相比较,《二京赋》的描写范围更加广泛,描写的对象更加具体、详细。《两都赋》的描写止于京都之形胜、台馆、苑囿、物产以及西汉帝王的生活,而《二京赋》则对于城廓第宅、五都货殖、郊祀之仪、朝会之仪,以及游侠、求仙、百戏、大傩,凡是足以显示京都豪华的,莫不形诸笔墨,其规模之大为京都赋中的极轨。后世继承这类赋作最为知名的作品是西晋左思的《三都赋》,曾经名动一时,造成"洛阳纸贵"的情形,但其体制及艺术并未超出班、张之外,算是京都赋的殿军。

宫殿赋则是京都赋的一个分支,在京都赋中,宫殿的描写只是其中的一个部分,而宫殿赋则属于一篇特写。东汉宫殿赋中最为有名的为王延寿《鲁灵光殿赋》,对宫殿的外观、殿内装饰、屋宇结构,以至殿内的墙壁绘画、雕刻都作了一个详尽的描绘。后来曹魏何晏的《景福殿赋》,颇受其影响。东汉以来散体大赋题材的细密化,实际上也体现出东汉文人的气魄与西汉时期的差异。

魏晋南北朝抒情小赋与骈文

　　汉魏六朝是抒情小赋与骈文发展迅速的时期,这时,随着文学自觉的进一步深入,文学中讲求对偶、声律、辞藻的风气日盛一日,骈文开始发展起来。赋受到骈文的影响,也逐渐形成骈赋,同时也摆脱东汉末期偏于谈理的倾向,朝着"情"的方向转化,从而进入了赋体创作的一个新阶段。

　　汉末魏初,由于赋体本身的分展,以及曹氏父子对于文学的提倡,赋的题材开始逐渐地多样化,景物赋、爱情赋、征行赋、咏物赋都有不少,而且同题共作赋作也有不少。这时重要的赋家及其作品有祢衡《鹦鹉赋》、王粲《登楼赋》、曹植《洛神赋》等,这些赋都是以抒情小赋的形式出现,表达自我的情感,例如王粲的《登楼赋》表达了他身在异乡而壮志难酬的忧愤,赋的首段说:

　　　　登兹楼以四望兮,聊暇日以销忧。览斯宇之所处兮,实显敞而寡仇。挟清漳之通浦兮,倚曲沮之长洲。背坟衍之广陆兮,临皋隰之沃流。北弥陶牧,西接昭丘。华实蔽野,黍稷盈畴。虽信美而非吾土兮,曾何足以少留。

　　《鹦鹉赋》以高度拟人化的手法,描写自己和处境;《洛神赋》则发扬了楚辞的传统,寄寓了曹植对于君臣不能遇合的苦闷,语言、形象都极其优美动人,是抒情小赋中的名篇。

　　正始时期,随着政治逐渐黑暗,这时出现了一些讽刺性的作品,有些赋作也渐趋含蓄隐晦,如阮籍的《猕猴赋》和《大人先生传》,鲁褒的《钱神论》、向秀的《思旧赋》等等。鲁褒《钱神论》的讽刺力度尤为深刻:

> 钱之为体,有乾坤之象,内则其方,外则其圆。其积如山,其流如川。动静有时,行藏有节。市井便易,不患耗折。难折象寿,不匮象道,故能长久,为世神宝。亲之如兄,字曰孔方。失之则贫弱,得之则富昌。无翼而飞,无足而走。解严毅之颜,开难发之口。钱多者处前,钱少者居后;处前者为君长,在后者为臣仆。君长者丰衍而有余,臣仆者穷竭而不足。《诗》云:哿矣富人,哀此茕独。

两晋时期的赋作,也有一定的发展。西晋太康时期的赋作与诗歌一样,以"繁缛"为其基本特征。但作家也是各有特色,潘岳、陆机、张华各有成就。张华的《鹪鹩赋》表达了道家的思想,取《庄子》"鹪鹩巢于深林,不过一枝"之语,颇为知名。陆机有《叹逝赋》,为伤悼亲友而作;而其《文赋》则是文学批评史上的一篇重要文献,但其艺术成就也极高,如其开篇说:

> 伫中区以玄览,颐情志于典坟。遵四时以叹逝,瞻万物而思纷。悲落叶于劲秋,喜柔条于芳春。心懔懔以怀霜,志眇眇而临云。咏世德之骏烈,诵先人之清芬。游文章之林府,嘉丽藻之彬彬。慨投篇而援笔,聊宣之乎斯文。

潘岳是这一时期成就相当高的作家,尤其长于抒情。他的《秋兴赋》随物感兴,而《哀永逝文》、《悼亡赋》都是悼念其亡妻所作;《寡妇赋》则更为凄恻感人。他的作品对后世的赋作有很大的影响,《文选》之中收了他九篇作品,足见其受重视的程度。

东晋到南朝时代的赋作有郭璞的《江赋》、孙绰的《游天台山赋》,晋宋之交的辞赋则以陶渊明的最为重要。《归去来辞》是他的代表作品,欧阳修说"晋无文章,惟陶渊明《归去来辞》而已",可见其价值之高。陶渊明还有《闲情赋》,也颇著名。

刘宋时期的赋作颇多,其中著名的有谢惠连的《雪赋》、谢庄的《月赋》和鲍照的《芜城赋》等。前两者都是物象赋中的名篇,而《月赋》更胜一筹,其中,写月夜之情多于"体物"本身,颇有特色。如赋末写道:

> 若乃凉夜自凄,风篁成韵,亲懿莫从,羁孤递进。聆皋禽之夕闻,听朔管之秋引。于是弦桐练响,音容选和,徘徊房露,惆怅阳阿。声林虚籁,沧池灭波,情纡轸其何托,愬皓月而长歌。歌曰:美人迈兮音尘阙,隔千里兮共明月。临风叹兮将焉歇,川路长兮不可越。

《芜城赋》风格萧瑟悲凉,有"驱迈苍凉之气,惊心动魄之辞"(姚鼐),如文中写广陵乱后的荒凉景象:

> 泽葵依井,荒葛罥涂。坛罗虺蜮,阶斗麏鼯。木魅山鬼,野鼠城狐,风嗥雨啸,昏见晨趋。饥鹰砺吻,寒鸱吓雏。伏暴藏虎,乳血飡肤。崩榛塞路,峥嵘古馗。白杨早落,寒草前衰。棱棱霜气,蔌蔌风威。孤蓬自振,惊沙坐飞。灌莽杳而无际,丛薄纷其相依。通池既已夷,

峻隅又已颓。直视千里外,唯见起黄埃。凝思寂听,心伤已摧。

鲍照的《登大雷岸与妹书》是一篇有名的骈文,将自己的行役之旅与九江之景结合起来,写山则说"积山万状,负气争高,含霞饮景,参差代雄,凌跨长陇,前后相属,带天有匝,横地无穷",写水则"腾波触天,高浪灌日,吞吐百川,写泄万壑。轻烟不流,华鼎振涟。弱草朱靡,洪涟陇蹙。散涣长惊,电透箭疾。穿溢崩聚,坻飞岭复。回沫冠山,奔涛空谷",奇丽峭拔,极负气势,绝无当时骈文中的靡弱之风。

如果说刘宋时期的赋家尚有一定的"风骨"的话,那么齐梁以降的作家,与此便有一些不同的特点了。声律的发展,引起了诗歌领域的变化,这一点也同样影响到赋的形态,这时的赋句也更加趋于骈俪和对偶,文章的声调美也同样得到加强。语言、题材及描写也进一步诗化,比如景物的描写,以及对于女性的描摹等。这种骈化的倾向实际上渗透入一切的文章领域,如表、策、诰、书信等实用文体,《文心雕龙》这样的文艺理论著作,以及各类史书,莫不如此。

江淹以《别赋》与《恨赋》最为著名,这两篇赋所写的都是情,主题颇为特别,但是它们却都以铺陈史事的形式写出,引入咏史的传统,可以说已经达到了抒情小赋的极致。这两篇赋的艺术价值极高,语言优美,音韵铿锵,句法错综变化,具有浓郁的诗情,如《别赋》中的一段:

下有芍药之诗,佳人之歌,桑中卫女,上宫陈娥。春草碧色,春水渌波,送君南浦,伤如之何!至乃秋露如珠,秋月如圭,明月白露,光阴往来,与子之别,思心徘徊。

这时帝王及皇室之中爱好文学的不少，梁简文帝萧纲的《筝赋》、《采莲赋》，梁元帝萧绎的《荡妇秋思赋》、《采莲赋》，都有一定的成就。孔稚圭的《北山移文》，嘲笑了当时假隐士的面目，尤其是对其出仕后形态的描写，极有谐趣：

> 至其纽金章，绾墨绶。跨属城之雄，冠百里之首。张英风于海甸，驰妙誉于浙右。道帙长殡，法筵久埋。敲扑喧嚣犯其虑，牒诉倥偬装其怀。琴歌既断，酒赋无续。常绸缪于结课，每纷纶于折狱。笼张赵于往图，架卓鲁于前箓。希踪三辅豪，驰声九州牧。使我高霞孤映，明月独举。青松落阴，白云谁侣？涧石摧绝无与归，石径荒凉徒延伫。至于还飙入幕，写雾出楹。蕙帐空兮夜鹄怨，山人去兮晓猿惊。昔闻投簪逸海岸，今见解兰缚尘缨。

南朝的作品中，一些书信体文字，如丘迟《与陈伯之书》、陶宏景《答谢中书书》、吴均《与宋元思书》等，虽为书信，但其中的写景文字极美，也都是骈文的名篇，如其中最为短小的《答谢中书书》：

> 山川之美，古来共谈。高峰入云，清流见底。两岸石壁，五色交辉。青林翠竹，四时俱备。晓雾将歇，猿鸟乱鸣；夕日欲颓，沉鳞竞跃，实是欲界之仙都，自康乐以来，未复有能与其奇者。

庾信则是南北朝辞赋的集大成者，其赋风和诗风一样，出使北方被留为限,分为两个时期。早期的赋作题材有限,辞采华丽,如《春赋》、《七夕赋》、《荡子赋》等等;而晚期的作品则透露出深沉的乡关之思,以《小园赋》、《枯树赋》、《哀江南赋》等为代表,杜甫说"庾信文章老更成,凌云健笔意纵横",就是从这一角度来说的。早期作品中风格绮丽,而时时体现出诗化的影响,如其《春赋》即是诗化的代表作品,如其首段几乎就是一首七言诗:

> 宜春苑中春已归,披香楼里作春衣。新年鸟声千种啭,二月杨花满路飞。河阳一县并是花,金谷从来满园树。一丛香草足碍人,数尺游丝即横路。开上林而竞入,拥河桥而争渡。

后期的作品以家国之悲为主,而《哀江南赋》最为典型。这篇赋的序文,也是有名的作品之一,其价值甚至不在赋作本身之下,意境萧瑟,感慨深沉:

> 日暮途远,人间何世!将军一去,大树飘零;壮士不还,寒风萧瑟。荆璧睨柱,受连城而见欺;载书横阶,捧珠盘而不定。钟仪君子,入就南冠之囚;季孙行人,留守西河之馆。申包胥之顿地,碎之以首;蔡威公之泪尽,加之以血。钓台移柳,非玉关之可望;华亭鹤唳,岂河桥之可闻!

《哀江南赋》的题目出自《楚辞·招魂》的"魂兮归来哀江南"一语,其主要内容为结合个人的身世,哀痛梁朝的灭亡,同时也总结历史教训,勾勒出了一幅史诗般的画卷,为这一时代的赋作划上了一个完满的句号。

文苑英华

原典选读

西都赋

班　固

　　有西都宾问于东都主人曰："盖闻皇汉之初经营也,尝有意乎都河洛矣。缀而弗康,实用西迁,作我上都。主人闻其故而睹其制乎?"主人曰："未也。愿宾摅怀旧之蓄念,发思古之幽情,博我以皇道,弘我以汉京。"宾曰："唯唯。"

　　汉之西都,在于雍州,实曰长安。左据函谷、二崤之阻,表以太华、终南之山。右界褒斜、陇首之险,带以洪河、泾、渭之川。众流之隈,汧涌其西。华实之毛,则九州之上腴焉。防御之阻,则天下之陕区焉。是故横被六合,三成帝畿,周以龙兴,秦以虎视。及至大汉受命而都之也,仰寤东井之精,俯协《河图》之灵。奉春建策,留侯演成。天人合应,以发皇明,乃眷西顾,实惟作京。于是睎秦岭,睋北阜,挟酆灞,据龙首。图皇基于亿载,度宏规而大起。肇自高而终平,世增饰以崇丽。历十二之延祚,故穷奢而极侈。建金城其万雉,呀周池而成渊。披三条之广路,立十二之通门。内则街衢洞达,闾阎且千,九市开场,货别隧分。入不得顾,车不得旋,阛城溢郭,旁流百廛。红尘四合,烟云相连。于是既庶且富,娱乐无疆。都人士女,殊异乎五方。游士拟于公侯,列肆侈于姬姜。乡曲豪举,游侠之雄,节慕原、尝,名亚春、陵。连交合众,骋骛乎其中。

　　若乃观其四郊,浮游近县,则南望杜、霸,北眺五陵。名都对郭,邑居相承。英俊之域,绂冕所兴。冠盖如云,七相五公。与乎州郡之豪杰,五都之货殖,三选七迁,充奉陵邑。盖以强干

148

弱枝，隆上都而观万国也。封畿之内，厥土千里，逴跞诸夏，兼其所有。其阳则崇山隐天，幽林穹谷，陆海珍藏，蓝田美玉。商、洛缘其隈，鄠、杜滨其足，源泉灌注，陂池交属。竹林果园，芳草甘木，郊野之富，号为近蜀。其阴则冠以九嵕，陪以甘泉，乃有灵官起乎其中。秦汉之所以极观，渊云之所颂叹，于是乎存焉。下有郑、白之沃，衣食之源。提封五万，疆埸绮分，沟塍刻镂，原隰龙鳞，决渠降雨，荷插成云。五谷垂颖，桑麻铺棻。东郊则有通沟大漕，溃渭洞河，泛舟山东，控引淮湖，与海通波。西郊则有上囿禁苑，林麓薮泽，陂池连乎蜀汉，缭以周墙，四百余里。离宫别馆，三十六所。神池灵沼，往往而在。其中乃有九真之麟，大宛之马，黄支之犀，条支之鸟。逾昆仑，越巨海，殊方异类，至于三万里。

其宫室也，体象乎天地，经纬乎阴阳。据坤灵之正位，放太紫之圆方。树中之华阙，丰冠山之朱堂。因瑰材而究奇，抗应龙之虹梁。列棼橑以布翼，荷栋桴而高骧。雕玉瑱以居楹，裁金壁以饰珰。发五色之渥彩，光焰朗以景彰。于是左城右平，重轩三阶。闺房周通，门闼洞开。列钟虡于中庭，立金人于端闱。仍增崖而衡阈，临峻路而启扉。徇以离殿别寝，承以崇台闲馆，焕若列星，紫宫是环。清凉、宣温、神仙、长年、金华、玉堂、白虎、麒麟，区宇若兹，不可殚论。增盘业峨，登降炤烂，殊形诡制，每各异观。乘茵步辇，惟所息宴。后宫则有掖庭、椒房，后妃之室。合欢、增城、安处、常宁、茝若、椒风、披香、发越、兰林、蕙草、鸳鸾、飞翔之列，昭阳特盛，隆乎孝成。屋不呈材，墙不露形。裹以藻绣，络以纶连。随侯明月，错落其间。金釭衔壁，是为列钱。翡翠火齐，流耀含英。悬黎垂棘，夜光在焉。于是玄墀扣砌，玉阶彤庭，碝磩彩致，琳珉青荧，珊瑚碧树，周阿而生。红罗飒纚，绮组缤纷。精曜华烛，俯仰如神。后宫之号，十有四位。窈窕繁华，更盛迭贵。处乎斯列者，盖以百数。左右庭中，朝堂百寮之位，萧曹魏邴，谋谟乎其上。佐命则垂统，辅翼则成化。流大汉之恺悌，荡亡秦之毒蜇。故令斯人扬乐和之声，作画一之歌。功德著于祖宗，膏泽洽于黎庶。又有天禄、石渠，典籍之府。命夫谆诲故老，名儒师傅，讲论乎《六艺》，稽合乎同异。又有承明、金马、著作之庭。大雅宏达，于兹为群。元元本本，周见洽闻。启发篇章，校理秘文。周以钩陈之位，卫以严更之署，总礼官之甲科，群百郡之廉孝。虎贲赘衣，阍尹阍寺。陛戟百重，各有典司。

周庐千列，徼道绮错。辇路经营，修除飞阁。自未央而连桂宫，北弥明光而亘长乐。凌隥道而超西墉，掍建章而连外属。设璧门之凤阙，上觚棱而栖金爵。内则别风之嶕峣，眇丽巧而耸擢，张千门而立万户，顺阴阳以开阖。尔乃正殿崔嵬，层构厥高，临乎未央。经骀荡而出驳娑，洞枌㭀以与天梁。上反宇以盖戴，激日景而纳光。神明郁其特起，遂偃蹇而上跻。轶云雨于太半，虹霓回带于棼楣。虽轻迅与僄狡，犹愕眙而不能阶。攀井干而未半，目眴转而意迷，舍棂槛而却倚，若颠坠而复稽，魂怳怳以失度，巡回途而下低，既惩惧于登望，降周流以彷徨。步甬道以萦纡，又杳窱而不见阳。排飞闼而上出，若游目于天表，似无依而洋洋。前唐中而后太液，揽沧海之汤汤。扬波涛于碣石，激神岳之㠑㠑。滥瀛洲与方壶，蓬莱起乎中央。于是灵草冬荣，神木丛生。岩峻崷崪，金石峥嵘。抗仙掌以承露，擢双立之金茎，轶埃壒之混浊，鲜颢气之清英。骋文成之丕诞，驰五利之所刑。庶松乔之群类，时游从乎斯庭。实列仙之攸馆，非吾人之所宁。

尔乃盛娱游之壮观，奋泰武乎上囿。因兹以威戎夸狄，耀威灵而讲武事。命荆州使起鸟、诏梁野而驱兽。毛群内阗，飞羽上覆，接翼侧足，集禁林而屯聚。水衡虞人，修其营表。种别群分，部曲有署。罘网连纮，笼山络野。列卒周匝，星罗云布。于是乘銮舆,备法驾,帅群臣,披飞廉,入苑门。遂绕酆鄗,历上兰。六师发逐,百兽骇殚,震震爚爚,雷奔电激,草木涂地,山渊反覆。蹂躏其十二三,乃拗怒而少息。尔乃期门佽飞,列刃钻鍭,要趹追踪。鸟惊触丝,兽骇值锋。机不虚掎,弦不再控。矢不单杀,中必叠双。飓飓纷纷,矰缴相缠。风毛雨血,洒野蔽天。平原赤,勇士厉。猿狖失木,豺狼慑窜。尔乃移师趋险,并蹈潜秽。穷虎奔突,狂兕触蹙。许少施巧,秦成力折。掎僄狡,扼猛噬。脱角挫脰,徒搏独杀。挟师豹,拖熊螭。曳犀牭,顿象黑。超洞壑,越峻崖。躏巉岩,巨石颓。松柏仆,丛林摧。草木无余,禽兽殄夷。

于是天子乃登属玉之馆,历长扬之榭。览山之体势,观三军之杀获。原野萧条,目极四裔。禽相镇压,兽相枕藉。然后收禽会众,论功赐胙。陈轻骑以行炰,腾酒车以斟酌。割鲜野食,举烽命釂。飨赐毕,劳逸齐,大辂鸣銮,容与徘徊。集乎豫章之宇,临乎昆明之池。左牵牛而右织女,似云汉之无涯。茂树荫蔚,芳草被堤。兰茝发色,晔晔猗猗。若摛锦布绣,烛燿乎其陂。鸟则玄鹤白鹭,黄鹄鸧鹤,鸽鸹鸨鶂,凫鹥鸿雁。朝发河海,夕宿江汉。沉浮往来,云集雾散。于是后宫乘辇辂,登龙舟。张凤盖,建华旗。祛黼帷,镜清流。靡微风,澹淡浮。棹女讴,鼓吹震,声激越,謷厉天,鸟群翔,直窥渊。招白鹇,下双鹄。揄文竿,出比目。抚鸿罿,御矰缴,方舟并骛,俯仰极乐。遂乃风举云摇,浮游溥览。前乘秦岭,后越九嵕,东薄河华,西涉岐雍。宫馆所历,百有余区。行所朝夕,储不改供。礼上下而接山川,究休佑之所用。采游童之欢谣,第从臣之嘉颂。于斯之时,都都相望,邑邑相属。国籍十世之基,家承百年之业,士食旧德之名氏,农服先畴之畎亩,商循族世之所鬻,工用高曾之规矩。粲乎隐隐,各得其所。

若臣者徒观迹于旧墟,闻之乎故老,十分而未得其一端,故不能遍举也。

恨 赋

江 淹

试望平原,蔓草萦骨,拱木敛魂。人生到此,天道宁论!於是仆本恨人,心惊不已,直念古者,伏恨而死。

至如秦帝按剑,诸侯西驰,削平天下,同文共规,华山为城,紫渊为池,雄图既溢,武力未毕,方架鼋鼍以为梁,巡海右以送日,一旦魂断,宫车晚出。

若乃赵王既虏,迁於房陵。薄暮心动,昧旦神兴。别艳姬与美女,丧金舆及玉乘。置酒欲饮,悲来填膺。千秋万岁,为怨难胜!

至如李君降北,名辱身冤,拔剑击柱,吊影惭魂。情往上郡,心留雁门;裂帛系书,誓还汉恩。朝露溘至,握手何言!

若夫明妃去时,仰天太息。紫台稍远,关山无极;摇风忽起,白日西匿。陇雁少飞,代云寡色。望君王兮何期,终芜绝兮异域。

至乃敬通见抵,罢归田里,闭关却扫,塞门不仕,左对孺人,顾弄稚子,脱略公卿,跌宕文史,斋志没地,长怀无已。

及夫中散下狱,神气激扬。浊醪夕引,素琴晨张。秋日萧索,浮云无光。郁青霞之奇意,入修夜之不旸。

或有孤臣危涕,孽子坠心,迁客海上,流戍陇阴。此人但闻悲见泪起,血下沾衿,亦复含酸茹叹,销落湮沈。

若乃骑叠迹,车屯轨,黄尘币地,歌吹四起,无不烟断火绝,闭骨泉里。

已矣哉！春草暮兮秋风惊，秋风罢兮春草生。绮罗毕兮池馆尽，琴瑟灭兮丘垄平。自古皆有死，莫不饮恨而吞声。

小园赋

庾　信

若夫一枝之上，巢夫得安巢之所；一壶之中，壶公有容身之地。况乎管宁藜床，虽穿而可座；嵇康锻灶，既煙而堪眠。岂必连洞房，南阳樊重之第；绿青锁，西汉王根之宅。余有数亩弊庐，寂寞人外，聊以拟伏腊，聊以避风雨。虽复晏婴近市，不求朝夕之利；潘岳面城，且适闲居之乐。况乃黄鹤戒露，非有意于轮轩；爰居避风，本无情于钟鼓。陆机则兄弟同居，韩康则舅甥不别，蜗角蚊睫，又足相容者也。

尔乃窟室徘徊，聊同凿坯。桐间露落，柳下风来。琴号珠柱，书名玉杯。有棠梨而无馆，足酸枣而无台。犹得敧侧八九丈，纵横数十步，榆柳三两行，梨桃百余树。拔蒙密兮见窗，行敧斜兮得路。蝉有翳兮不惊，雉无罗兮何惧！草树混淆，枝格相交。山为篑覆，地有堂坳。藏狸并窟，乳鹊重巢。连珠细菌，长柄寒匏。可以疗饥，可以栖迟，崎岖兮狭室，穿漏兮茅茨。檐直倚而妨帽，户平行而碍眉。坐帐无鹤，支床有龟。鸟多闲暇，花随四时。心则历陵枯木，发则睢阳乱丝。非夏日而可畏，异秋天而可悲。

一寸二寸之鱼，三竿两竿之竹。云气荫于丛著，金精养于秋菊。枣酸梨酢，桃？李？。落叶半床，狂花满屋。名为野人之家，是谓愚公之谷。试偃息于茂林，乃久羡于抽簪。虽无门而长闭，实无水而恒沉。三春负锄相识，五月披裘见寻。问葛洪之药性，访京房之卜林。草无忘忧之意，花无长乐之

153

心。鸟何事而逐酒？鱼何情而听琴？

　　加以寒暑异令，乖违德性。崔駰以不乐损年，吴质以长愁养病。镇宅神以霾石，厌山精而照镜。屡动庄舄之吟，几行魏颗之命。薄晚闲闺，老幼相携；蓬头王霸之子，椎髻梁鸿之妻。爤麦两瓮，寒菜一畦。风骚骚而树急，天惨惨而云低。聚空仓而雀噪，惊懒妇而蝉嘶。

　　昔草滥于吹嘘，籍文言之庆余。门有通德，家承赐书。或陪玄武之观，时参凤凰之墟。观受厘于宣室，赋长杨于直庐。遂乃山崩川竭，冰碎瓦裂，大盗潜移，长离永灭。摧直辔于三危，碎平途于九折。荆轲有寒水之悲，苏武有秋风之别。关山则风月凄怆，陇水则肝肠寸断。龟言此地之寒，鹤讶今年之雪。百灵兮倏忽，光华兮已晚。不雪雁门之踦，先念鸿陆之远。非淮海兮可变，非金丹兮能转。不暴骨于龙门，终低头于马坂。谅天造兮昧昧，嗟生民兮浑浑！

唐音宋调

　　"唐音"与"宋调"是古典诗歌领域中的两座高峰,也代表了中国古典诗歌美学的两大典范,一部中国诗歌史,都不能超出这两种风格范畴。它们一以韵胜,浑雅而酝藉空灵;一以意胜,精能而深折透辟,两者相资相益,相反相成。唐诗中有王维、孟浩然、李白、杜甫、高适、岑参、白居易、元稹、韩愈、柳宗元、李商隐、杜牧等不断涌现的天才诗人,而宋诗中也有梅尧臣、王安石、苏轼、黄庭坚、陈师道、陆游、杨万里、范成大等足继前贤的璀璨群星。

　　"唐诗"在每个中国人心中的地位都是十分显赫的,仿佛它已经成为中国古典文学最大的代表,我们耳熟能详、琅琅成诵的诗篇都有不少,王维、孟浩然、李白、杜甫、高适、岑参、白居易、元稹、韩愈、柳宗元、李商隐、杜牧等诗人的大名更是无人不晓。"熟读唐诗三百首,不会吟诗也会吟",清代乾隆年间出现的一本《唐诗三百首》家弦户诵,风靡了两百多年,至今不衰,而这部诗选本身也已经成了一部经典。相反,如果说到宋代诗人,对一般人而言,除了苏轼、陆游等寥寥几位之外,能够读过宋诗巨擘之一黄庭坚的人恐怕就不多了。

　　唐诗的确是中国诗歌史乃至文学史上的高峰之一,但宋诗则是与之并峙的另一座高峰,"唐音"与"宋调",恰恰代表了中国古典诗歌美学中的两大典范,此后的诗歌发展,都不能超出这两种风格范畴。这两类诗歌的风格差异,学者们有类似的概括,或者认为"唐诗以韵胜,故浑雅而贵酝藉空灵;宋诗以意胜,故精能而贵深析透辟"(缪钺《论宋诗》),或者认为"唐诗多以丰神情韵见长,宋诗多以筋骨思理见胜"(钱锺书《谈艺录》),它们的基本分别,一是偏于"情",一是偏于

"理",两者实际上是相反相成的,对后世的影响同样都很巨大。

苏轼在指点他的一个侄子进行艺术创作时说:"凡文字,少小时须令气象峥嵘,采色绚烂。渐老渐熟乃造平淡;其实不是平淡,绚烂之极也。"(《与二郎侄》)这段话我们可以拿过来比拟唐诗、宋诗的分别,如果用"气象峥嵘,采色绚烂"来形容唐诗,而用"老熟、平淡"来形容宋诗,可以说是恰如其分。"峥嵘、绚烂"是一种"气象",这是比较容易感知的;而"老熟、平淡"却更像是一种"境界",而"平淡"何以是"绚烂之极",则更需要细细体会才能明白。偏于"情"的唐诗仿佛是个少年人,而偏于"理"的宋诗则更多地是"老境"的象征。这也可以用来解释为什么唐诗的读者更多,而宋诗的门庭相对冷落,因为"情韵"既承载了我国抒情诗歌的深厚传统,同时也适应了更多人对诗歌的感性需求,少年人纵然有时比较浅显,但依然不乏可爱;而过多地注重"思理",甚至"言理而不言情",往往便会枯涩无味,一个老者果真能够睿智深沉,当然会博得大家的敬重,但如果一味说教,就不免让人"敬而远之"了,宋诗中说理的成份多了,而"情韵"相对地减少,这已经偏离了大部分人的欣赏趣味;尤其是其中"爱情主题"的缺席,更让人觉得整个宋诗是不健全的,大概这也是为什么"宋词"比"宋诗"更能够被普通读者所接受的主要原因之一吧。

在描述唐诗的语汇中,"气象"是最为常见的一个,南宋的严羽在《沧浪诗话》中比较唐宋两种诗歌的不同时,就提到"唐人与本朝人诗,未论工拙,直是气象不同",他认为与宋人相比,唐人更加地"气象浑厚"。那么唐人为什么会有这种气象、而宋人为什么在这方面却终究逊了一筹呢?这就不仅仅是诗歌风格的问题了,而是要牵涉到整个唐人与宋人的时代风貌、价值取向乃至文化类型等种种范畴。

在中国文化史上，有所谓"唐型文化"与"宋型文化"的分野，二者的旨归完全不同。大体上说来，"唐型文化"涵容广大，"以接受外来文化为主，其文化精神及动态是复杂而进取的"；"宋型文化"有排斥性，是一种"民族本位文化"，"其文化精神及动态亦转趋单纯与收敛"。（傅乐成《唐型文化与宋型文化》）这两种文化类型的形成过程比较复杂，这里只能结合它们对诗歌的影响，举一些例子，简单地谈一谈。

例如，就"唐型文化"而论，它所接受外来文化的影响，佛教是其中最显著的一个。佛教经过汉魏晋南北朝以来的不断发展，在唐代达到鼎盛。法相、华严、天台、禅、密、律诸宗，大师辈出；而以玄奘为核心的译经事业，也于此时臻于巅峰，这是中印文化交流史上的不朽盛事。佛教对于文学的影响是多方面的，从形式上而言，佛经是一种独特的混合文体，包括长行（散体）与偈颂（诗体），两者文义相当，只是这种诗体之中不必用韵，也不讲求平仄的和谐，颇有奇特之处。中唐的韩愈"以文为诗"，即受到这种偈颂体的影响，如其《南山诗》中连用五十一个"或"字，即使《诗经·小雅·北山》等诗中有先例，但绝不至于如此铺张，因此前人多认为它过于"冗蔓"，实则这一手法是因袭马鸣所造、昙无谶所译的《佛所行赞》而来，若以其中的《离欲品》《破魔品》与之相较，痕迹显然。（饶宗颐《南山诗与马鸣〈佛所行赞〉》）而从内容上来说，例如王维的山水田园诗中所表现出的"禅境"，当然是得自佛教法乳的滋润。此外，唐代还有大量"诗僧"的出现，也是佛教对于诗歌的一种影响。至于佛经中的语言，成为诗人竞用入诗的"诗料"，更是遍及一切诗人群体了。

又如唐代武功特盛，战斗力极强，自唐太宗被推为"天可汗"，其后一百多年间，唐朝一直是东亚诸国的盟主。这是因为唐代的皇室本来就是鲜卑化的汉人，而且长期受到胡人习俗的影响,因此对于文化完全采取一种兼容的态度。唐太宗就曾明确地主张"华夷如一",这样的思想,决不是宋人所能具备的。盛唐时入居中国的外族人,包括突厥、铁勒、高丽、吐蕃、党项、吐谷浑,以及西域各国之人,约在 170 万人以上,他们与中国人通婚,也在朝廷做官;波斯、大食及西域的商人,遍及广州、扬州各地。异族文化也随之传入,并可以自由发展,如景教、摩尼教、回教,皆自中亚传入;西域的音乐、技艺、歌舞、衣食等,也都为唐人所普遍喜爱。因此,唐代无论在血统上还是文化上,都是大规模与外族混合的时代。就诗歌而论,边塞诗中的异域风情,盛唐诗中的游侠之风,无一不与文化的包容性与武功的强盛相关。李白便是一个极具异域色彩的大诗人,他出生于中亚的碎叶(今属吉尔吉斯斯坦),五岁时入蜀,年轻时学纵横术,好击剑任侠,并学道求仙。后来李白经历了几次婚姻,都是以"入赘"的方式,这在中原人看来是一种异常的情形,却符合突厥、铁勒等民族的婚俗;他为朋友吴指南实施过"剔骨葬",也属于突厥或南诏的异族风俗。其《寄远》诗中写道:"鲁缟如玉霜,笔题月支书。寄书白鹦鹉,西海慰离居。""月支书"是西域文字,他幼年所受的教育应该是"中西语文兼而有之"的(詹锳《李白家世考异》),他必定也精通汉语以外的其他语文,才能为唐玄宗"草答蕃书",并在后来演变成《警世通言》中"李谪仙醉草吓蛮书"一类的小说。李白甚至将杀人看成一种豪举,"托身白刃里,杀人红尘中。当朝揖高义,举世钦英风"(《赠从兄襄阳少府皓》)、"笑尽一杯酒,杀人都市中"(《结客少年场行》)、"十步杀一人,千里不留行"(《侠客行》)一类的诗句在他的诗集中极为寻常。

当然,影响唐人文学的因素还有很多。如科举制度对唐诗的发达也有相当大的影响。唐代科举考试中有进士科,有明经科,进士科最为荣耀,唐人有"三十老明经,五十少进士"的俗语,诗人孟郊考中进士后,更吟出"春风得意马蹄疾,一日看尽长安花"的豪句,可见得中进士的光荣非常超胜,许多达官也常以未能由进士出身为恨。进士科的考试科目是诗赋,诗是律诗,赋是律赋。这些试卷之中并没有十分精彩的诗歌,像钱起《湘灵鼓瑟》"曲终人不见,江上数峰青"这样的诗句,被王世贞称为"亿中无一",但也不算是什么了不起的作品。不过,与科举考试相关的"行卷"一类作品,倒的确是反映了科举考试对于诗歌发展的影响。"行卷",是应试的举子将其文学作品写成卷轴,在考试之前献给当时的名流,希望他们向主考官推荐,以增加自己及第的希望。唐代科举制度尚不严密,试卷是公开的,所以主考官除了评阅试卷之外,主要还要依据这些举子的平时作品和声誉来决定是否录取,主考官往往"未引试之前,其去取高下,固已定于胸中矣"(洪迈《容斋四笔》卷五)。因此,举子们对于编定平日的代表作品的"行卷"相当重视。行卷的内容包括各种题材,如古诗、律诗、辞赋、骈文、散文、小说等等,对这些文类的发展都有相当深刻的影响。宋代科举实行"糊名"、"易书"等规定,主考官不知道哪一份试卷是谁的,行卷的方式不再能够决定考试的结果,也就逐渐废弃了。唐代进士录取人数很少,一年只有 30 名左右,竞争非常激烈,所以举子们在行卷的时候,往往都用上自己最得意的作品。这样,行卷之风在客观上也必然会促进文学的发展。例如白居易向顾况行卷的时候,顾一看到他的名字,便对他说:"米价方贵,'居'亦弗'易'。"等到他看到白居易"行卷"中首篇的诗句"咸阳原上草,一岁一枯荣。野火烧不尽,春风吹又生"时,称赏不已,又改口说:"道得个语,'居'即'易'矣。"因此为他延誉,白居易随即声名大振。从唐人行卷的诗歌作品来看,其中有大量的名作,如崔颢的《黄鹤楼》、王昌龄的《长信怨》、《出塞》，李颀的《古从军行》、《古行路难》、卢伦《塞下曲》、张继《枫桥夜泊》以及王建的新乐府、李贺的《雁门太守行》、李绅的《古风》等等。可见行卷对于唐代诗歌的创作的影响非常巨大。（程千帆《唐代进士行卷与文学》）

　　唐代国力的强盛，疆域的广大，激发着士人积极进取的精神。这些士人自信豪迈，抱负高远，都想出将入相，建立盖世功业；而不愿寻章摘句，终老笔砚。他们功名心极盛，都想为自己寻求入仕的途径，因此或者参加科举，或者隐居山林，或者投身幕府，或者漫游都邑边塞、名山大川，这些都对唐人的诗歌中的"气象"产生了重要的影响。

　　唐诗对宋人来说，是一座难以逾越的高峰，清人蒋士铨说"宋人生唐后，开辟真难为"（《辨诗》），倒是一句老实话。不过，宋代的天才还是通过自己的努力，创造出了一种迥异于唐诗的精神和境界，严羽将宋人的诗概括为"以文字为诗、以才学为诗，以议论为诗"（《沧浪诗话·诗辩》），虽然持一种贬抑的态度，但议论、用典、"理趣"、"平淡"等等，恰恰是宋诗的独树一帜之处。

　　"以文为诗"这一倾向最早在韩愈的诗中便有所体现，清代的赵翼说："以文为诗，自昌黎始，至东坡益大放厥词，别开生面，成一代之大观。"最初诗与散文的句法并无明显的分别，但当诗文之界限逐渐变得严格之后，才有所谓"以文为诗"的问题，尤其是唐代五、七言律诗成熟之后。其表现如句中用虚字，用散文的句法、章法，以议论入诗等等。这些本是散文的专利，但宋人一概用之于诗，便体现出不同的诗质来。

　　"以学问为诗"，则由于印刷技术的发展，给宋人提供了读书的便利，他们都是"读书破万卷"的博学通才，既胸怀天下，也喜欢书斋中生活。书斋造就了宋人的人文旨趣。唐人比较崇尚武功，经常有"宁为百夫长，胜作一书生"之叹，甚至认为"儒生不及游侠人，白首下帷复何益"（李白）、"功名只向马上取，真是英雄一丈夫"（岑参），但在宋人那里，就很少能够看到了。宋诗中吟咏士大夫生活的内容比唐人增加了不少。如苏轼《凤翔八观》吟咏石刻、绘画、雕塑、建筑等艺术题材，黄庭坚题咏书册、翰墨、茶，尤其是写"茶"的诗篇颇为突出。他们还有众多的题画诗，唐人杜甫写的题画诗已经算是多的了，也只有十几首；而苏、黄二人所写的已达二百余首。正因为有了这样的人文旨趣，很多事物在宋人眼里也自然地蒙上了人文色彩，林逋《孤山寺端上人房写望》："阴沉画轴林间寺，零落棋枰葑上田。"将景物比喻成画，田比喻成棋局；黄庭坚"江形篆平沙，分派回劲笔"，把江流比作篆字、笔势，陈师道"断墙着雨蜗成字"，也将蜗迹比拟为文字；宋人普遍喜欢描写梅、竹、菊、莲，都是因为其中的人文象征意蕴。

　　与这一点关联最密切的是诗中的用典。关于用典，宋人自有他们的一套理论。黄庭坚《答洪驹父书》中说："自作语最难，老杜作诗，退之作文，无一字无来处。盖后人读书少，故谓韩、杜自作此语耳。古之能为文章者，真能陶冶万物，虽取古人之陈言入于翰墨，如灵丹一粒，点铁成金也。""点铁成金"主要是语言上的借用，所谓"用古人语，而不用其意"。典故中或用语典，或用事典，或用前人成句，或以许多典故共同构成一种"博典"；或如盐入水、融化无极；或者强生一境，造成一类别有风味的"瘦硬生新"，面目各有不同，但这都是宋人在用典上的创新。

　　"夺胎换骨"也与此相关。大致说来，"点铁成金"是用前人的语言，但是意义却完全不一样；而"夺胎换骨"却颠倒过来，用语和前人不一样，但在意义上却和前人相近，包括袭用

前人句法,即杨万里《诚斋诗话》中说的"用古人句律,而不用其句意,以故为新,夺胎换骨"。洪迈《容斋续笔》中举例说:

> 杜子美有《存殁绝句》二首云:"席谦不见近弹棋,毕曜仍传旧小诗。玉局他年无限笑,白杨今日几人悲。"郑公粉绘随长夜,曹霸丹青已白头。天下何曾有山水,人间不解重骅骝。"每篇一存一殁。盖席谦、曹霸存,毕、郑殁也。黄鲁直《荆江亭即事》十首其一云:"闭门觅句陈无己,对客挥毫秦少游。正字不知温饱未? 西风吹泪古藤州。"乃用此体。时少游殁而无己存也。

"理趣"是宋诗极为突出的特点之一。从"宋型文化"的层面来说,宋人有一种内敛的精神。他们注重内心体验,更多地融汇了佛、道两种思想。对宋人而言,内心是一个自足的世界,使他们对心外的世界超然处之。更进一层去说,"心"与"物"或者"境"的关系,完全由"心"所决定。与唐人的"向外求"不同,宋人更讲求"向内求",因而也更注重"治心"。这也是为什么陶渊明能够在宋代得到最高推崇的根本原因,可以说是宋人发现了陶渊明,也可以说是宋人创造了陶渊明。无论如何,这种文化性格是反映到了宋代的文学创作中,便是强调"心"的体验。只有如此,才能够"不以物喜,不以己悲"(范仲淹《岳阳楼记》)、"凡物皆有可观,皆有可乐"(苏轼《超然台记》),也就是从物质世界的一种美感体验,转移到一种心灵体验上来,所以东坡说:"溪声尽是广长舌,山色无非清净身。""理趣"的诗歌正是宋人的特长所在:

> 百啭千声随意移,山花红紫树高低。始知锁向金笼听,不及人间自在啼。(欧阳修)

飞来峰上千寻塔，闻说鸡鸣见日升。不畏浮云遮望眼，自缘身在最高层。（王安石）

横看成岭侧成峰，远近高低各不同。不识庐山真面目，只缘身在此山中。（苏轼）

半亩方塘一鉴开，开光云影共徘徊。为渠哪得清如许，为有源头活水来。（朱熹）

这些诗借物明理，具备鲜明的艺术形象，这恰恰是宋人的高明之处。单纯说理往往因为多"理"而少"趣"、艺术性不足而不受人欢迎，所以严羽《沧浪诗话》中说"诗有别趣，非关理也"；假如诗歌能够兼有"理"、"趣"两者，经过艺术化的处理，才能够让人领悟到真正的"妙理"。

在风格上，宋人追求的是"平淡"和"老境"。"平淡"是宋代诗人的一致追求，这一格局从宋初便已奠定。梅尧臣说"作诗无古今，唯造平淡难"，欧阳修也称梅尧臣的诗"以深远闲淡为意"。"淡"的特色在于味道不浓厚，感情不热烈，冷静，甚至是超然。这归结于宋人对"三教合一"的会通，他们多具有"为天地立心，为生民立命，为往圣继绝学，为万世开太平"的大儒弘愿，但道、释两家的影响也同样深巨，与他们"淡泊"的追求也如合符契。"平淡"之风在前代诗人之中也有，陶渊明之外，王、孟、韦、柳，都曾经被认为是"平淡"、"古淡"，但从未被强调如此之甚。宋人对于"老境"的追求，用梅尧臣的诗来形容，是"老树着花无丑枝"。老境，在宋人看来，是一种造极而智慧的美。它所代表的是既是淡泊、理致，也是学力、阅历，在人格上是"从心所欲不逾矩"，在诗歌上则"不烦绳削而自合"。

山水田园与边塞风光

代表着"盛唐之音"的诗派,主要有两个。一是山水田园诗,一是边塞诗,这两类诗都与唐人的游历、隐居、入幕府等习尚相关。

山水与田园,本是中国诗歌传统中的两类诗。唐代以前,山水诗以谢灵运为代表,而田园诗以陶渊明为代表。到了唐代,两者渐渐合流。唐人有漫游和隐居的风气,很多诗人都有漫游的经历,如李白"一生好入名山游",杜甫称自己早岁的经历为"壮游";而隐居则几乎是唐人的一种生活方式,连做官之后也喜欢过一种"亦官亦隐"的生活。名山大川的游历固然会增加诗人描摹山水的兴致,而唐人的别业(即别墅)则往往既有田园之幽,也含山水之趣,而且距离都市也不远,长安、洛阳附近的终南山、嵩山等地成了诗人们理想的去处,他们可以在这里从容地游赏山水,吟咏田园。盛唐时期山水田园诗的代表诗人王维和孟浩然都有隐居的经历,王维曾先后隐居淇上、嵩山、终南山,并在终南山筑辋川别业,过着亦官亦隐的生活;孟浩然一生未仕,大部分时间在鹿门隐居,或去吴、越、湘、闽等地漫游。盛唐时期山水田园诗歌的作家还有裴迪、储光羲、刘眘虚、张子容、常建等人,成就虽不及王、孟,但也各有名篇传世。

边塞诗人是盛唐诗歌中的另一个重要群体。这些诗人之中,高适、岑参最为杰出,也包括王翰、王昌龄、李颀、崔颢、祖咏、王之涣等,他们多数具备一种豪侠的性格,狂放不羁,横厉自负,他们的诗歌则是"盛唐气象"的最好注脚。如王翰的《凉州词》："葡萄美酒夜光杯，欲饮琵琶马上催。醉卧沙场君莫笑，古来征战几人回？"王昌龄的《出塞》："秦时明月汉时关，万里长征人未还。但使龙城飞将在，不教胡马度阴山。"王之涣的《凉州词》："黄河远上白云间，一片孤城万仞山。羌笛何须怨杨柳，春风不度玉门关。"这些名作世所习诵，不必多举。其他如崔颢的《雁门胡人歌》、李颀的《古从军行》、祖咏的《望蓟门》等等，莫不让人发思古之幽情，遥念盛唐的辉煌。

王维的诗不限于山水田园诗，他同样具有盛唐时代的积极进取精神："孰知不向边庭苦，纵死犹闻侠骨香。"（《少年行》）他曾到过边塞，并写过一定数量的边塞诗，如《使至塞上》：

> 单车欲问边，属国过居延。征蓬出汉塞，归雁入胡天。大漠孤烟直，长河落日圆。萧关逢候骑，都护在燕然。

诗境雄浑而气魄宏大，其中"大漠孤烟直，长河落日圆"一联，以疏朗有致的线条，如画般地描绘出了边地的明净寂然，最为人称赏。

但王维的诗集中占比例最多、而且也是成就最高的，则是他的山水田园诗。在这些诗里，他通常能够表现一种空明清澈、静穆安详的境界，如《山居秋暝》：

> 空山新雨后，天气晚来秋。明月松间照，清泉石上流。竹喧归浣女，莲动下渔舟。随意春芳歇，王孙自可留。

他的许多诗融空灵的心境与自然为一体,给人一种"物我无间"的感觉,如《竹里馆》:"独坐幽篁里,弹琴复长啸。深林人不知,明月来相照。"而"行到水穷处,坐看云起时"(《终南别业》)、"兴阑啼鸟换,坐久落花多"(《从岐王过杨氏别业应教》)、"松风吹解带,山月照弹琴"(《酬张少府》)这样的句子,都有类似的意境。有时臻于"无我"的境界:

人闲桂花落,夜静春山空。月出惊山鸟,时鸣春涧中。(《鸟鸣涧》)

木末芙蓉花,山中发红萼。涧户寂无人,纷纷开且落。(《辛夷坞》)

这两首诗,胡应麟说"读之身世两忘,万念皆寂",体会极为准确。严羽《沧浪诗话》中所说的"别趣"、"不涉理路,不落言筌",认为"盛唐诸人,惟在兴趣,羚羊挂角,无迹可求。故其妙处,透彻玲珑,不可凑泊,如空中之音,相中之色,水中之月,镜中之象,言有尽而意无穷",王维足以当之。这种艺术境界的出现,与王维对"禅理"、"禅境"的领悟有关。王维早岁就皈心佛法,晚年更近于南宗禅,因而在诗中出现"禅趣",是不难理解的。也正是因为这一类诗,让王维有了"诗佛"的称号。

王维在诸多艺术领域都有杰出成就,他既是画家,也是音乐家,艺术本来有相通之理,如《山中》便有一种鲜明的色彩:

荆溪白石出,天寒红叶稀。山路元无雨,空翠湿人衣。

其名句如"日落江湖白,潮来天地青"(《送邢桂州》)、"泉声咽危石,日色冷青松"(《过香积寺》)、"嫩竹含新粉,红莲落故衣"(《山居即事》)、"细枝风乱响,疏影月光寒"(《沈十四拾遗新竹生读经处同诸公之作》)、"松含风里声,花对池中影"(《林园即事寄舍弟统》)、"隔牖风惊竹,开门雪满山"(《冬晚对雪忆胡居士家》)等等,其中的色彩、线条、声响,莫不毕现。苏轼曾说:"味摩诘之诗,诗中有画;观摩诘之画,画中有诗。"这是一句十分精到的评论,而这"诗中之画"竟也可以理解为一种"有声画"。

孟浩然诗中的境界不像王维那么明净,读他的诗,也很难感觉到什么"身世两寂"的超世之情。孟浩然显然比王维更加地"人间化",他早年虽然也有进取之志,并写出过"气蒸云梦泽,波撼岳阳城"(《临洞庭湖赠张丞相》)这样的豪阔之句,但后来求仕未果,"红颜弃轩冕,白首卧松云"(李白《赠孟浩然》)成了无奈的选择。

如果拿孟浩然代表性的绝句,和王维的《鸟鸣涧》、《辛夷坞》等诗作一个对比,就不难发现他的特点了:

春眠不觉晓,处处闻啼鸟。夜来风雨声,花落知多少。(《春晓》)

移舟泊烟渚,日暮客愁新。野旷天低树,江清月近人。(《宿建德江》)

《春晓》中淡淡的伤春之情,《宿建德江》中隐隐的客愁之状,绝非一个完全空灵的境界,却更自然,让人更有亲近之感。

因此,在孟浩然的山水田园之中,交游、怀友的情思当然也是随处可见的,他虽然很喜欢隐居,不过唐人的隐居大体上只是一种外在的装饰，孟浩然有时也自诩为"幽人"，也说过"岩扉松径长寂寥，唯有幽人独来去"(《夜归鹿门歌》)这样的话，但他似乎并不是一个能够真正享受寂寞的人，如他的《夏日南亭怀辛大》：

> 山光忽西落，池月渐东上。散发乘夕凉，开轩卧闲敞。荷风送香气，竹露滴清响。欲取鸣琴弹，恨无知音赏。感此怀故人，中宵劳梦想。

同样是弹琴，王维只须"独坐幽篁里"，有"明月来相照"即可，但孟浩然却"恨无知音赏"，并因此感发了对故人的怀想。这一情形，在他的《过故人庄》中表现得更加明白："故人具鸡黍，邀我至田家。绿树村边合，青山郭外斜。开筵面场圃，把酒话桑麻。待到重阳日，还来就菊花。"他不但与故人"把酒话桑麻"，还预约了重来之期。

所以，从风格上来说，孟浩然的诗虽然没有王维那么明净飘逸，却更加自然，也更有陶渊明的风味。

高适是盛唐诗人之中唯一做高官而封侯的诗人。他早年感慨不遇，"倚剑悲歌"，急于用世，曾去边塞漫游，并写了他最负盛名的作品《燕歌行》：

> 汉家烟尘在东北，汉将辞家破残贼。男儿本自重横行，天子非常赐颜色。摐金伐鼓下榆关，旌旆逶迤碣石间。校尉羽书飞瀚海，单于猎火照狼山。山川萧条极边土，胡骑凭陵杂风雨。战士军前半死生，美人帐下犹歌舞。大漠穷秋塞草腓，孤城落日斗兵稀。身当恩遇恒轻敌，力尽关山未解围。铁衣远戍辛勤久，玉箸应啼别离

后。少妇城南欲断肠,征人蓟北空回首。边庭飘飖那可度,绝域苍茫更何有。杀气三时作阵云,寒声一夜传刁斗。相看白刃血纷纷,死节从来岂顾勋。君不见沙场征战苦,至今犹忆李将军。

这首诗歌颂了战士的勇敢奋战,也揭露了将领的不恤士卒,"战士军前半死生,美人帐下犹歌舞"为此诗的主题所在,不过这首诗并没有反对战争的意思,"男儿本自重横行"那种慷慨激昂的情调是很清楚的。此诗平仄韵相间,是唐代歌行中最典型的格式,多用对仗,语调铿然,再加上其风格上骨力浑厚,洵有"金戈铁马之声,玉磬鸣球之节",既雄壮而又和谐,堪称高适边塞诗的"第一大篇"。

他的诗中通常都具有一种博大的豪情,他既以功名自许,"二十解书剑,西游长安城。举头望君门,屈指取公卿";与朋友之间,也是"丈夫不作儿女别,临歧涕泪沾衣巾"(《别韦参军》),而同样互相期许:

行子对飞蓬,金鞭指铁骢。功名万里外,心事一杯中。虏障燕支北,秦城太白东。离魂莫惆怅,看取宝刀雄。(《送李侍御赴安西》)

这种昂然向上的情调,仿佛是盛唐人独有的标志。因此,即使在高适的一些短章中,也有同样的体现:"千里黄云白日曛,北风吹雁雪纷纷。莫愁前路无知己,天下谁人不识君。"(《别董大》)严羽《沧浪诗话》中说"高、岑之诗悲壮,读之使人感慨",这样的诗,确实能够给人以奋发向上的感动。

岑参与高适齐名,诗风也颇有类似之处。岑参有两次出

171

塞的经验,居留时间也较久,诗中展现了塞外的壮丽风光,独具特色。他的《白雪歌送武判官归京》、《轮台歌奉送封大夫出师西征》、《走马川行奉送出师西征》三首名作传诵已久,其最末一首:

> 君不见,走马川,雪海边,平沙莽莽黄入天。轮台九月风夜吼,一川碎石大如斗,随风满地石乱走。匈奴草黄马正肥,金山西见烟尘飞,汉家大将西出师。将军金甲夜不脱,半夜军行戈相拨,风头如刀面如割。马毛带雪汗气蒸,五花连钱旋作冰,幕中草檄砚水凝。虏骑闻之应胆慑,料知短兵不敢接,车师西门伫献捷。

全诗句句用韵,三句一转(与通常用偶数句转韵的不同),是属于歌行中的"密韵",构造一种紧张急促的气氛。然而细察之下,诗的内容又与韵式相应,显得张弛有度:凡用平韵的地方,其形象及意态比较静缓,而用仄韵的地方则比较紧迫。全诗在紧张之中增加了一些舒缓的音调,行边将帅的豪壮之气在这种严酷的环境之下表现得更加淋漓尽致。

豪情之外,他也写边地的乡思:"故园东望路漫漫,双袖龙钟泪不干。马上相逢无纸笔,凭君传语报平安。"(《逢入京使》)这虽然是一种普遍而真切的情感,但语调平淡深沉,久称佳制。

岑参诗中常常带有一种异域风光的神奇瑰丽,"北风卷地白草折,胡天八月即飞雪。忽如一夜春风来,千树万树梨花开"(《白雪歌送武判官归京》),正是以其"奇丽"而为人所激赏。他所生活的地区有火山云、天山雪、热海那种殊方景致,物候的变化也与中原有很大差异:"秋来唯有雁,夏尽不闻蝉。雨拂毡墙湿,风摇毳幕寒。"(《首秋轮台》)至于日常生活之中更是"坐参殊俗语,乐杂异方声"(《奉陪封大夫宴》),边疆的宴会之中"浑炙犁牛烹野驼,交河美酒金叵罗"(《酒泉太守席上醉后作》),舞蹈之中"美人舞如莲花旋,世人有眼应未见"(《田使君美人如莲花舞北旋歌》),都是岑参乐于描写的异域风习。

杜甫说"岑参兄弟皆好奇"(《渼陂行》),殷璠说他"语奇体俊,意亦奇造"(《河岳英灵集》),在用语、造意、音调等种种艺术层面,他在雄浑壮丽之外更加拓进了一步,成为唐人边塞诗中最卓越的代表。

李白与杜甫：唐诗中的"双子星座"

　　李白与杜甫，是盛唐诗坛上的"双子星座"，也是中国诗歌史上最重要的几位诗人中的两位，他们可以与古今中外诗歌史上最伟大的诗人们并论，而其作品同属于人类诗歌宝库中的瑰宝。

　　李白在他同时代人的眼中，就已经是一位天才。他的横空出世，震惊了当时的诗坛，诗坛耆宿贺知章称他为"谪仙人"，而李白也每以此自居。他好求仙访道，加上他诗中那种飘逸不群的气质，"诗仙"的美誉，可谓恰如其分。

李　白

　　李白从青少年时期起，便受到多种学术氛围的影响。他潜心学过道教，并终身服膺；也学过纵横术，有任侠之气；当然，他也有积极用世的儒家思想；他不愿以科举的方式入仕，而是以强烈的自信四处干谒，希望"平交诸侯"，"立抵卿相"，建立盖世功业。他游历过很多地方，时而隐逸，时而漫游。希望能够济苍生、安社稷，然后功成身退。李白梦想过上一种理想化、甚至传奇化的人生，但这种人生观念在现实中是无法存在的，因此他不断地遭受打击、挫折，晚年还被流放夜郎。

尽管李白的人生很失意,但作为诗人,却极为成功;不仅他的同代人认识他的天才,而且一千多年以来,他一直作为第一流的大诗人而名垂青史。这与杜甫生前的默默无闻形成了强烈的对照,杜甫曾感慨道:"百年歌自苦,未见有知音!"(《南征》)但杜甫却是李白的知音,他多次写诗赞叹李白、怀念李白,对李白作过极高的评价:"白也诗无敌,飘然思不群。清新庾开府,俊逸鲍参军。"(《春日忆李白》)"笔落惊风雨,诗成泣鬼神"(《寄李十二白二十韵》)。

李白在各体诗歌都有成就,但其中成就最高的,是他的乐府与歌行。他的乐府,无论是用旧题,还是翻新声,都能曲尽其妙。如其《长干行》:

> 妾发初覆额,折花门前剧。郎骑竹马来,绕床弄青梅。同居长干里,两小无嫌猜。十四为君妇,羞颜未尝开。低头向暗壁,千唤不一回。十五始展眉,愿同尘与灰。常存抱柱信,岂上望夫台。十六君远行,瞿塘滟滪堆。五月不可触,猿声天上哀。门前迟行迹,一一生绿苔。苔深不能扫,落叶秋风早。八月蝴蝶黄,双飞西园草。感此伤妾心,坐愁红颜老。早晚下三巴,预将书报家。相迎不道远,直到长风沙。

这首乐府,其原来的形式本是四句短章,如果将其与崔颢的《长干曲》对读,便可一目了然。"君家何处住?妾住在横塘。停舟暂借问,或恐是同乡。"(其一)"家临九江水,来去九江侧。同是长干人,生小不相识。"(其二)李白对这一形式进行了改造,用代言体的形式,将它写成了一首完整的空闺咏叹调,远超唐人的同题之作。其他万口传诵的乐府名篇如《蜀道难》、《行路难》、《将进酒》、《梁甫吟》、《侠客行》、《战城南》、

《长相思》、《远别离》等等,都最大程度地发挥了李白的个性与气质,诗中常用第一人称,主观色彩浓重;句式不拘长短,杂言并陈,却又如行云流水,音调自然,将乐府诗的创作推上了最高峰。

歌行是李白的另一伟大成就,"李白式"的不受任何约束、完全随心而定的特点在其歌行中同样表现得淋漓尽致,代表了唐代歌行的最高成就。名作如《襄阳歌》、《扶风豪士歌》、《古朗月行》、《江上吟》、《梁园吟》、《梦游天姥吟留别》、《庐山谣寄卢侍御虚舟》等等,千百年来哙炙人口。如其《庐山谣寄卢侍御虚舟》:

> 我本楚狂人,凤歌笑孔丘。手持绿玉杖,朝别黄鹤楼。五岳寻仙不辞远,一生好入名山游。庐山秀出南斗旁,屏风九叠云锦张,影落明湖青黛光。金阙前开二峰长,银河倒挂三石梁。香炉瀑布遥相望,回崖沓嶂凌苍苍。翠影红霞映朝日,鸟飞不到吴天长。登高壮观天地间,大江茫茫去不还。黄云万里动风色,白波九道流雪山。好为庐山谣,兴因庐山发。闲窥石镜清我心,谢公行处苍苔没。早服还丹无世情,琴心三叠道初成。遥见仙人彩云里,手把芙蓉朝玉京。先期汗漫九垓上,愿接卢敖游太清。

这里以绚烂多姿的笔调,描绘了庐山雄奇瑰伟的壮丽景观,诗人虽有失意之态,但更有一种超世出尘之想,全诗排荡起伏,意境阔大,而一气呵成。

李白的绝句,也是唐诗中最典范的之一,胡应麟说:"太白五、七言绝,字字神境,篇篇神物。"要在短短的二十字或二十八字之中,既要表现自然的意境,又要有完整的章法,不直

白,不雕琢,极为不易。李白的绝句恰恰做到了含蓄自然,内蕴丰富:

> 天下伤心处,劳劳送客亭。春风知别苦,不遣柳条青。(《劳劳亭》)
>
> 白发三千丈,缘愁似个长。不知明镜里,何处得秋霜。(《秋浦歌》之十七)
>
> 峨眉山月半轮秋,影入平羌江水流。夜发清溪向三峡,思君不见下渝州。(《峨眉山月歌》)
>
> 杨花落尽子规啼,闻道龙标过五溪。我寄愁心与明月,随风直到夜郎西。(《闻王昌龄左迁龙标遥有此寄》)

李白诗歌的风格豪放飘逸,这与诗人的个性密不可分,他的激烈情感往往喷薄而出,奔放自如;又结合了他匪夷所思、变幻莫测的想象力,诗中常常体现出跳跃的情思,但意象与意象之间却又绾合细密,若即若离。其意象时而壮美宏大,时而优美含蕴,二美兼具而天然自成。他的诗似乎不是人间的思力与学力做出来的,张戒说"太白多天仙之词(《岁寒堂诗话》),对于李白,我们除了用"天才"来描述他,似乎再也找不出更合适的词了。

杜甫长期以来被认为是中国最伟大的诗人,他的称号有"诗圣"、"集大成"。在以儒家思想为主导的传统社会中,"诗圣"是最高的称号;"集大成"是孟子对孔子的赞誉,这样的桂冠都落在杜甫的头上,可见在传统诗歌领域中,杜甫的地位确实已经高到了无以复加的地步。

如果说李白是盛唐时的"杂家",并受到道教很大的影响,那么杜甫一生只在儒家界内。他在诗中再三地称自己为

杜 甫

"儒生"、"老儒",而仁民爱物、反对战争、忧国忧民、忠君恋阙,这些思想贯穿了杜甫颠沛流离的一生,在他的诗里也有集中的体现。杜甫一生的大部分时间都在忧伤和痛苦中度过,而"安史之乱"对杜甫更有着深刻的影响,清人赵翼说"国家不幸诗家幸,赋到沧桑句便工"(《题遗山诗》),用来形容杜甫的诗,极为贴切。正因为杜甫以诗人的笔触真实地记录了当时的种种社会生活,他的诗才被称为"诗史"。

杜甫早年怀抱"致君尧舜上,再使风俗淳"的高志,他漫游吴越、齐赵,结交诗人名士,也曾经有过一段"裘马轻狂"的岁月,从他存留至今最早的诗篇《望岳》中,便可以感受到他不凡的才情和抱负:

岱宗夫如何?齐鲁青未了。造化钟神秀,阴阳割昏晓。荡胸生层云,决眦入归鸟。会当凌绝顶,一览众山小。

杜甫仕途蹭蹬,始终无法实现其政治理想,他困守长安十年,对唐代社会有了清醒的认识,写下了《兵车行》、《前出塞》、《丽人行》、《饮中八仙歌》、《自京赴奉先县咏怀五百字》等一系列名篇,都真实地再现了当时的社会场景,如《兵车行》便反映了唐朝对南诏的战争,批判当时的穷兵黩武;《丽人行》讽刺了外戚的熏天的气焰,等等。安史之乱爆发以后,长安陷落,杜甫被叛军所虏,滞留长安。两年后逃出,到达肃宗驻地凤翔,被授官左拾遗,又两年后弃官入蜀。这四年之中,他创作了《哀王孙》、《悲陈陶》、《悲青坂》、《春望》、《哀江头》、《羌村》、《北征》、《赠卫八处士》、《洗兵马》、"三吏"、"三别"等一系列不朽的名篇。这些诗篇或正面描写,或侧面反映,都是社会重大事件艺术化的表达,属于"诗史"的范畴,如《赠卫八处士》从侧面反映了人生流离的情状:

> 人生不相见,动如参与商。今夕复何夕,共此灯烛光。少壮能几时,鬓发各已苍。访旧半为鬼,惊呼热中肠。焉知二十载,重上君子堂。昔别君未婚,儿女忽成行。怡然敬父执,问我来何方。问答未及已,儿女罗酒浆。夜雨剪春韭,新炊间黄粱。主称会面难,一举累十觞。十觞亦不醉,感子故意长。明日隔山岳,世事两茫茫。

杜甫晚年飘泊西南,但诗歌创造力达到鼎盛,现存的大部分诗歌都是晚年所作。他进一步加深了诗歌的抒情性,题材上也更加多样化,形式上更多地采用律诗和绝句,也更好地发展了近体诗的艺术。

杜诗兼备众体,无论是五古、七古、五律、七律,还是歌行、乐府,都有卓越的成就。而他的律诗(尤其是七律),在整个中国诗歌的发展史上,有着开拓性的意义,而七律在杜甫之后才真正成熟。他扩大了律诗的表现范围,以律诗来写时事;拓宽了律诗的表现形式,他的五律《秦州杂诗二十首》、七律《咏怀古迹五首》、《诸将五首》、《秋兴八首》等,都是有机结合的组诗形式,而尤以《秋兴八首》最为典型,这组诗是作者在夔州所作。诗中所写,一是长安,一是夔州。从其结构上来说,全诗可以分为两个部分,前三首以夔州为主,后五首则以长安为主;每首之中现实与追忆相结合,而各首之间,又首尾相接,连贯而成,恰似一首完整的长诗。

杜甫极其注重律诗的声律,他说"晚节渐于诗律细",又说"老去诗篇浑漫与",晚年对于律诗声调的运用已经达到"随心所欲,不逾矩"的境地,如《秋兴八首》声籁之美,几乎冠绝古今;又如被称为"古今七律第一"的《登高》,同样意境浑然而声调铿锵:

> 风急天高猿啸哀,渚清沙白鸟飞回。无边落木萧萧下,不尽长江滚滚来。万里悲愁常作客,百年多病独登台。艰难苦恨繁霜鬓,潦倒新停浊酒杯。

杜甫还发展了律诗中的拗体,这种诗体不大合平仄,但能够更好地表现诗人的抑郁不平之气,从而成为律诗中的别调,这对宋人的诗法有很大的影响。

杜诗最主要的风格被描述为"沉郁顿挫",一方面指他感情的深厚悲壮,一方面则指其低徊起伏;两者相结合,也正与杜甫一生深沉的家国忧患、敦厚的儒学涵养相适应的。当然,任何一位伟大成熟的诗人都是风格多样的,杜甫也有萧散自然、清新明丽等各种各样的风格。元稹说他"尽得古今之体势",秦观说他"穷高妙之格,极豪逸之气,包冲淡之趣,兼俊洁之姿,备藻丽之态"(《论韩愈》),也正是杜诗能够具备多种风格,以及其所以"集大成"的最好描述。

唐诗中李、杜并称,但是历来对于二者孰优孰劣,常有争论,对两位诗人的喜好也因人而异。不过,正如《沧浪诗话》中所说的:"李杜二公,正不当优劣。太白有一二妙处,子美不能道。子美有一二妙处,太白不能作。子美不能为太白之飘逸，太白不能为子美之沉郁。太白《梦游天姥吟》、《远别离》等，子美不能道；子美《北征》、《兵车行》、《垂老别》等，太白不能作。"胡应麟在《诗薮》中也说："唐人才超一代者，李也；体兼一代者，杜也。李如星悬日揭，照耀太虚；杜若地负海涵，包罗万汇。李惟超出一代，故高华莫并，色相难求；杜惟兼总一代，故利钝杂陈，巨细兼畜。"所谓春兰秋菊，各擅其美，对这两位大诗人，实不能以优劣论之。

韩孟诗派与元白诗派

清人赵翼说："中唐诗以韩、孟、元、白为最。韩、孟尚奇警，务言人所不敢言；元、白尚坦易，务言人所共欲言。"韩、孟与元、白的不同诗歌倾向，构成了中唐诗坛的两大流派，他们有各自的诗歌主张，周围聚集了一大批优秀诗人，创作了大量杰出的作品。

韩孟诗派以韩愈、孟郊为首，他们强调"不平则鸣"，主张勃郁情感的宣泄；不愿摹写自然，而更崇尚心智的雕琢，"雕刻文刀利，搜求智网恢"（韩愈《咏雪赠张籍》）；这两点足以引起奇崛和怪异的倾向。与他们有共同审美好尚的诗人还有李贺、卢仝、刘叉、马异等人，这批诗人在当时的诗坛产生了较大的影响，并且对宋诗也有很大的启发作用。这里仅以韩愈、孟郊、李贺为例作一探讨。

韩愈是第一流的古文家，在古文之中他要求"务去陈言"，有求新求奇的好尚。他自称"余事作诗人"（《和席八十二韵》），并在诗歌创作中贯彻了他的散文主张，风格雄奇拗崛，并大规模地进行了"以文为诗"的试验。他的诗歌，常常具有压倒一切的气势，造语又绝不愿随人后，如《调张籍》：

李杜文章在，光焰万丈长。不知群儿愚，那用故谤伤。蚍蜉撼大树，可笑不自量。伊我生其后，举颈遥相望。夜梦多见之，昼思反微茫。徒观斧凿痕，不瞩治水航。想当施手时，巨刃磨天扬。垠崖划崩豁，乾坤摆雷硠。惟此两夫子，家居率荒凉。帝欲长吟哦，故遣起且僵。剪翎送笼中,使看百鸟翔。平生千万篇,金薤垂琳琅。仙官敕六丁,雷电下取将。流落人间者,太山一毫芒。我愿生两翅,捕逐出八荒。精诚忽交通,百怪入我肠。刺手拔鲸牙,举瓢酌天浆。腾身跨汗漫,不著织女襄。顾语地上友,经营无太忙。乞君飞霞佩,与我高颉颃。

这篇诗里原是探讨李、杜的诗歌成就,并愿意向他们学习,但是构思却极为奇特,如将李、杜构思诗篇比拟为大禹治水:"徒观斧凿痕,不瞩治水航。想当施手时,巨刃磨天扬。垠崖划崩豁,乾坤摆雷硠。"诗的后半段更仿佛在讲一个神话故事,说天帝为了使他们创作更多的诗篇,才让他们终身失意,仙官派人取他们的诗篇入天庭。这首诗的语言运用也极豪迈之致,如"光焰万丈长"、"蚍蜉撼大树"、"想当施手时,巨刃磨天扬。垠崖划崩豁,乾坤摆雷硠"、"平生千万篇,金薤垂琳琅。仙官敕六丁,雷电下取将。流落人间者,太山一毫芒"、"刺手拔鲸牙,举瓢酌天浆。腾身跨汗漫,不著织女襄"等语句,即使是李白也未必能过。

这种求奇的作风在他的《卢郎中云夫寄示送盘谷子诗两章歌以和之》、《石鼓歌》、《八月十五夜赠张功曹》、《谒衡岳庙遂宿岳寺题门楼》、《南山》、《陆浑山火一首和皇甫湜用其韵》等名篇中,都有较多体现,而后两篇尤为奇格。

"以文为诗"是韩愈的重大贡献之一。他在句法上,所用的散句如"乃一龙一猪"(《符读书城南》)、"时天晦大雪"(《南山诗》)、"溺厥邑囚之昆仑""虽欲悔舌不可扪"(《陆浑山火》)等等,其节奏绝非"诗的",而是"散文的";在章法上,如名篇《山石》以游记笔法入诗,有时他甚至创造出一种非诗非文的押韵作品,如《嗟哉董生行》:"淮水出桐柏山,东驰遥遥千里不能休。淝水出其侧，不能千里，百里入淮流。寿州属县有安丰，唐贞元年时县人董生召南隐居行义于其中。刺史不能荐，天子不闻名声。爵禄不及门，门外唯有吏，日来征租更索钱……"宋代的沈括批评他的诗是"押韵之文"，就是指这一类诗。同时，韩愈还喜欢在诗中大发议论，与唐人的丰韵全然相反，叶燮《原诗》中说："韩愈为唐诗之一大变，其力大，其思雄，崛起特为鼻祖。"韩愈的确在许多方面为宋人开启了门径。

"慈母手中线，游子身上衣。临行密密缝，意恐迟迟归。谁言寸草心，报得三春晖。"读过孟郊《游子吟》的人，大概会认为孟郊是一个语言平淡的朴素诗人，可惜《游子吟》虽然万口流传，却并不是孟郊的主流风格。

孟郊的诗歌主张与韩愈相近，所谓"天地入胸臆，吁嗟生风雷。文章得其微，物象由我裁"（《赠郑夫子鲂》），裁度物象，倾吐胸臆，与韩愈别无二致。他是一位苦吟诗人，既注重炼字的精确，更追求构思的奇特，意境幽僻冷涩，韩愈说他"横空盘硬语，妥贴力排奡"（《荐士》），其实是他们的共同好尚；苏轼的断语说"郊寒岛瘦"，用"寒"字来形容孟郊的诗境，是很准确的。孟郊的《秋怀十五首》是这类诗的代表，如其第二首：

> 秋月颜色冰，老客志气单。冷露滴梦破，峭风梳骨寒。席上印病文，肠中转愁盘。疑怀无所凭，虚听多无端。梧桐枯峥嵘，声响如哀弹。

毫无疑问，这里的用字非常讲究，而如"冷露滴梦破，峭风梳骨寒"、"席上印病文，肠中转愁盘"这两联更是连用奇语，意境冷沁寒凉。类似的句子，在这组诗中随处可见，如"一片月落床，四壁风入衣"、"商叶堕干雨，秋衣卧单云"、"纤威不可干，冷魂坐自凝"、"商虫哭衰运，繁响不可寻。秋草瘦如发，贞芳缀疏金"、"秋深月清苦，虫老声粗疏"、"幽竹啸鬼神，楚铁生虬龙"、"棘枝风哭酸，桐叶霜颜高"、"商气洗声瘦，晚阴驱景芳"等等，这些诗句多用一些瘦硬之字，比喻也很生涩，像"秋草瘦如发"、"虫老声粗疏"这类用语，是最具孟郊特色的。

孟郊诗的境界比较狭隘，用他自己的话来说："出门如有碍，谁言天地宽？"（《赠崔纯亮》）以这样的心境来写诗，很难写出意境高远的诗。在同一流派的诗人之中，在雄奇豪放的风格上他是逊于韩愈的，而后来的李贺，虽然诗境与孟郊有类似之处，却远比孟郊的诗瑰丽。但不管怎样，孟郊不失为一位优秀的诗人，他的诗对北宋江西诗派那种瘦硬生新的风格的形成，也有一定的影响。

李贺继韩愈、孟郊而起，以一种奇丽的笔调抒写幽峭凄清的境界，发展了韩孟诗派的诗歌主张，他信奉"笔补造化天无功"（《高轩过》）的创作理念，潜心于梦幻般的想象，也许过度的苦思耗尽了他的心力，他早早就吟出了"一心愁谢如枯兰"（《开愁歌》）的句子，成了一位早夭的天才。

他的胸中自有乾坤，尽管有时超越时空，有时却又仿佛处处幽灵；有时多情善感，有时却又荒诞迷离。来看他的《苏小小墓》：

> 幽兰露，如啼眼。无物结同心，烟花不堪剪。草如茵，松如盖，风为裳，水为佩。油壁车，夕相待。冷翠烛，劳光彩。西陵下，风吹雨。

这种孤寂幽冷的境界，揉合了《楚辞·山鬼》的意境和苏小小的传说。这是一片想象力的世界，他甚至欣赏死亡，"南山何其悲，鬼雨洒空草……漆炬迎新人，幽圹萤扰扰。"（《感讽》），而幻想鬼在迎接"新人"；有时他幻想与"香魂"成为知音："雨冷香魂吊书客"（《秋来》），也许他能够从这种既阴森而又温馨的非非之想中得到满足。这种意境在英国诗人 J. Keats 的诗中也常出现，而他们都是短命的天才。不过，李贺的诗也并不仅仅止于这种幽僻的幻想，他的《梦天》却是一片开阔的境界，将尘世的渺小和沧海桑田的变换描绘得很有一些"奇趣"：

老兔寒蟾泣天色，云楼半开壁斜白。玉轮轧露湿团光，鸾珮相逢桂香陌。黄尘清水三山下，更变千年如走马。遥望齐州九点烟，一泓海水杯中泻。

李贺写过许多这类题材的诗歌，如《天上谣》、《湘妃》、《李夫人》、《巫山高》等等，有人称他为"诗鬼"，即与他的这种造境相关。

在风格上，李贺与韩、孟相近，但李贺意象的创造更为惊人，语言更加奇特，想象也更丰富，为唐诗独开一境，后人称为"李长吉体"。他的比喻多为曲喻，初看并无相似之处，细细体味才能发觉其间的类似之处极微，不过取事物的一端而已。大凡比喻，本体与喻体相似处越多则越平、越少则越奇，李贺更善于后者，如"荒沟古水光如刀"、"向前敲瘦骨，犹自带铜声"、"银浦流云学水声"、"羲和敲日玻璃声"、"忆君清泪如铅水"、"劫灰飞尽古今平"、"春风吹鬓影"等等，都是如此。李贺喜用代字，如称酒为"琥珀"，秋花为"冷红"，春草为"寒绿"等等，这也给他的诗凭添了一种奇妙的色彩。钱锺书比喻他的诗境说："非昌黎之长江秋注,千里一道也;亦非东坡之万斛泉源,随地涌出也。此如冰山之忽塌,沙漠之疾移,势挟碎块细石而直前,虽固体而具流性也。"(《谈艺录》)

中唐诗坛,李贺异军突起,横空出世,与正统的诗歌有所偏离,然而"长吉之瑰诡,天地间自欠此体不得"(严羽《沧浪诗话》),晚唐的李商隐、温庭筠都对他有所效法。

元、白诗派却又是另外一番气象。此派以元稹、白居易为首,而张籍、王建等诗人和他们具有类似的诗歌特质。如果说韩、孟诗派对诗歌艺术本身的关注程度更高,那么元、白诗派则更关心社会民生,尽管他们在诗艺上并不逊于韩、孟。

在内容上,这一派诗人注重写实,以《国风》和汉乐府为其远源,又直接继承了杜甫"三吏""三别"的乐府精神。白居易鲜明地提出了"文章合为时而著,歌诗合为事而作"(《与元九书》)的主张,其《秦中吟》、《新乐府》便是这一主张的具体实践。与此相应,他要求语言的通俗浅易,白居易反对那种片面强调"宫律高、文字奇"的诗歌艺术,也反对"嘲风月、弄花草"的风格追求,提出诗歌要"其辞质而径、其言直而切、其事核而实、其体顺而肆"(《新乐府序》),《新乐府》五十首仿《诗经》体例,诗题下都有小序,如《上阳白发人》是"愍怨旷也",《卖炭翁》是"苦宫市也",《井底引银瓶》是"止淫奔也",意义上也与《诗经》一脉相承。这与韩、孟诗派背道而驰,显示了两者完全不同的价值取向。这些诗都可以归入"讽谕诗"的范围,他本人也很看重它们。如其《秦中吟》中的《轻肥》,写当时江南发生旱情,出现了人吃人的惨剧,但是统治者依旧只顾自己享乐,不顾百姓的死活:

　　意气骄满路,鞍马光照尘。借问何为者,人称是内臣。朱绂皆大夫,紫绶或将军。夸赴军中宴,走马去如云。樽罍溢九酝,水陆罗八珍。果擘洞庭橘,脍切天池鳞。食饱心自若,酒酣气益振。是岁江南旱,衢州人食人!

这类诗歌很有批判意义,是古典诗歌中不可或缺的部分。不过其缺点也很明显,就是艺术性不足,这些诗歌多是道理高于感情,诗歌的结构也有公式化的倾向,语言含蓄性不足,因此并非白居易诗歌之中流传最广的作品。

白居易对自己的诗曾有一句评价说:"一篇《长恨》有风情,十首《秦吟》近正声。"(《编集拙诗成一十五卷,因题卷末,戏赠元九、李二十》)这里所引的都是他得意的作品,可惜《秦中吟》的流传远不如《长恨歌》广远,以至于他去世后,唐宣宗就在一篇吊唁的诗中说到"童子解吟长恨曲,胡儿能唱琵琶篇",确实,在白居易所有的诗歌之中,没有比《长恨歌》和《琵琶行》更为人所传诵的了。

中唐时期所出现了一系列集抒情、叙事于一体的诗篇,除了白居易的这两篇之外,其他还有元稹的《琵琶歌》、《连昌宫词》,李绅的《莺莺歌》、《悲善才》,刘禹锡的《泰娘歌》等等,这与当时"传奇"的出现,有密不可分的关系。与此类诗歌关系紧密的传奇如《长恨歌传》、《莺莺传》等也颇为著名。从文体上来说,这类作品应当合读,才能见出它们的佳处,因

白居易《琵琶行》书卷

为"传奇"实是当时一种随着古文运动出现了新文体,"此等文备众体,可以见史才、诗笔、议论"(宋赵彦卫《云麓漫钞》),诗歌之中可见其"诗笔",而传奇之中可见其"史才、议论",随着文体的演变,诗歌之中也衍生出一种三者兼具的整体,而以《连昌宫词》为代表。(陈寅恪《元白诗笺证稿》)从诗歌艺术的角度来说,白居易的《长恨歌》、《琵琶行》和元稹的《连昌宫词》是这一类长诗中价值最高的作品。

白居易的名作很多,如《赋得古原草送别》、《钱塘江春行》、《暮江吟》等,为大家耳熟能详,而其"闲适诗"则是后世也广为传诵,如其名作《问刘十九》:

绿蚁新醅酒,红泥小火炉。晚来天欲雪,能饮一杯无?

这类作品语言平易,风格闲淡,融会了陶渊明、韦应物等诗人的诗风,在内容上也更多地体现出佛老的意味,很受士大夫的欣赏,宋代初年流行的"白体",主要是学习这一类风格的作品。

元稹写了不少古题乐府,以《织妇词》、《田家词》等作品为佳。他这方面的成就不如白居易,缺点则与白居易大致相同。元稹最重要的作品是《连昌宫词》,这是一篇"深受白乐天、陈鸿《长恨歌》及《传》之影响,合并融化唐代小说之史才、诗笔、议论为一体而成"(《元白诗笺证稿》)的重要作品,他因为这篇作品而被称为"元才子",这篇作品在文辞上未必能够胜于《长恨歌》,但在结构上却更加完整。

当然,元稹的才能也是多方面的,除了乐府和长篇歌行

之外,他的三首《遣悲怀》是悼亡诗中的绝唱,所谓"古今悼亡诗充栋,终无能出此三首范围者"(《唐诗三百首》):

> 谢公最小偏怜女,嫁与黔娄百事乖。顾我无衣搜画箧,泥他沽酒拔金钗。野蔬充膳甘长藿,落叶添薪仰古槐。今日俸钱过十万,与君营奠复营斋。
>
> 昔日戏言身后意,今朝皆到眼前来。衣裳已施行看尽,针线犹存未忍开。尚想旧情怜婢仆,也曾因梦送钱财。诚知此恨人人有,贫贱夫妻百事哀。
>
> 闲坐悲君亦自悲,百年都是几多时。邓攸无子寻知命,潘岳悼亡犹费词。同穴窅冥何所望,他生缘会更难期。唯将终夜长开眼,报答平生未展眉。

他的一些小诗格调轻快,也深受读者的喜爱,如《行宫》:"寥落古行宫,宫花寂寞红。白头宫女在,闲坐说玄宗。"又如《离思》:"曾经沧海难为水,除却巫山不是云。取次花丛懒回顾,半缘修道半缘君。"

此外,元稹和白居易交谊很深,唱和不断,诗作流传也很广,成为中唐诗坛的一种风尚。唱和诗一方面可以互相学习、提高诗艺,另一方面它本身也促进诗歌的发展,容易形成一种诗坛的共同倾向。这种风习,对于后世的文人墨客都有持久的影响。

李商隐与晚唐余韵

晚唐社会持续衰落,但诗坛上也出现了李商隐、杜牧等一流诗人,他们并称为"小李杜",同为晚唐诗歌的代表,但李商隐的艺术成就似乎更具有持久的魅力。另外,温庭筠、许浑、贾岛、姚合、韩偓以及陆龟蒙、皮日休、司空图、郑谷、韦庄、罗隐等人,在不同方面都达到了很高的成就,为晚唐的诗坛铸就了最后的辉煌。

晚唐诗人与韩孟、元白两大诗派的取向已有较大不同,他们或慨叹今不如昔,或一味苦吟清寂之境,或留连于绮艳之风,或表达一种隐逸之情,如果将这种情状与"盛唐气象"相对照,不妨可以称之为"晚唐心态"。

杜牧在晚唐政治的衰颓情势之下,原本是颇有一番政治抱负的,有不少反映社会现实题材的诗歌,如《感怀诗一首》、《郡斋独酌》、《河湟》等等,其中《早雁》一诗写回鹘侵略,人民流离失所,比兴托意,感慨深切:

> 金河秋半虏弦开,云外惊飞四散哀。仙掌月明孤影过,长门灯暗数声来。须知胡骑纷纷在,岂逐春风一一回。莫厌潇湘少人处,水多菰米岸莓苔。

在杜牧的各类题材中,颇为人所称道的是他的咏史怀古之作。晚唐时代,此类题材大量增加,有不少名作,杜牧则是其中的佼佼者。他那些才气纵横的作品,有时浩叹伤悼,如《登乐游原》:"长空澹澹孤鸟没,万古销沉向此中。看取汉家何事业,五陵无树起秋风。"有时则借以讽谕时局,如著名的《过华清宫三绝句》(其一):"长安回望绣成堆,山顶千门次第开。一绮红尘妃子笑,无人知是荔枝来。"但后人仿效最多的则是那些出言新颖、带有史论性质的咏史诗:

　　　　折戟沉沙铁未销,自将磨洗认前朝。东风不与周郎便,铜雀春深锁二乔。(《赤壁》)
　　　　胜败兵家事不期,包羞忍耻是男儿。江东子弟多才俊,卷土重来未可知。(《题乌江亭》)

　　在诗歌体式上,杜牧固然诸体兼擅,但其七绝则尤为后人所称道,他是晚唐七绝诗写得最好的诗人之一,名篇如《山行》、《秋夕》、《泊秦淮》、《赠别》、《寄扬州韩绰判官》、《沈下贤》、《将赴吴兴登乐游原一绝》、《江南春》、《齐安郡后池绝句》、《遣怀》、《清明》等等,久已脍炙人口,这里就不一一去引了。

　　李商隐的艺术魅力,为历代诗人所艳称,金人元好问在他的《论诗绝句三十首》中,有一首专论李商隐:"望帝春心托杜鹃,佳人锦瑟怨华年。诗家总爱西昆好,独恨无人作郑笺。"元诗之中所引的《锦瑟》一诗,固然是千古绝唱,但它的主旨如何,后人却说解纷纭,迄无定论:

　　　　锦瑟无端五十弦,一弦一柱思华年。庄生晓梦迷蝴蝶,望帝春心托杜鹃。沧海月明珠有泪,蓝田日暖玉生烟。此情可待成追忆,只是当时已惘然。

　　尽管如此,这首诗音韵甜美铿锵,意象清丽迷离,而境界和婉雅怨,仅仅是听其声,诵其辞,也可以得到足够的艺术享受。《锦瑟》的诗题是首句中的两个字,可以归入他众多的"无题诗"之中,这类诗最有李商隐特色,它们通常并不注重明晰的表达,而只是心灵世界的朦胧而曲折的反映。

像李商隐这样心地敏感的诗人,当其低吟奋翰之时,可以只因为某种心境的驱使而创作,而这种心境的形成,可能出于长期的蓄积,也可能只因一时的感发,其意旨是种种合力所造成,而非为某一确定的主题或事件而写,其多义、晦涩等特征也随之而来,诗的"本事"在诗人的意识之中也不甚了了。他那些有名的《无题》诗,如"昨夜星辰昨夜风"、"来是空言去绝踪"、"飒飒东风细雨来",名句如"身无彩凤双飞翼,心有灵犀一点通"、"梦为远别啼难唤,书被催成墨未浓"、"春心莫共花争发,一寸相思一寸灰"等等,似乎在咏爱情,但却很难确定。他还有一些相当于无题性质的诗,其意义更为晦涩,如《春雨》《重过圣女祠》都是著名的例子:

> 怅卧新春白袷衣,白门寥落意多违。红楼隔雨相望冷,珠箔飘灯独自归。远路应悲春晼晚,残宵犹得梦依稀。玉珰缄札何由达,万里云罗一雁飞。
>
> 白石岩扉碧藓滋,上清沦谪得归迟。一春梦雨常飘瓦,尽日灵风不满旗。萼绿华来无定所,杜兰香去未移时。玉郎会此通仙籍,忆向天阶问紫芝。

自《诗经》以降,尤其是"楚辞"的"香草美人"的传统之下,以男女之情寄寓君臣之意的诗代有制作,但是李商隐的诗中又很难说的什么真正的政治寓意,我们在这些诗中所能够得到的,多是一种"情绪化"的意境和奇丽飘渺的语句。

李商隐还有很多其他类型的诗。在咏史诗的领域,他也卓然成家,历来为人推重。如慨叹怀才不遇的《贾生》:"宣室求贤访逐臣,贾生才调更无伦。可怜夜半虚前席,不问苍生问鬼神。"讽刺求仙的《瑶池》,批判隋炀帝穷奢极欲的《隋宫》等等,都深刻而精警。《马嵬》感慨深沉,是咏唐玄宗和杨贵妃事迹的名作之一:

> 海外徒闻更九州,他生未卜此生休。空闻虎旅传宵柝,无复鸡人报晓筹。此日六军同驻马,当时七夕笑牵牛。如何四纪为天子,不及卢家有莫愁。

另外,李商隐的咏物诗如《蝉》、《流莺》、《落花》,政治诗如《行次西郊作一百韵》、《有感》、《曲江》等名篇,都说明了李商隐作为晚唐一大家的多样性。

在艺术上,李商隐尤其值得称道。他是一位诗风全面的诗人,其诗或典重,或雅健,或绮丽,或沉郁,都能各尽其妙,对前代诗人的技艺也有全面的把握,比如读《行次西郊作一百韵》和《韩碑》,各能窥见杜、韩的神韵。当然,最能够代表他成就的是那些以律绝的形式创作的抒情诗,而"无题"类作品更是奠定了他在整个唐代诗歌史上的地位。

李商隐是一位极其注意诗艺的诗人,这从其辞藻之华丽、音律之精美、用典之丰富就可以看出来。他的丽辞,显然是继承了齐、梁以来的长处,加上李贺诗歌中奇幻色彩,形成一种凄美的境界。他的句律,多继承杜甫而来,王安石曾说:"唐人知学老杜而得其藩篱者,唯义山一人而已。"(《蔡宽夫诗话》)因而他的这些律绝之中又往往贯注了沉郁浑厚的气质。在用典方面,李商隐素有"獭祭鱼"之称,他的用典,多追求歧生的意义,进一步增加了其多义性和诗意的空间。

前人认为"唐人能自辟宇宙者,惟李、杜、昌黎、义山"(吴乔《西昆发微序》),李商隐的艺术成就,使他无愧于唐诗中的一大家。

中天坡谷两嶙峋

晚清的陈衍提出"诗有三元",是指开元、元和、元祐,也就是盛唐、中唐以及北宋中期,这三个时代是诗歌天才辈出的时代,元祐诗坛以王安石、苏轼、黄庭坚、陈师道等诗人为代表,他们一起创造了与唐诗异趣、甚至可以分庭抗礼的宋诗风貌。

宋初诗坛,先有"白体"、"晚唐体"、"西昆体"的流行,再经过梅尧臣、欧阳修、苏舜钦等人的革新,粗显自己的风貌,但终究还不能算是定型的宋诗。直到王、苏、黄、陈等诗人登上诗坛以后,这一理想才真正得以实现,其中苏、黄尤其突出,王渔洋说"一代高名孰主宾,中天坡谷两嶙峋",苏轼是宋诗中成就最高的一位,而黄庭坚则最能代表宋诗的精神面目,就影响而言,他甚至在苏轼之上。

王安石年辈较早,他的诗,前期主要反映社会现实,政治诗占有很大一部分;后期则多表现闲情,风格上也体现出向唐诗的复归。王安石是较早大力推崇杜甫的诗人,他在《杜甫画像》诗中赞美杜甫的诗歌艺术:"吾观少陵诗,为与元气侔。力能排天斡九地,壮颜毅色不可求。浩荡八极中,生物岂不稠?丑妍巨细千万殊,竟莫见以何雕镂。"而更倾心于杜甫的忧国忧民精神:"推公之心古亦少,愿起公死从之游!"王安石变法,后人虽有非议,但其初心,却毫无疑问是为了天下人谋福利,因而他的诗歌中所反映出的精神,与杜甫颇为契合。

他对宋诗风貌的贡献,在于议论、用典、理趣,以及诗艺的精工。他的咏史诗很出名,其中的议论精神在宋诗中独具面目,如《明妃曲》:

> 明妃初出汉宫时,泪湿春风鬓脚垂。低徊顾影无颜色,尚得君王不自持。归来却怪丹青手,入眼平生几曾有?意态由来画不成,当时枉杀毛延寿。一去心知更不归,可怜著尽汉宫衣。寄声欲问塞南事,只有年年鸿雁飞。家人万里传消息,好在毡城莫相忆。君不见咫尺长门闭阿娇,人生失意无南北!

诗中一反前人之说,取消了胡汉之别,"君不见咫尺长门闭阿娇,人生失意无南北",立意精警,将对历史的感慨提升为一种普遍的人生思考。

不过,王安石的大部分咏史诗和他的政治诗一样,都是与现实相关联的,比如《贾生》:"一时谋议略施行,谁道君王薄贾生?爵位自高言尽废,古来何啻万公卿?"显然是对于神宗知遇之恩的抒发。又如《范曾》:"中原秦鹿待新羁,力战纷纷此一时。有道吊民天即助,不知何用牧羊儿。"体现出政治家的胸怀。当然,他也喜欢发表一些新颖的见解,做翻案文章。

王安石博极群书,典故信手拈来,达到了"用事使人不觉,若胸臆语"(《颜氏家训》)的自然状态,如《书湖阴先生壁》中"一水护田将绿绕,两山排闼送青来"便是一个范例,这里"护田"源于汉代在西域所置的护田校尉,而"排闼"则是出自《汉书》中描写樊哙"排闼而入"的用语。但在此诗中却可以径直理解为对"一水"和"两山"的拟人化运用,浑化无迹。他也喜欢反前人语意而用之,如《寄育王大觉禅师》中"百虫专夜思高秋"袭自韩愈《山石》的"夜深静卧百虫绝",《钟山即事》"一鸟不鸣山更幽"袭自王籍的"鸟鸣山更幽",这点颇为黄庭坚等诗人所继承。

对于炼字、押韵、对仗,王安石也极讲求,除了"春风又绿江南岸"的典型事例,像"空场老雉挟春骄"中的"挟","寒云静如痴,寒日惨如戚"中的"痴、戚"之类,都可以看出他炼字的工力。他也很喜欢用险韵,据说他看到苏轼《雪后书北台壁二首》用"尖"、"叉"两韵,韵险而语奇,他就连作了六首押"叉"字韵的雪诗。对仗也是他着力讲求的一种技巧,《苕溪渔隐丛话》说:"荆公诗'草深留翠碧,花远没黄鹂',人只知'翠碧''黄鹂'为精切,不知是四色也。又以'武丘'对'文鹢','杀青'对'生白','苦吟'对'甘饮','飞琼'对'弄玉',世皆不及其工。"这些都造成了王安石诗歌"精工"的特征。自然,他的诗中也不乏有"理趣"的作品(如前引《登飞来峰》)。

从这些方面来看,宋诗的很多重要特征,在王安石的诗歌之中已经非常纯熟的体现了。胡应麟说:"王介甫创撰新奇,唐人格调,始一大变。苏、黄继起,古法荡然。"王安石的确是宋代诗风真正的开创者之一。

在艺术上,除了杜甫,王安石也接受了韩愈的影响,有不少雄健劲直的作品;他晚年又接受了王维的影响,形成了所谓"王荆公体",严羽《沧流诗话》称其"绝句最高,其得意处高出苏、黄、陈之上。"如以下几例:

> 雪干云净见遥岑,南陌芳菲复可寻。换得千颦为一笑,春风吹柳万黄金。(《雪干》)
> 北山输绿涨横陂,直堑回塘滟滟时。细数落花因坐久,缓寻芳草得归迟。(《北山》)
> 南浦随花去,回舟路已迷。暗香无觅处,日落画桥

西。(《南浦》)

这些诗语言工巧,风格闲淡,读来怡情悦目,历历如画。他几乎是王维以后五言绝句写的最好的诗人。黄庭坚也说"荆公暮年诗,雅丽精绝",就是说他的这种风格。

苏轼是中国文化史上罕见的全才之一,在诗、词、文乃至书法、绘画等诸多领域都取得了第一流的成就。仅就诗歌而论,北宋诗坛上,苏、黄并称,这两个人都可以算是"以学问为诗、以议论为诗、以文为诗"的典型,但苏轼的诗歌让人感到更加亲切、更加流畅,而且更加自由,诗歌在他的手里几乎是一种游戏,而游戏的规则却可以由他随意制定,并且引导了一代人的风气。他的确做过一些有名的文字游戏,如经常被引用的《题金山寺回文诗》:

> 潮随暗浪雪山倾,远浦渔舟钓月明。桥对寺门松径小,槛当泉眼石波清。迢迢绿树江天晓,霭霭红霞晚日晴。遥望四边云接水,碧峰千点数鸥轻。

这类回文诗之所以成立,除了处理好韵脚、节奏的关系之外,主要还是因为中国的抒情诗歌之中,其意象之间并没有典型的逻辑关系,因此这首诗无论正读还是倒读,其意境几乎是一样的。这对于一般人来说,当然不容易做到,但是苏轼写起来,却是那么得心应手。不过,苏轼的天才并不在这里。如果将他另外一首《游金山寺》拿来和这首诗相比,其境界更高一层,也更能代表苏轼"清雄"的风格:

> 我家江水初发源,宦游直送江入海。闻道潮头一丈

高，天寒尚有沙痕在。中泠南畔石盘陀，古来出没随涛波。试登绝顶望乡国，江南江北青山多。羁愁畏晚寻归楫，山僧苦留看落日。微风万顷靴文细，断霞半空鱼尾赤。是时江月初生魄，二更月落天深黑。江心似有炬火明，飞焰照山栖鸟惊。怅然归卧心莫识，非鬼非人竟何物！江山如此不归山，江神见怪惊我顽。我谢江神岂得已，有田不归如江水。

苏　轼

这首诗的写法与韩愈的《山石》一脉相承，全诗以游记的古文格调入诗，手法细致，层次分明，两首诗的结构也很相近。苏轼更融入了属于他自己的潇洒豪迈之气，全诗呈现一种刚柔相济的特点，与前面一首的纯粹技巧化有很大的不同。

事实上，苏轼的诗全面地代表了宋诗的特征，即使其中有"天生健笔一枝，爽如哀梨，快如并剪，有必达之隐，无难显之情"（赵翼《瓯北诗话》）的天才成分，却并不妨碍我们从各方面对他进行评析。对于苏诗的特色，可以作如下概括，即：题材广泛，艺术成熟，风格多样。

关心民谟、批判社会是宋代诗人共有的题材，苏轼也不例外。他在年少时就"奋厉有当世志"，这一志向也反映在他诗歌里，如《荔枝叹》：

　　十里一置飞尘灰,五里一堠兵火催。颠坑仆谷相枕藉,知是荔支龙眼来。飞车跨山鹘横海,风枝露叶如新采。宫中美人一破颜,惊尘溅血流千载。永元荔支来交州,天宝岁贡取之涪。至今欲食林甫肉,无人举觞酹伯游。我愿天公怜赤子,莫生尤物为疮痏。雨顺风调百谷登,民不饥寒为上瑞。君不见武夷溪边粟粒芽,前丁后蔡相笼加。争新买宠各出意,今年斗品充官茶。吾君所乏岂此物?致养口体何陋耶!洛阳相君忠孝家,可怜亦进姚黄花。

此诗为苏轼贬居惠州时所作,这里由荔枝而联想起汉、唐历史上的种种现象,进而批判当时的现实。他在诗中所批判人物,如丁渭、蔡襄和钱惟演,都是当时的名公,足见其为人之耿直。黄庭坚说他"嬉笑怒骂,皆成文章",在这类诗中表现尤其明显。他也有许多诗歌直接攻击新法,如《吴中田妇叹》、《山村五绝》等。

　　苏诗中最受人喜爱的还是那些抒发情怀、感悟人生的诗。他有深广的人生阅历,"身行万里半天下",诗中多表现了他豁达的胸襟,也渗透了深刻的哲理。如《题西林壁》、《和子由渑池怀旧》、《泗州僧伽塔》等等,即使在他最为困苦的时候,也不失旷达,如《六月二十日夜渡海》:

　　参横斗转欲三更,苦雨终风也解晴。云散月明谁点缀?天容海色本澄清。空余鲁叟乘桴意,粗识轩辕奏乐声。九死南荒吾不恨,兹游奇绝冠平生。

苏轼经过多次贬谪,但他绝没有像韩愈"知汝远来应有意,好收吾骨漳江边"、柳宗元"共来百越文身地,犹自音书滞一乡"

这么消沉;相反,他在被贬海南后,有诗说"日啖荔枝三百颗,不辞长作岭南人",又说"海南万里真吾乡",这种胸襟和精神,不是一般的士大夫所能比拟的。

苏轼在艺术上标举"奇趣",他在评论柳宗元的名诗《渔翁》时说:"诗以奇趣为宗,反常合道为趣。熟味此诗有奇趣。"柳诗如下:

> 渔翁夜傍西岩宿,晓汲清湘燃楚竹。烟销日出不见人,欸乃一声山水绿。回看天际中下流,岩上无心云相逐。

这首诗起句较平,但第二句就很"奇"。本来,早上起来打水生火,是很平常的事,但是诗中却用"汲清湘"、"燃楚竹"来借代水与薪,诗句的意蕴显得新奇而且阔大,这虽是造语上的一种反常,却往往能够取得一种更好的艺术效果。"欸乃一声山水绿"则通过听觉与视觉的榫接,更给人一种"惊奇"的感受。从理上说,其所汲者,不过一瓢水,而代之以"清湘";所燃者,不过数枝竹,而以"楚"括之;然而竹虽一枝,全具竹性;水虽一滴,全具江性,其理无碍。而人的种种感官本可互通互用,苏轼深通佛理,妙悟《庄子》。故知一与多无碍(千江有水千江月)、大与小无碍(芥子纳须弥)、长与短无碍(念劫圆融),从这种角度来说,古人实有不少"奇趣"的例子,如杜甫"窗含西岭千秋雪,门泊东吴万里船"、李贺"遥望齐州九点烟,一泓海水杯中泻"、张炎"只有一枝梧叶,不知多少秋声"等等,咸具此理。"奇趣"是理解部分苏诗的一个切入点,细读其《汲江煎茶》,更可有一个直观的体会:

> 活水还须活火烹,自临钓石取清深。大瓢贮月归春

瓮，小杓分江入夜瓶。雪乳已翻煎处脚，松风忽作泻时声。枯肠未易禁三碗，坐听荒城长短更。

这里写的是汲水煎茶这一件平凡的小事，其中间两联最得柳宗元《渔翁》的神韵，杨万里说这首诗"一篇之中，句句皆奇。一句之中，字字皆奇"，可谓是"奇趣"的代表作品。

在诗歌的艺术手法上，苏轼有全面的把握，并且运用得炉火纯青。如他的比喻生动多变，以"蛮君鬼伯千千万，相排竞进头如鼋"写人物形象，以"欲知垂尽岁，有如赴壑蛇。修鳞半已没，去意谁能遮"写时间，以"有如兔走鹰隼落，骏马下注千丈坡，断弦离柱箭脱手，飞电过隙珠翻荷"这样的博喻写流水，等等。用典故也多而精，达到了妙手天成的境地，如"平生漫说古战场，过眼还迷日五色"、"三过门闻老病死，一弹指顷去来今"等等，皆是佳例。又极长于议论，做翻案文章，又多有"理趣"，如其题画诗《书鄢陵王主簿所画折枝二首》起首一半都是议论："论画以形似，见与儿童邻。赋诗必此诗，定知非诗人。诗画本一律，天工与清新。"《石苍舒醉墨堂》更以"骂题格"而通篇议论，气格老健。

苏诗风格全面，他最典型的风格是"清雄"，但宋诗的所有风格，在他的诗中几乎都能找到。有时他的诗风趋于平淡，诗中毫无造作之迹，浑然天成，如《出颍口初见淮山是日至寿州》："我行日夜向江海，枫叶芦花秋兴长。长淮忽迷天远近，青山久与船低昂。寿州已见白石塔，短棹未转黄茅冈。波平风软望不到，故人久立烟苍茫。"有时又骞腾奇崛，展现出极其壮丽的想象力，如《有美堂暴雨》："游人脚底一声雷，满座顽云拨不开。天外黑风吹海立，浙东飞雨过江来。十分潋滟金樽凸，千杖敲铿羯鼓催。唤起谪仙泉洒面，倒倾鲛室泻琼瑰。"与他同时代的诗人，如王安石的精工，黄庭坚的生新,陈师道的简拙,在他的诗中都有所体现,不愧为宋诗的典型代表。

　　黄庭坚是宋诗的又一代表,他的诗歌创作虽然不像苏轼那样天纵其才,但也几乎可以与他分庭抗礼;同时,由于他所开创的诗风,形成了宋代最大的诗歌流派——江西诗派,宋人从陈师道以降,几乎无一不受他的影响,所以黄诗才算是宋代"诗艺"的真正核心。黄庭坚讲究法度,对于诗艺也有十分明晰的理论,比如"点铁成金"、"夺胎换骨"等等,都成为后辈学诗的门径。

　　"不俗"是黄庭坚对诗歌创作的基本要求,为了达成这一追求,就必然要时刻具备求新的精神。黄庭坚认为"文章最忌随人后",又说"自成一家始逼真",他的诗法,集中地代表了宋人的求新精神。

　　首先,在诗歌的章法构思之中,他很讲求起结和转折。清人方东树认为:"山谷之妙,起无端,接无端,大笔如椽,转折如龙虎,扫弃一切,独提精要之语。每每承接处,中亘万里,不相联属,非寻常意计所及。"(《昭昧詹言》)如《次韵刘景文登邺王台见思五首》之五:

　　　　公诗如美色,未嫁已倾城。嫁作荡子妇,寒机泣到明。绿琴蛛网遍,弦绝不成声。想见鸱夷子,江湖万里情。

首联比喻对方早年诗作已经很好,中间两联中说他后来情调忧伤,最后一联用范蠡与西施的典故,以与对方未逢知己作对比。全诗都用比喻,前四句是一层,五、六句又是一层,均为正比;末二句又是一层,却突然用了反比。这种多层次以及意脉的断裂感,正是黄庭坚所要追求的效果。陈长方在《步里客谈》中说:"古诗作诗断句,辄旁入他意,最为警策。如老杜云'鸡虫得失无了时,注目寒江倚山阁'是也。黄鲁直作《水仙花》诗,亦用此体,云:'坐对真成被花恼,出门一笑大江横。'"这种技法,在一首诗的结尾两句中,通过切断尾句与前文的联系,形成句意上的空白,从而使诗意得到延伸。

其次,在句法上,黄诗通过音律、节奏的变化寻求一种生硬的效果。在音节上,他往往改变诗歌的节奏,故意造成音乐节奏与意义节奏上的分歧,如"管城子/无/食肉相,孔方兄/有/绝交书"(《戏呈孔毅父》)、"邀/陶渊明/把酒盏,送/陆修静/过虎溪"(《戏效禅月作远公咏》)等等。这在歌行或古诗之中,韩愈已经常用,而黄庭坚则往往将它运用到律诗之中,无疑给诗歌增加了拗劲的风格。在声调上,多用失粘、拗律等方法;这种诗法源于杜甫(称为"吴体"),但杜甫所用不多,黄庭坚却将它当作一种主要的诗艺,以寻求生新的效果,律诗本来以声调婉转为美,但是他偏要打破这种和谐,其诗集中有一半的七律是拗体,如其《题落星寺》:

> 落星开士深结屋,龙阁老翁来赋诗。小雨藏山客坐久,长江接天帆到迟。宴寝清香与世隔,画图妙绝无人知。蜂房各自开户牖,处处煮茶藤一枝。

在诗歌的语序(word order)上,黄庭坚更是进入了一个"自由王国",如"烦君一斛寄槟榔"(《几道复觅槟榔》)、"林宗异世想风流"(《郭明甫作西斋于颍尾请予赋诗二首》)、"日月老宾送"(《次韵吴宣义三径怀友》)、"我目归鸿送"(《题王仲弓兄弟巽亭》)等等,这对于他句法的多变性、奇异性也都有一定的影响。

再次,在诗歌的语言和修辞上,他也力求出新出奇,不落前人窠臼。语言方面,他很受韩愈"务去陈言"的影响,如"一笑粲万瓦"(《秘书省冬夜宿直寄怀李德素》)、"秋水粘天不自多"(《赠陈师道》)等等,都务出新奇;《寄黄几复》是他的名篇之一,虽以常语入诗,却显得很新奇:

> 我居北海君南海,寄雁传书谢不能。桃李春风一杯酒,江湖夜雨十年灯。持家但有四立壁,治病不蕲三折肱。想得读书头已白,隔溪猿哭瘴溪藤。

"桃李春风一杯酒,江湖夜雨十年灯"在当时已被称为"奇语","桃李春风、江湖夜雨"本是惯用语,但与"一杯酒、十年灯",却立刻显得不同凡响,这是黄诗中"用奇"的成功范例。他还时常在语言上"翻案",与王安石很相似,比如"我适临渊不羡鱼"、"金欲百炼钢,不欲绕指柔"、"学书不成不学剑"等等。修辞方面,他也常出奇喻,如"程婴杵臼立孤难,伯夷叔齐采薇瘦"以志士喻竹,"露湿何郎试汤饼,日烘荀令炷炉香"以男子来喻花等等。

用典同样显示出黄庭坚求异的特征,用典的密集(博典)当然是一方面,如他的《和钱穆父咏猩猩毛笔》因用典过多而为人诟病;但黄庭坚还有一个用典特征,就是故意让他的典故与原诗意义不相融合,这与王安石、苏轼等人的追求恰恰相反。如"鸳鸯终日爱水镜,菡萏晚风彫舞衣"(《赠郑交》)、"送君以阳关堕泪之声"(《送王郎》)、"虽为天上三辰次,未免人间五鼎烹"(《秋冬之间鄂渚绝市无蟹今日偶得数枚吐沫相濡乃可悯笑戏成小诗三首》)、"未能疏团扇,且复制秋衣"(《和邢惇夫秋怀十首》)等等,其中的"水镜""堕泪""五鼎烹""团扇"各有出典,却并不与诗意相融,用在这里,显得很突兀,然而这正是黄诗追求的目标,即刻意扩大与诗意无关的诗歌内涵,歧枝旁出,进一步增加诗意的空间。

黄庭坚在艺术上所最服膺者,一为杜甫,一为陶渊明,他说"拾遗句中有眼,彭泽意在无弦"(《赠高子勉》),然而诗艺上,杜甫有法而渊明无法,他一方面赞叹陶渊明"不烦绳削而自合"的境界,一方面也认为杜甫夔州以后的诗歌"平淡而山高水深",二者有殊途同归之致,他取法于杜甫的远多于陶渊明,但在晚年他也确实体现了向"平淡"的转变。其《雨中登岳阳楼望君山二首》以及《跋子瞻和陶诗》都具备这样的特征。前者是黄庭坚七绝诗中的冠冕之作,句法流畅而意境清新,历来广为传诵:

> 投荒万死鬓毛斑,生出瞿塘滟滪关。未到江南先一笑,岳阳楼上对君山。
> 满川风雨独凭栏,绾结湘娥十二鬟。可惜不当湖水面,银山堆里看青山。

后者则更为质朴老成,从用字到句法、章法,几无半点技艺可寻,达到了"大巧若拙"的境地,和他自己的终极理想已经完全相应:

> 子瞻谪岭南,时宰欲杀之。饱吃惠州饭,细和渊明诗。彭泽千载人,东坡百世士。出处虽不同,风味乃相似。

陈师道是北宋的重要诗人中才情、学力较弱的一家,他是一位苦吟诗人,"每有诗兴,拥被卧床,呻吟累日,乃能成章",黄庭坚的名句"闭门觅句陈无己,对客挥毫秦少游",传神地记载了这一情形。陈师道在《赠鲁直》一诗中,明确地说要学黄庭坚:"陈诗传笔意,愿立弟子行。"由于更讲究后天的学力,他认为"学诗如学仙,时至骨自换",并要求学者"体其格,高其意,炼其字",提出"宁拙毋巧,宁朴无华,宁粗毋弱,宁僻毋俗"(《后山诗话》)的原则。

叶燮《原诗》中说:"宋诗在工拙之外,其工处固有意求工,拙处亦有意为拙。"陈师道的诗偏于"拙",这是"有意求拙",是"简拙",他认为"语简而益工",对于诗句常常尽力压缩到最简,造成一种语义的断裂。从现代诗歌理论来看,通过跳跃的思维,以增加诗歌的张力,未尝不可以视为一种必要的诗法,但这增加了解读诗歌的难度;而且如果处理不当,会适得其反,以至诗境破碎,无法卒读,陈诗之中不乏其例。

从现存的诗歌来看,陈师道最好的诗多情感真挚,文句朴实,意味深长,如《别三子》、《示三子》分别写了与妻儿离别以及再次见面时的场景,不事雕琢而真切感人:

夫归死同穴,父子贫贱离。天下宁有此?昔闻今见之。母前三子后,熟视不得追。嗟乎胡不仁,使我至于斯!有女初束发,已知生离悲。枕我不肯起,畏我从此辞。大儿学语言,拜揖未胜衣。唤爷我欲去,此语那可思?小儿襁褓间,抱负有母慈。汝哭犹在耳,我怀人得知?

去远即相忘,归近不可忍。儿女已在眼,眉目略不省。喜极不得语,泪尽方一哂。了知不是梦,忽忽心未稳。

在江西诗派之中,黄庭坚和陈师道并称为"黄陈",同样被列为重要的诗人,是"一祖三宗"的两位,但是二人风格并不完全相同,朱熹评论说:"后山雅健强似山谷,然气力不似山谷较大,但却无山谷许多轻浮底意思。然若论叙事,又却不及山谷。山谷善叙事情,叙得尽,后山叙得较有疏处。"(《朱子语类》)

　　黄、陈二人作为江西诗派的代表诗人,都很重视诗歌的"瘦硬"与"骨力",避免圆熟的意境,追求深析,求新求奇,这些都在北宋后期及南宋的诗坛上得到了发扬。

亘古男儿一放翁

　　南宋诗坛上,号称"中兴四大诗人"的是陆游、杨万里、范成大和尤袤,尤袤现存的作品极少,无法判断其实际成就,前三人则是南宋最重要的诗人。杨万里的诗歌独具一格,在当时号称"诚斋体",以活泼有趣的风格表现自然风物和日常生活;范成大则以描写农民真实生活的《四时田园杂兴》和深具爱国情操的"使金诗"最为人称道。然而,最能够代表南宋诗坛的成就,并足以称为一代大师的,无疑是陆游。

　　梁启超《读陆放翁集》:"诗界千年靡靡风,兵魂销尽国魂空。集中十九从军乐,亘古男儿一放翁!"又说:"辜负胸中十万兵,百无聊赖以诗鸣。谁怜爱国千行泪,说到胡尘意不平。"陆游幼年便在战乱中颠沛流离,"少小遇丧乱,妄意忧元元",这种经历对他抗击金人有终身的影响,他立志"扫胡尘"、"清中原",甚至研读兵书,学习剑术,他的一生始终坚持抗战,抵制和议,其弥留之际,还作了《示儿》:"死去元知万事空,但悲不见九州同。王师北定中原日,家祭无忘告乃翁。"综合他的这些经历,无怪乎爱国主题能成为他诗中最重要的内容之一了。

　　陆游毕生的愿望是能够恢复中原,但却由于主和派的阻挠而无法得偿夙愿,因此诗中常常表达对他们的愤慨,批判和议之非;也往往透露出壮志未酬的愤懑,诗风苍劲悲凉,《书愤》便是典型的一首:

　　　　早岁那知世事艰,中原北望气如山。楼船夜雪瓜洲

渡，铁马秋风大散关。塞上长城空自许，镜中衰鬓已先
斑。出师一表真名世，千载谁堪伯仲间？

这首诗由早年的豪迈写到晚年的悲愤，他对诸葛亮为了"兴
复汉室"而"鞠躬尽瘁，死而后已"的精神，既由衷的倾服，又
兼以自警。由于这些愿望最终还是镜花水月，陆游便常通过
梦境来表达，陆游是写梦中诗最多的诗人之一，他不仅仅常
常"铁马冰河入梦来"（《十一月四日风雨大作》），而且"梦中
夺得松亭关"（《楼上醉书》），甚至梦到"从大驾亲征，尽复汉
唐故地"，对于征伐金人，他可谓是"念兹在兹、释之在兹"、
"造次必于是，颠沛必于是"了。

陆游的诗歌不限于爱国题材，爱情诗、闲适诗、田园诗都
是他诗中有份量的内容。他与前妻唐氏情好绸缪，却因为唐
氏得不到翁姑的喜爱而离婚。这对陆游来说是一个爱情悲
剧，他在七十五岁的时候（唐氏去世四十年后），还写下了两
首《沈园》：

城上斜阳画角哀，沈园非复旧池台。伤心桥下春波
绿，曾是惊鸿照影来。
梦断香消四十年，沈园柳老不吹绵。此身行作稽山
土，犹吊遗踪一泫然。

近代的陈衍评论说："无此绝等伤心之事，亦无此绝等伤心之
诗。就百年论，谁愿有此事；就千秋论，不可无此诗。"（《宋诗
精华录》）在宋诗中缺少爱情题材的情形下，这两首诗显得弥
足珍贵。

陆游善于从生活中发现题材，表现情趣，袁宗道说他"模
写事情俱透脱，品题花鸟亦清奇"（《偶得放翁集快读数日志

喜因效其语》），即是指此。比如著名的《游山西村》、《临安春雨初霁》和《剑门道中遇微雨》：

> 莫笑农家腊酒浑，丰年留客足鸡豚。山重水复疑无路，柳暗花明又一村。箫鼓追随春社近，衣冠简朴古风存。从今若许闲乘月，拄杖无时夜叩门。

> 世味年来薄似纱，谁令骑马客京华？小楼一夜听春雨，深巷明朝卖杏花。矮纸斜行闲作草，晴窗细乳戏分茶。素衣莫起风尘叹，犹及清明可到家。

> 衣上征尘杂酒痕，远游无处不消魂。此身合是诗人未？细雨骑驴入剑门。

《游山西村》颇有田园风味，《临安春雨初霁》表达了厌倦繁华的归隐情怀，各具情味；《剑门道中遇微雨》则是孤寂怅惘中偶尔生发的联想，因为李白、杜甫、黄庭坚都是入蜀之后，诗歌始能山高水深、登峰造极；同时，李白、杜甫、贾岛、李贺等人都有骑驴的故事，驴子似乎是诗人特有的坐骑，刚好他也是"细雨骑驴入剑门"，便使得"此身合是诗人未"这一问题别有意趣。

在诗歌艺术上，陆游和前代的大诗人一样，取径宽广，同时又有自己独特的风貌。他对于陶渊明、李白、杜甫、岑参这些诗人都进行了广泛的钻研和学习，孜孜不倦，他说"我生学语即耽书，万卷纵横眼欲枯"（《解嘲》），当时有人称他为"小李白"，也有人将他的诗比作"诗史"。陆游并不是一位书斋诗人，他说"汝果欲学诗，工夫在诗外"（《示子遹》），又说"纸上得来终觉浅，绝知此事要躬行"（《冬夜读书示子聿》），这里都包含了深刻的道理。清人杨大鹤说："论其世，知其人，考其志，以放翁为诗人而已可乎？知放翁之不为诗人，乃可以论放翁诗。"（《剑南诗钞序》）

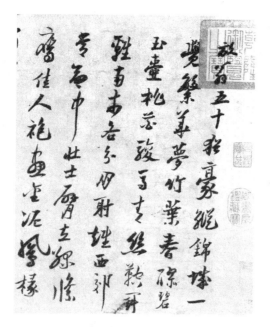

陆游行草《怀成都诗卷》

　　从诗法的传承上来说，江西诗派对陆游有莫大的影响。他从江西诗派后期的重要诗人曾几那里继承了诗法（当然也包括他的爱国情怀），"格高"、"字响"、"句活"乃至于"夺胎换骨"、"点铁成金"等等，陆游深所熟谙，他说"我得茶山一转语，文章切忌参死句"（《赠应秀才》），他的诗歌之中，不乏江西诗派雕琢字句的痕迹，陆游尤工于对偶，刘克庄甚至认为"古人好对偶被放翁用尽"（《后村诗话》），便是一个例子。

　　不过，陆游之所以能够成为大诗人，在于他不受江西诗法的限制，彻悟了"诗家三昧"。他自称"四十从戎驻南郑"之时，"诗家三昧忽见前，屈贾在眼元历历。天机去锦用在我，剪裁妙处非刀尺。世间才杰固不乏，秋毫未合天地隔。"（《九月一日夜，读诗稿有感，走笔作歌》）这里的"诗家三昧"说的是他找到了属于自己的"雄浑奔放"的风格,这与他的诗情正好相应。因此,他的诗"自从戎巴蜀,而境界又一变"(赵翼《瓯北诗话》),诗歌创作发生了一个质的飞跃,如《金错刀行》、《长歌行》、《楼上醉歌》、《关山月》、《秋兴》等篇,都是这一风格下的名篇,而《长歌行》尤被推为陆诗的压卷之作:

> 人生不作安期生,醉入东海骑长鲸。犹当出作李西平,手枭逆贼清旧京。金印煌煌未入手,白发种种来无情。成都古寺卧秋晚,落日偏傍僧窗明。岂其马上破贼手,哦诗长作寒螀鸣?兴来买尽市桥酒,大车磊落堆长瓶。豪竹哀丝助剧饮,如巨野受黄河倾。平时一滴不入口,意气顿使千人惊。国仇未报壮士老,匣中宝剑夜有声。何当凯旋宴将士,三更雪压飞狐城。

这首诗清壮顿挫,首尾贯注而又波澜起伏。首四句一气而下,气势恢宏;中间十二句,感慨与豪情并置,又先抑而后扬;最后四句豪健不衰,呼应起首之句。结构十分完美,确实是代表陆游风格的名作。

原典选读

临洞庭上张丞相

孟浩然

八月湖水平，涵虚混太清。气蒸云梦泽，波撼岳阳城。
欲济无舟楫，端居耻圣明。坐观垂钓者，徒有羡鱼情。

与诸子登岘山

孟浩然

人事有代谢，往来成古今。江山留胜迹，我辈复登临。
水落鱼梁浅，天寒梦泽深。羊公碑字在，读罢泪沾襟。

终南山

王 维

太乙近天都，连山到海隅。白云回望合，青霭入看无。
分野中峰变，阴晴众壑殊。欲投人处宿，隔水问樵夫。

汉江临眺

王 维

楚塞三湘接，荆门九派通。江流天地外，山色有无中。
郡邑浮前浦，波澜动远空。襄阳好风日，留醉与山翁。

送梓州李使君

王　维

万壑树参天，千山响杜鹃。山中一夜雨，树杪百重泉。汉女输橦布，巴人讼芋田。文翁翻教授，不敢依先贤。

人日寄杜二拾遗

高　适

人日题诗寄草堂，遥怜故人思故乡。柳条弄色不忍见，梅花满枝空断肠。身在远藩无所预，心怀百忧复千虑。今年人日空相忆，明年人日知何处。一卧东山三十春，岂知书剑老风尘。龙钟还忝二千石，愧尔东西南北人。

轮台歌奉送封大夫出师西征

岑　参

轮台城头夜吹角，轮台城北旄头落。羽书昨夜过渠黎，单于已在金山西。戍楼西望烟尘黑，汉军屯在轮台北。上将拥旄西出征，平明吹笛大军行。四边伐鼓雪海涌，三军大呼阴山动。虏塞兵气连云屯，战场白骨缠草根。剑河风急雪片阔，沙口石冻马蹄脱。亚相勤王甘苦辛，誓将报主静边尘。古来青史谁不见，今见功名胜古人。

侠客行

李　白

　　赵客缦胡缨，吴钩霜雪明。银鞍照白马，飒沓如流星。十步杀一人，千里不留行。事了拂衣去，深藏身与名。闲过信陵饮，脱剑膝前横。将炙啖朱亥，持觞劝侯赢。三杯吐然诺，五岳倒为轻。眼花耳热后，意气素霓生。救赵挥金槌，邯郸先震惊。千秋二壮士，烜赫大梁城。纵死侠骨香，不惭世上英。谁能书阁下，白首太玄经？

长相思

李　白

　　长相思，在长安。络纬秋啼金井阑，微霜凄凄簟色寒。孤灯不明思欲绝，卷帷望月空长叹。美人如花隔云端。上有青冥之长天，下有渌水之波澜。天长路远魂飞苦，梦魂不到关山难。长相思，摧心肝。

江上吟

李　白

　　木兰之枻沙棠舟，玉箫金管坐两头。美酒尊中置千斛，载妓随波任去留。仙人有待乘黄鹤，海客无心随白鸥。屈平词赋悬日月，楚王台榭空山丘。兴酣落笔摇五岳，诗成笑傲凌沧洲。功名富贵若长在，汉水亦应西北流。

幽涧泉

李白

拂彼白石,弹吾素琴。幽涧愀兮流泉深。善手明徽,高张清心。寂历似千古,松飕飕兮万寻。中见愁猿吊影而危处兮,叫秋木而长吟。客有哀时失职而听者,泪淋浪以霑巾。乃缉商缀羽,漯潺成音。吾但写声发情于妙指,殊不知此曲之古今。幽泉涧,鸣深林。

饮中八仙歌

杜甫

知章骑马似乘船,眼花落井水底眠。汝阳三斗始朝天,道逢曲车口流涎,恨不移封向酒泉。左相日兴费万钱,饮如长鲸吸百川,衔杯乐圣称避贤。宗之潇洒美少年,举觞白眼望青天,皎如玉树临风前。苏晋长斋绣佛前,醉中往往爱逃禅。李白一斗诗百篇,长安市上酒家眠。天子呼来不上船,自称臣是酒中仙。张旭三杯草圣传,脱帽露顶王公前,挥毫落纸如云烟。焦遂五斗方卓然,高谈雄辩惊四筵。

佳人

杜甫

绝代有佳人,幽居在空谷。自云良家子,零落依草木。关中昔丧乱,兄弟遭杀戮。官高何足论,不得收骨肉。世情恶衰歇,万事随转烛。夫婿轻薄儿,新人美如玉。合昏尚知时，鸳鸯不独宿。但见新人笑，那闻旧人哭？在山泉水清，出山泉水浊。侍婢卖珠回，牵萝补茅屋。摘花不插发，采柏动盈掬。天寒翠袖薄，日暮倚修竹。

醉时歌

杜 甫

诸公衮衮登台省，广文先生官独冷。甲第纷纷厌梁肉，广文先生饭不足。先生有道出羲皇，先生有才过屈宋。德尊一代常坎坷，名垂万古知何用！杜陵野客人更嗤，被褐短窄鬓如丝。日籴太仓五升米，时赴郑老同襟期。得钱即相觅，沽酒不复疑。忘形到尔汝，痛饮真吾师。清夜沉沉动春酌，灯前细雨檐花落。但觉高歌有鬼神，焉知饿死填沟壑？相如逸才亲涤器，子云识字终投阁。先生早赋归去来，石田茅屋荒苍苔。儒术于我何有哉，孔丘盗跖俱尘埃。不须闻此意惨怆，生前相遇且衔杯！

野 望

杜 甫

西山白雪三城戍，南浦清江万里桥。海内风尘诸弟隔，天涯涕泪一身遥。惟将迟暮供多病，未有涓埃答圣朝。跨马出郊时极目，不堪人事日萧条。

山　石

韩　愈

山石荦确行径微,黄昏到寺蝙蝠飞。升堂坐阶新雨足,芭蕉叶大栀子肥。僧言古壁佛画好,以火来照所见稀。铺床拂席置羹饭,疏粝亦足饱我饥。夜深静卧百虫绝,清月出岭光入扉。天明独去无道路,出入高下穷烟霏。山红涧碧纷烂漫,时见松枥皆十围。当流赤足踏涧石,水声激激风吹衣。人生如此自可乐,岂必局束为人鞿? 嗟哉吾党二三子,安得至老不更归。

听颖师弹琴

韩　愈

昵昵儿女语,恩怨相尔汝。划然变轩昂,勇士赴敌场。浮云柳絮无根蒂,天地阔远随飞扬。喧啾百鸟群,忽见孤凤凰。跻攀分寸不可上,失势一落千丈强。嗟余有两耳,未省听丝篁。自闻颖师弹,起坐在一旁。推手遽止之,湿衣泪滂滂。颖乎尔诚能,无以冰炭置我肠!

上阳白发人

白居易

上阳人,红颜暗老白发新。绿衣监使守宫门,一闭上阳多少春。玄宗末岁初选入,入时十六今六十。同时采择百余人,零落年深残此身。忆昔吞悲别亲族,扶入车中不教哭。皆云入内便承恩,脸似芙蓉胸似玉。未容君王得见面,已被杨妃遥侧目。妒令潜配上阳宫,一生遂向空房宿。宿空房,秋夜长,夜长无寐天不明。耿耿残灯背壁影,萧萧暗雨打窗声。春日迟,日迟独坐天难暮。宫莺百啭愁厌闻,梁燕双栖老休妒。莺归燕去长悄然,春往秋来不记年。唯向深宫望明月,东西四五百回圆。今日宫中年最老,大家遥赐"尚书"号。小头鞋履窄衣裳,青黛点眉眉细长。外人不见见应笑,天宝末年时世妆。上阳人,苦最多。少亦苦,老亦苦,少苦老苦两如何!君不见昔时吕向《美人赋》,又不见今日上阳白发歌!

钱塘湖春行

白居易

孤山寺北贾亭西,水面初平云脚低。几处早莺争暖树,谁家新燕啄春泥。乱花渐欲迷人眼,浅草才能没马蹄。最爱湖东行不足,绿杨阴里白沙堤。

花非花

白居易

花非花,雾非雾,夜半来,天明去。来如春梦几多时?去似朝云无觅处。

九日齐山登高

杜 牧

江涵秋影雁初飞,与客携壶上翠微。尘世难逢开口笑,菊

花须插满头归。但将酩酊酬佳节,不用登临恨落晖。古往今来
只如此,牛山何必独沾衣。

将赴吴兴登乐游原一绝

杜 牧

清时有味是无能,闲爱孤云静爱僧。欲把一麾江海去,
乐游原上望昭陵。

沈下贤

杜 牧

斯人清唱何人和,草径苔芜不可寻。一夕小敷山下梦,
水如环珮月如襟。

晚 晴

李商隐

深居俯夹城,春去夏犹清。天意怜幽草,人间重晚晴。
并添高阁迥,微注小窗明。越鸟巢干后,归飞体更轻。

隋 宫

李商隐

紫泉宫殿锁烟霞,欲取芜城作帝家。玉玺不缘归日角,

锦帆应是到天涯。于今腐草无萤火,终古垂杨有暮鸦。地下若逢陈后主,岂宜重问后庭花。

夜雨寄北

李商隐

君问归期未有期,巴山夜雨涨秋池。何当共剪西窗烛,却话巴山夜雨时。

(以上选自《全唐诗》)

书湖阴先生壁

王安石

茅檐长扫静无苔,花木成畦手自栽。一水护田将绿绕,两山排闼送青来。

杜甫画像

王安石

吾观少陵诗,为与元气侔。力能排天斡九地,壮颜毅色不可求。浩荡八极中,生物岂不稠?丑妍巨细千万殊,竟莫见以何雕镂。惜哉命之穷,颠倒不见收。青衫老更斥,饿走半九州。瘦妻僵前子仆后,攘攘盗贼森戈矛。吟哦当此时,不废朝廷忧,常愿天子圣,大臣各伊周。宁令吾庐独破受冻死,不忍四海赤子寒飕飗。伤屯悼屈止一身,嗟时之人我所羞,所以见公像,再拜涕泗流。推公之心古亦少,愿起公死从之游！

正月二十日，与潘郭二生出郊寻春，忽记去年是日，同至女王城作诗，乃和前韵

苏　轼

东风未肯入东门，走马还寻去岁村。人似秋鸿来有信，事如春梦了无痕。江城白酒三杯酽，野老苍颜一笑温。已约年年为此会，故人不用赋招魂。

有美堂暴雨

苏　轼

游人脚底一声雷，满座顽云拨不开。天外黑风吹海立，浙东飞雨过江来。十分潋滟金樽凸，千杖敲铿羯鼓催。唤起谪仙泉洒面，倒倾蛟室泻琼瑰。

李思训画长江绝岛图

苏　轼

山蒼蒼，江茫茫，大孤小孤江中央。崖崩路絕猿鳥去，惟有喬木攙天長。客舟何處來，棹歌中流聲抑揚。沙平風軟望不到，孤山久與船低昂。峨峨兩煙鬟，曉鏡開新妝。舟中賈客莫漫狂，小姑前年嫁彭郎。

石苍舒醉墨堂

苏　轼

人生识字忧患始，姓名粗记可以休。何用草书夸神速，开卷恫恍令人愁。我尝好之每自笑，君有此病何能瘳！自言其中有至乐，适意无异逍遥游。近者作堂名醉墨，如饮美酒消百忧。乃知柳子语不妄，病嗜土炭如珍羞。君于此艺亦云至，堆墙败笔如山丘。兴来一挥百纸尽，骏马倏忽踏九州。我书意造本无法，点画信手烦推求。胡为议论独见假，只字片纸皆藏收？不减钟张君自足，下方罗赵我亦优。不须临池更苦学，完取绢素充衾裯。

登快阁

黄庭坚

痴儿了却公家事，快阁东西倚晚晴。落木千山天远大，澄江一道月分明。朱弦已为佳人绝，青眼聊因美酒横。万里归船弄长笛，此心吾与白鸥盟。

双井茶送子瞻

黄庭坚

人间风日不到处，天上玉堂森宝书。想见东坡旧居士，挥毫百斛泻明珠。我家江南摘云腴，落硙霏霏雪不如。为公唤起黄州梦，独载扁舟向五湖。

225

王充道送水仙花五十支

黄庭坚

凌波仙子生尘袜，水上轻盈步微月。是谁招此断肠魂，种作寒花寄愁绝。含香体素欲倾城，山矾是弟梅是兄。坐对真成被花恼，出门一笑大江横。

舟　中

陈师道

恶风横江江卷浪，黄流湍猛风用壮。疾如万骑千里来，气压三江五湖上。岸上空荒火夜明，舟中起坐待残更。少年行路今头白，不尽还家去国情。

九日寄秦觌

陈师道

疾风回雨水明霞，沙步丛祠欲暮鸦。九日清樽欺白发，十年为客负黄花。登高怀远心如在，向老逢辰意有加。淮海少年天下士，可能无地落乌纱。

关山月

陆　游

和戎诏下十五年，将军不战空临边。朱门沉沉按歌舞，厩马肥死弓断弦。戍楼刁斗催落月,三十从军今白发。笛里谁知壮士心,沙头空照征人骨。中原干戈古亦闻,岂有逆胡传子孙。遗民忍死望恢复,几处今宵垂泪痕!

草书歌

陆　游

倾家酿酒三千石,闲愁万斛酒不敌。今朝醉眼烂岩电,提笔四顾天地宽。忽然挥洒不自如,风云入怀天借力。神龙战野错雾腥,奇鬼摧山太阴黑。此时尽驱胸中愁,睡床大叫狂堕帻。吴笺蜀素不快人,付于高堂三丈壁。

登赏心亭

陆　游

蜀栈秦关岁月遒,今年乘兴却东游。全家稳下黄牛峡,半醉来寻白鹭洲。黯黯江云瓜步雨,萧萧木叶石城秋。孤臣老抱忧时意,欲请迁都泪已流。

(以上选自《全宋诗》)

唐宋古文运动

　　古文运动既是一场文体改新运动,同时更是一场文化运动与思想运动,它其实可以看作是中华文化在唐宋时期由异域化、开放化到逐步本土化、内敛化的一个缩影。中唐以韩愈、柳宗元为核心的文体变革,至北宋时期由欧阳修、苏轼等人进一步发扬,出现了以"唐宋八大家"为主导的创作群体,从此奠定了"古文"在文章中的正统地位。

　　"古文运动"是中唐时期以韩愈、柳宗元为核心的文体领域的大变革,北宋时期由欧阳修、苏轼等人进一步发扬,并由此奠定了"古文"在文章中的正统地位。从文体上看,"散文"是与"骈文"相对的,骈文讲求音律、对偶、辞藻、典故,而散文却是散句单行,不拘格式。然而"古文运动"并不是纯粹的文体改革或者文学运动,而是牵涉到整个文化、思想领域的种种复杂问题。

　　唐代以"安史之乱"为界,前后的文化形态有明显的不同,此前盛唐时期对各种文化的包融性以及开拓进取的精神,逐渐向民族本位的思想转变,"夷夏"的观念也渐趋严格。其中最主要的原因,在于"安史之乱"是胡族的叛乱,而乱定之后,不仅唐朝的盛世一去不返,随即引起的藩镇割据也成为中央政府持久的痼疾;再加上吐番、南诏等势力数度入侵,排斥外族的思想渐渐兴起。同时,由于科举制度的发展,"尚武"的观念也较前期有所变化,汉将在武艺方面已远比胡人逊色,甚至出现"将军不好武,稚子总能文"(杜甫《游何将军山林》)的风习;边防重任,多由异族武将担任,玄宗时代的沿边十节度使,皆为胡人,从而逐渐形成了胡、汉在文化精神上的对立。安史之乱以后,中央政府对于异族将领的猜忌也日益加深;而一些文人对于异族的文化开始有排斥的态度,如白居易说"元和妆梳君记取,髻椎面赭非华风",对于北狄和吐蕃的"髻椎"、"面赭"等"非华风"的装束表示厌恶,这与盛唐时期的好尚几乎完全相反。

"排佛"是文化领域中的重大变化。中唐以前,由于佛、道两者的繁荣,儒学的发展一度停滞不前,成为唐代文化思想的一股潜流,而韩愈的排佛,恰恰是以儒家思想为依据,他的《原道》,尽管所言甚浅,不过认为佛教来自夷狄,非"先王之教",怀疑因果报应之说而已,但其中所透露出的契机,则是中华传统文化的观念和民族本位的思想,这在当时已经是石破天惊之举。同时他标举"道统",征引《大学》,推尊孟子,虽然也是受到了当时禅宗发展的影响,但这几点都为宋儒所继承,对《大学》《孟子》的推尊还开启了宋儒的心性之学,成为理学家的先驱。作为唐代科举制度中出身的士大夫,对外来文化发动了猛烈的攻击,肇启中国本位文化的学术道统,就这几点来看,韩愈之所以能够成为中唐复兴儒学的第一人,实非偶然。

这里还涉及到"文"与"道"这一对命题之间的关系。韩愈说:"好古之文,乃好古之道也。"又说"学古道则欲兼通其辞,通其辞者,本志乎古道者也"(《题欧阳生哀辞后》)、"所志于古者,不惟其辞之好,好其道焉耳"(《答李秀才书》),这里都是"文"与"道"并举,似乎它们永远是不可分的,大凡文章之士,无一不涉及这方面的关系。苏轼说韩愈"文起八代之衰,道济天下之溺"(《潮州韩文公庙碑》),深得其遗意;欧阳修则说"道纯则充于中者实,中实充则发为文者辉光"(《答祖择之书》),同样一体视之。宋代的理学家更强调"道"的重要性或唯一性，甚至否定"文"；而文章家二者并重，或者更重视"文"，却又绝不敢不言"道"。总之，"文"不能离"道"而存在，这是自古文运动之初就已经决定了的。

因而，思想上的"复古"与文学上的"复古"，二者是密不可分的整体。在文学领域，"诗"与"文"的复古又是并行不悖的。其源流可以上溯到西魏的苏绰、隋朝的李谔等人，而初唐的陈子昂则是复古运动中的佼佼者，他所提倡的"兴寄"、"风骨"（《修竹篇序》），所作的《感遇》等诗，在理论和实践上都有重大贡献，杜甫说他"有才继骚雅"、"千古立忠义，感遇有遗篇"，韩愈说"国朝盛文章，子昂始高蹈"，都说明他与诗歌复古之间的关系。李白的《古风》继陈子昂而起，"大雅久不作，吾衰竟谁陈……废兴虽万变，宪章亦已沦。自从建安来，绮丽不足珍。圣代复元古，垂衣贵清真……我志在删述，垂辉映千春。希圣如有立，绝笔于获麟。"以复古为革新，大大推进了诗歌的发展；杜甫更是一生在儒家界内，在诗歌领域完成了"复古"的愿望。在文章上，萧颖士、李华、元结、独孤及、梁肃、柳冕等人也不断有复古的要求，而以儒家思想为依归，如李华说"文章本乎作者，而哀乐系乎时。本乎作者，六经之志也；系乎时者，乐文武而哀幽厉也"（《赠礼部尚书清河孝公崔沔集序》），独孤及则提出"先道德而后文学"，这些理论，与韩愈的主张都是一致的，成为韩柳古文运动的先导。

显然，古文运动之所以在中唐以后得以开展，与儒学的复兴有莫大的关联；而儒学之所以复兴，则在于唐朝在政治、军事、文化等种种领域发生的转折；这种转折的出现，又伴随着唐代的衰落和当时士大夫"中兴"的愿望，而"安史之乱"则是这一系列变化中的总导火索。

从文学自身发展的角度来看，中唐时期的文章发展，已经进入一个必须求变的时期。初唐承袭六朝以来的风习,骈文一直是最普遍的文章形式,举凡表、启、书、记、论、说等各种体裁,无一不用骈文。骈文的发展,在其风格上也并非没有变化,初唐四杰渐趋刚健,像王勃《滕王阁序》、骆宾王《代李敬业传檄天下文》等作品,一直传诵至今。盛唐时期的张说、苏颋已能运散入骈,号为"燕许大手笔";李白以诗笔入文,其《春夜宴从弟桃李园序》畅达明快。中唐的陆贽更求平易,用意真挚,脱去浮词,他的奏议是一代名公的名作。但大部分骈文仍然浮习重重,积弊未除;即便是古文,其形态也多陈陈相因,多成套式,虽经元结、李华、萧颖士、独孤及诸人的努力改革,但创作的实绩未丰,尚不能扭转文坛风气。

　　韩愈在此时可谓"乘运出世",欲明道以立言,提出"所谓文者,必有诸其中"(《答尉迟生书》),"养其根而俟其实,加其膏而希其光,根之茂者其实遂,膏之沃者其光晔。仁义之人,其言蔼如也"(《答李翊书》),并发展了孟子的"养气说"。但更重要的是他的创作实绩。韩愈的文章风格绝非"蔼如",他更注重"不平则鸣"(《送孟东野序》)、"感激愤悱,形于文字"(《娄二十四秀才花下对酒唱和诗序》),他的文章虽然畅达,却始终未能"平易",这有待于北宋欧、苏的进一步发展。因此,"道"固然重要,但韩愈的文体革新理论更值得重视。在语言上,他主张"惟陈言之务去"(《答李翊书》),讲求语言的创新,"惟古于词必己出,降而不能乃剽贼"(《南阳樊绍述墓志铭》),要求不蹈袭前人。在句法上,则必须要"文从字顺各识职",追求语句的畅达。要达到这样的成就,必须全面吸收前人的成果,因此他强调"穷究于经传史记百家之说,沉潜乎经义,反复乎句读,砻磨乎事业,而奋发乎文章"(《上兵部李侍郎书》),"口不绝吟于六艺之文,手不停披于百家之编"、"下逮《庄》《骚》,太史所录,子云相如,同工异曲"(《进学解》),只有这样,才能融铸一体,自出机杼。

柳宗元与韩愈的理论大旨相合,如他说"文者以明道",而不能"务采色、夸声音",认为文章不可有"轻心、怠心、昏气、矜气",文章本源来自六经,"本之《书》以求其质,本之《诗》以求其恒,本之《礼》以求其宜,本之《春秋》以求其断,本之《易》以求其动",同时也要"参之谷梁氏以厉其气,参之《孟》《荀》以畅其支,参之《庄》《老》以肆其端,参之《国语》以博其趣,参之《离骚》以致其幽,参之太史公以著其洁"(《答韦中立论师道书》),同样地从"明道"、修养、博采等方面来阐明为文的奥秘。当然,柳宗元的文章风格与韩愈异趣,与韩愈的滔滔雄肆相比,他更显得峻洁简古,这是由于二人的才性差异所致。

韩、柳的古文创作实绩为后世的古文家所景仰,他们的散文理论也为后人所发扬,历宋、明而至于清代的桐城派,虽然理论更加细密,但总纲却并无实质的变化。"道德、品格、学问、文章",已经成为一般的为文次第了,明代的蕅益概括为:"有出格见地,方有千古品格。有千古品格,方有超方学问。有超方学问,方有盖世文章。"(《灵峰宗论》)

宋代的文体革新,诗、文兼备,文学史上称为"诗文革新运动",这是唐代古文运动的继续,在欧阳修、苏轼等人的努力下,这一运动才取得了彻底的成功,并使古文从此成为文章的正宗。然而,从韩、柳到欧、苏,其中尚有二百年的间隔,文章的发展也几经变化。

韩愈在当时的影响很大,加上柳宗元与他声气相通,古文产生了广泛的影响。包括白居易、刘禹锡、元稹在内的许多作家,都积极地创作散文;而唐传奇的兴盛,与古文运动互相影响,也出现了一大批名作,蔚为壮观。不过,这种繁荣场面并没有维持多久，随着韩、柳及其同道相继谢世，韩门弟子如李翱、皇甫湜、孙樵等人不仅才力不能与其韩、柳相匹敌，同时更发展了韩愈古文理论中片面求奇的倾向。因而，晚唐时期古文的衰落已是一个大趋势，当时的作家中除了杜牧在散文上有较高成就外，其他可称道的作家，也就只有写作小品文的皮日休、陆龟蒙、罗隐等人了。

与此相应，随着晚唐社会的进一步衰乱，道德愈加崩坏，"道"已经不再是文学中的核心内涵，注重形式的骈文重新占据了文坛，令狐楚、李商隐、温庭筠、段成式等人提倡文字的雕琢、用典的深僻、对偶的切当，其中尤以李商隐为代表，创造了一种"婉约雅饬"的骈文作品，这种风气，一直延续到北宋初年。

在欧阳修之前，北宋文坛上流行的即是晚唐五代的浮靡文风，而摹拟李商隐的"西昆体"也极为盛行，当时的文人学者如柳开、穆修、石介、王禹偁等人对这些现象进行了大力的批判，石介写了《怪说》三篇，攻击西昆体的主将杨亿"穷妍极态，缀风月，弄花草，淫巧侈丽，浮华纂组，刓镂圣人之道，破碎圣人之言，离析圣人之意"，产生了较大的影响，而在创作上则以王禹偁的成绩最大，他的《黄州新建小竹楼记》、《待漏院记》、《唐河店妪传》都是传诵的名篇，他注重骈散结合，继承了韩、柳的古文作风，但在文字上则力求平易，成为北宋文风的先导，只是王禹偁在当时并没有实际的影响力。西昆体之后，又兴起了一种险怪艰涩的"太学体"，这是一种古文，与韩愈后学有类似的倾向，欧阳修借助科举考试的机会，对这种文体也痛加贬斥，最终扭转了文风。

欧阳修是当时的文坛盟主，他既廓清了晚唐五代的余习，涤除"西昆体"的不良影响，打击了"太学体"的险怪倾向，同时又以自己的古文理论和创作实践为有宋一代的散文发展指明了方向。欧阳修关于"文"与"道"的关系处理,已如上述;更重要的是,他提倡文章的独立价值,"其为道虽同,言语文章,未尝相似"(《与乐秀才书》),将韩愈重"文"的实际心理更加明白无畏地表露出来,不像韩愈表面上将"道"看得最重,但实际上却"只做得言语的六经,便以为传道"、"第一义是去学文字,第二义方去穷究道理"(《朱子语类》),欧阳修关于文学独立的这个特点,苏轼完全接受,并加以发扬。在实际创作上,欧阳修主要着力于两点:一是提倡古文中的"平易"风格,所谓"孟、韩文虽高,不必似之也,取其自然耳",这成为宋代散文的普遍特征,并且为元、明、清以后的作家所继承;二是打破了文章中骈与散的界限,使得骈文的一些优点在散文中也得到充分的运用,"文赋"的出现,以及宋人"四六"中的散文化风格,都是这一努力的实际成绩。

传统的"唐宋八大家"之中,除了韩、柳之外,宋代占有六位:欧阳修、王安石、曾巩、苏洵、苏轼、苏辙,他们都是北宋的作家,而各有特点,如欧阳修的纡徐平易,王安石的简洁峻切,曾巩的平正古雅,苏洵的纵横驰骤,苏轼的行云流水,苏辙的汪洋淡泊,都不同程度地代表了宋代散文的风貌。元代的王若虚谓"散文至宋始为真文字",而明代艾南英也说"古文一道,至韩、柳而振,至欧、苏、曾、王而大振。文至宋而体备,至宋而法严。"(《再答夏彝仲论文书》)都可以见出宋代散文的杰出成就。除此之外,北宋的王禹偁、范仲淹、晁补之、李格非、李廌等人,都足以称为一代名家。南宋散文从总体上来说,艺术成就不及北宋,也没有产生北宋时期欧、苏、曾、王等大家,然而南宋也有较为出色的文体优势,如政论文、四六等都较为突出,散文作家之中如胡铨、辛弃疾、陈亮、吕祖谦、叶适等人,也颇为杰出。

从唐代到两宋的古文运动,代表了古代文章领域中的一次大变革，决定了此后八百年散文的基本格局，而尤以宋代散文的影响为大。尽管唐宋古文并没有高下之别，甚至韩愈被推尊为古文中最杰出的代表，但宋代散文的平易倾向，却是表达思想更好的工具，所以元、明、清以来的散文家，更多地去效法欧、苏、曾、王，而不是韩、柳。

"文起八代之衰"的韩愈

　　南宋李涂的《文章精义》在评述各家散文时说"韩如海，柳如泉，欧如澜，苏如潮"，但孔尚任在《桃花扇》的唱词中却将其改为"苏海韩潮"。尽管任何一位大作家，其风格都是多样的，但总有一种主流的特色。韩愈的散文排奡浩荡、硬语盘空，皇甫湜说它"如长江秋清，千里一道，冲飚激浪，瀚流不滞"（《谕业》），苏洵也说"韩子之文，如长江大河，浑浩流转"，用"潮"来形容它，显然更为确切，因此大家也普遍地更接受"苏海韩潮"这一说法，其艺术特色可以从几个方面来考量。

　　首先，韩文具有极高的语言艺术。韩愈是我国古代最卓越的语言大师之一，他既然主张语言上的创新，要求"务去陈言"，最基本的就是必须具备创造词汇的能力，这一点只要简单地去看一看《进学解》这篇作品中产生了多少成语，几乎马上就可以得到亲切的理解，不妨举其中的一段：

韩　愈

　　先生口不绝吟于六艺之文，手不停披于百家之编。纪事者必提其要，纂言者必钩其玄。贪多务得，细大不捐。焚膏油以继晷，恒兀兀以穷年。先生之业，可谓勤矣。觝排异端，攘斥佛老。补苴罅漏，张皇幽眇。寻坠绪之茫茫，独旁搜而远绍。障百川而东之，回狂澜于既倒。先生之于儒，可谓有劳矣。沉浸醲郁，含英咀华；作为文章，其书满家。上规姚姒，浑浑无涯，周诰殷盘，佶屈聱牙，《春秋》谨严，《左氏》浮夸，《易》奇而法，《诗》正而葩，下逮《庄》《骚》，太史所录，子云、相如，同工异曲。先生之于文，可谓闳其中而肆其外矣。少始知学，勇于敢为；长通于方，左右具宜。先生之于为人，可谓成矣。然而公不见信于人，私不见助于友。跋前踬后，动辄得咎。暂为御史，遂窜南夷。三年博士，冗不见治。命与仇谋，取败几时。冬暖而儿号寒，年丰而妻啼饥。头童齿豁，竟死何裨。不知虑此，而反教人为？

这一段中就有近二十个成语，今天常用的像"提要钩玄、贪多务得、细大不捐、焚膏继晷、补苴罅漏、旁搜远绍、含英咀华、佶屈聱牙、同工异曲、闳中肆外、跋前踬后、动辄得咎、头童齿豁、啼饥号寒"等等，或典雅，或奇倔，或通俗，极为丰富，我们几乎找不到另外一篇能有这样密集成语源头的文章。事实上，韩愈运用语言的能力之强，在整个中国文学史上也罕有其匹。他既能够随心所欲地从古代典籍中融铸词汇，也善于从当代的口语中吸取并创造新的文学语言。

韩愈在运用词语方面，也极为活泼，像"诸侯用夷礼，则夷之；进于中国，则中国之"、"人其人，火其书，庐其居"（《原道》）这类词的活用，让人读来既觉得平常，但又很新奇，是"化腐朽为神奇"的绝佳用例。黄庭坚曾说"退之作文，无一字无来处"，认为"古之能为文章者，真能陶冶万物，虽取古人之陈言入于翰墨，如灵丹一粒，点铁成金也。"（《答洪驹父书》）这虽然是在谈诗歌的技法，但将这一评论用于韩愈的语言创造上，大概也是恰如其分的。

至于文章的句法与章法，韩愈也有独到的理解，他一方面要求文章必须文从字顺，另一方面又常常骈俪夹杂，多在曲折中寻求通畅，形成异乎寻常的面目。如其名篇《答李翊书》中的一段：

> 愈之所为，不自知其至犹未也；虽然，学之二十余年矣。始者非三代两汉之书不敢观，非圣人之志不敢存；处若忘，行若遗；俨乎其若思，茫乎其若迷；当其取于心而注于手也，惟陈言之务去，戛戛乎其难哉。其观于人，不知其非笑之为非笑也。如是者亦有年，犹不改，然后识古书之正伪，与虽正而不至焉者，昭昭然白黑分矣，而务去之，乃徐有得也。当其取于心而注于手也，汩汩然来矣。其观于人也，笑之则以为喜，誉之则以为忧，以其犹有人之说者存也。如是者亦有年，然后浩乎其沛然矣。吾又惧其杂也，迎而距之，平心而察之，其皆醇也，然后肆焉。

这里，从用字、节奏、句法等各方面，都体现出"韩愈式"的特征。如"至犹未也"、"识古书之正伪，与虽正而不至焉者"等用语，皆有心求奇求变，文气上却又绝无不畅。"非三代两汉之书不敢观……茫乎其若迷"数句，以骈句散行，韩愈最长于此道。全段章法以"始者……当其取于心而注于手也……其观于人……如是者亦有年……然后……"的反复运用而连成一体，而对应成分的句法却又绝不相同，如"当其取于心而注于手也"，前者接"惟陈言之务去，戛戛乎其难哉"，后者接"汩汩然来矣"；"如是者亦有年"，先接"犹不改，然后识古书之正伪，与虽正而不至焉者，昭昭然白黑分矣"，后接"然后浩乎其沛然矣"，皆以句法的参差而造成异相。张裕钊评论这段文字说："笔阵奇恣，而巧构形似，精妙入微，与《庄子·养生主》

篇绝相似。""巧构形似"是指其总体结构而言,"笔阵奇恣"则是指其形似下的句法差异,这里只有在细细品味之时才能领悟其"精妙入微"之处、以及他融会古人句法的"大巧若拙"之处(如"其观于人"及"其观于人也",两句之所以不同,当是前者文气较短,不必用较长的停顿;而后者文气较长,必须用较长停顿而加一个"也"字。一本皆作"其观于人也",恐非)。

从造语、用字、句法、章法等各方面来看,韩愈的语言艺术,正如皇甫湜所说的:"茹古涵今,无有端涯,浑浑灏灏,不可窥校。"当然,这种追求,若非其人,大概是不可强求的,否则必然画虎不成反类犬,形成一种专尚奇僻的作风。韩愈尚偶有此病,况其下焉者乎!

其次,韩愈文备众体,各体文之中都有极高的成就。韩愈常常破体而作,在政论、书启、赠序、杂说、祭文、墓志铭等各体文中,都能够充分运用散文便于议论、叙事以及抒情的特点,各种手法有机结合,既突破了骈与散的界限,也打破了各体之间的界限。因此,他在文体风格上往往变化多端,层出不穷。

韩愈善写墓志,这类文章,本来是很难突破的,但是韩愈所写的墓志不仅不同于六朝,也与当代人不同。李涂"退之墓志,篇篇不同"(《文章精义》),这种谀墓之文一般多要述其一生行事,而韩愈的墓志笔法横恣,变化无穷。他有时只写一生中的某件事,如《施先生墓铭》只写其平生说经一事;风格也绝不雷同,如《试大理评事王君墓志铭》以传奇笔法写其人生平的种种奇事。这些写法,在以前的墓志中罕有出现。

赠序是韩文中另一个别开生面的文体。赠序之文在当时也有较为固定的格式,多先叙离情而后写风景,延续六朝以来的传统。但韩愈有的赠序全用议论,林纾说:"韩昌黎集中无史论,舍《原道》外,议论之文,多归入赠序与书中。"如其《送水陆运使韩侍御归所治序》,曾国藩就将其看作"条议时事之文"。有的则叙写事实,全不写离情别绪,如《送张童子序》其中详述当代的科举制度。也有的发泄自己的牢骚与不平,如《送董邵南序》、《送孟东野序》、《送李愿归盘谷序》等,其中最为人所称道的是《送李愿归盘谷序》,苏轼称:"唐无文章,惟韩退之《送李愿归盘谷序》而已。"

韩愈有不少文体属于试验性的,在当时就评价不一,甚至遭到一些士大夫的非议。裴度曾批评韩愈"恃其绝足,往往奔放,不以文立制,而以文为戏"(《寄李翱书》)。如《毛颖传》,张籍说它是"戏谑之言",《旧唐书》中说它"讥戏不近人情,此文章之甚纰缪者矣",今天看来,实是第一等作品。又如《祭十二郎文》,"在当时无对,后二百七十年,欧阳文忠公为其父作《泷冈阡表》,始足以追配公此作。"(马其昶《韩昌黎文集校注》)文章用散体,絮絮而谈,对于传统的骈文格式而言,确实是不伦不类,但由于其与十二郎之间的感情极深,情之所至,显得格外动人。尽管如此,曾国藩仍评论说:"述哀之文,究以用韵为宜。韩公如神龙万变,无所不可,后人则不必效之。"从这些情形来看,韩愈的文章,并没有真正的"体"的界限,又在各体文中名篇错出,各臻其极。

最后,韩愈的艺术风格虽然多种多样,但气势磅礴、纵横恣肆是他最独特之处。几乎没有另外一位散文家能在其气势的充沛淋漓上与韩愈相抗衡。前面所引的各例,都表现出这样的特点,又如《柳子厚墓志铭》中的一段:

> 呜呼,士穷乃见节义!今夫平居里巷相慕悦,酒食游戏相征逐,诩诩强笑语以相取下,握手出肺肝相示,指

天日涕泣，誓生死不相背负，真若可信；一旦临小利害，仅如毛发比，反眼若不相识，落陷阱，不一引手救，反挤之，又下石焉者，皆是也。此宜禽兽夷狄所不忍为，而其人自视以为得计。闻子厚之风，亦可以少愧矣。

这段话中从"今夫平居里巷"到"皆是也"，是一个八十几字的长句，很突出地表现出了韩愈掌握句式变化以达成不同文气的本领。当然，韩愈在他的各篇文章之中，对于骈句、偶句、长句、短句，乃至全篇的章法、节奏，无不了然于胸，以最巧妙的方式，构成了散文之中沛然莫当的气势。

柳宗元

柳宗元在唐代古文运动的作用仅次于韩愈,而他散文的风格则与韩愈有显著的不同。他的议论文如《封建论》、《贞论》、《天说》、《天对》、《非国语》等作品甚为有名,并且也更直接地表达了他的种种思想,不过从散文艺术的角度来看,更具有典型意义的是他的寓言和山水游记。

寓言是我国最古老的文体之一,先秦诸子及先秦史书里面就已经大量存在,但并不能独立成篇,它们所蕴含的意味也并不广泛,多是就事论事的比喻,相当于诗歌之中的"比兴",属于"比兴传统"的一部分。柳宗元的寓言则将这一体裁独立地运用于创作,并且使它的寓意更加广泛而深刻,具有尖锐的讽刺意义。他的《三戒》(《永某氏之鼠》《临江之麋》《黔之驴》)、《蝜蝂传》、《罴说》都是这类文体中的佳作,如《蝜蝂传》所讽刺的是那些"日思高其位,大其禄"却"智若小虫"的贪得无厌之辈:

> 蝜蝂者,善负小虫也。行遇物,辄持取,其首负之。背愈重,虽困剧不止也。其背甚涩,物积因不散,卒踬仆不能起。人或怜之,为去其负。苟能行,又持取如故。又好上高,极其力不已。至坠地死。

柳宗元的寓言多短小精悍,从寻常的事物之中展开想象,赋以夸张的描绘,形象极为生动,而其中的道理却又极为深刻,令人深思难忘,尽管柳宗元并非讽刺作家,但这些内容却表现了他聪明敏捷的讽刺才能。

山水游记是柳文中成就更高的一类,展现了柳宗元的另一副面目。柳宗元是郦道元之后的最杰出的山水游记作家,他的可贵之处不仅仅在于他所描绘的山水如何清丽,而在于他并没有把山水看作纯粹的欣赏对象,而是在山水之同融化了自己的哀乐之情,他与山水成为谐和的整体。最出名的作品是"永州八记",《至小丘西小石潭记》则是其中最受人称道的一篇:

> 从小丘西行百二十步,隔篁竹,闻水声,如鸣佩环,心乐之。伐竹取道,下见小潭,水尤清冽。全石以为底,近岸,卷石底以出,为坻,为屿,为嵁,为岩。青树翠蔓,蒙络摇缀,参差披拂。潭中鱼可百许头,皆若空游无所依,日光下澈,影布石上。佁然不动,俶尔远逝,往来翕忽,似与游者相乐。潭西南而望,斗折蛇行,明灭可见。其岸势犬牙差互,不可知其源。坐潭上,四面竹树环合,寂寥无人,凄神寒骨,悄怆幽邃。以其境过清,不可久居,乃记之而去。

其中写游鱼"皆若空游无所依,日光下澈,影布石上。佁然不动,俶尔远逝,往来翕忽,似与游者相乐",这里虽未着笔写水,而水之明澈湛然却已和盘托出。

柳宗元山水的特征往往体现出一种高洁而幽邃、凄清而澄静之美,而这恰恰是他自己的个性的自白,所谓"清泠之状与目谋,潆潆之声与耳谋,悠然而虚者与神谋,渊然而静者与心谋"(《钴鉧潭西小丘记》),这些山水本身也成了柳宗元的心神与耳目。如果将这些作品与他同类题材的诗歌合读,这一特色便更加明显。

　　除此之外，人物传记也是柳宗元散文中很有成就的部分。《段太尉逸事状》、《童区寄传》、《宋清传》、《种树郭橐驼传》、《梓人传》、《捕蛇者说》等都是名篇，他的这一类散文，从取材上来说，多是一些下层百姓，反映了普通人的生活，但其中又都寄寓了自己对于民生的关怀，如《捕蛇者说》中对于"苛政猛于虎"的批判，《种树郭橐驼传》中通过"问养树，得养生术"对扰民政治的警戒等；同时，柳宗元在取材以及表现角度等方面，也颇具匠心，体现出高度的艺术性，如《段太尉逸事状》中选取了段秀实整饬军纪、卖马代农民偿还租谷以及拒绝朱泚的礼物三件"逸事"，突出了段秀实刚毅正直的个性，叙事严密而语言生动。

　　从这些方面来看，柳宗元的散文成就是巨大的，在很多方面都有开创性的意义，不愧为古文运动的代表人物之一。

六一风神

　　欧阳修是北宋前期的文坛盟主，在诗、词、文各方面都有杰出的成就，而尤以其散文为最高。吴充在其《行状》里称他"文备众体，变化开阖，因物命意，各极其工"，是一个十分中肯的评价。

　　宋人喜好议论，政论、史论都是最鲜明的体现，欧阳修也是此类文章中的魁杰。他的政论文多与实际政事相关，名篇如《与高司谏书》、《朋党论》都是与政敌针锋相对的作品，前者因为范仲淹触犯宰相吕夷简，被贬知饶州，而身为谏官的高若讷却附会吕夷简，欧阳修就写了这篇有名的书信给他，也因此被贬为夷陵令。黄庭坚说："观欧阳文忠公在馆阁时《与高司谏书》语气，可以折冲万里！"这篇文字理正词直，曲折条畅，文辞委婉而极犀利，是很能体现欧阳修散文风格的作品。后者作于范仲淹推行新政之时，当时吕夷简、夏竦等人攻击范仲淹、欧阳修为"朋党"，欧阳修作此文回击，提出"小人无朋，唯君子则有之"，并且理直气壮地认为，人君要治国，必须"退小人之伪朋，用君子之真朋"。

　　欧阳修的《新五代史》、《新唐书》代表了他的史学成就，而他的史论，也多是散文名篇，重要的如《新五代史》中的《伶官传序》、《宦者传论》、《吴世家论》等等，这些史论主要是从历史中吸取教训，总结历史人生的道理，如《伶官传序》中"忧劳可以兴国，逸豫可以亡身"、"祸患常积于忽微，而智勇多困于所溺"等议论，都已经成为名言。而此类史论之中又常常杂有史家的叙事成份，简而有法，极见精神，如其在《吴世家》

中论杨行密事：

> 呜呼，盗亦有道，信哉！行密之书，称行密为人，宽仁雅信，能得士心。其将蔡俦叛于卢州，悉毁行密坟墓，及俦败，而诸将皆请毁其墓以报之。行密叹曰："俦以此为恶，吾岂复为邪？"尝使从者张洪负剑而侍，洪拔剑击行密，不中，洪死，复用洪所善陈绍负剑，不疑。又尝骂其将刘信，信忿，奔孙儒，行密戒左右勿追，曰："信岂负我者邪？其醉而去，醒必复来。"明日，果来。行密起于盗贼，其下皆骁武雄暴，而乐为之用者，以此也。

这里所叙杨行密三事，一以见其宽仁，一以见其能信用人，一以见其能识人，此三者皆人之所难，而欧阳修于寥寥百字之中，对于杨行密的描绘已尽其能事，极具韵味，体现出欧阳修历史叙事中"高简"（《四库全书总目》）的一面。

抒情、记事一类散文，更能体现出欧阳修"纡徐委婉"的特色，两者往往交织在一起，如《泷冈阡表》是欧阳修为其父母的墓道撰写的一篇碑文，记述了母亲对他的辛勤抚养、谆谆教诲，以及他父亲为官清廉、治狱谨慎以及同情百姓等内容，这些描写细腻生动，非常感人。其他如《释秘演诗集序》、《醉翁亭记》、《丰乐亭记》等等无不具有强烈的情感倾向，都是传诵久远的名篇。

在文体上，文赋是他的新贡献之一。赋体至唐代发展成为律赋以后，已经毫无生气，而欧阳修却从从律赋中排除了对偶、限韵等内容，但又吸取了骈文中声调韵律优美的特征，既解放了赋体，使其充分地散文化，又不失赋体本身的优长。他的《秋声赋》作为新体赋的代表，既有骈赋、律赋的铺陈排比作风，以及散体赋的问答形式，而散文化的特征又极为突

出,这在其首段就有明白的体现:

> 欧阳子方夜读书,闻有声自西南来者,悚然而听之,曰:"异哉!"初淅沥以萧飒,忽奔腾而砰湃,如波涛夜惊,风雨骤至。其触于物也,鏦鏦铮铮,金铁皆鸣;又如赴敌之兵,衔枚疾走,不闻号令,但闻人马之行声。予谓童子:"此何声也?汝出视之。"童子曰:"星月皎洁,明河在天,四无人声,声在树间。"

赋中铺陈的部分如:"其色惨淡,烟霏云敛;其容清明,天高日晶;其气慄冽,砭人肌骨;其意萧条,山川寂寥……丰草绿缛而争茂,佳木葱茏而可悦;草拂之而色变,木遭之而叶脱。"用韵多变而音调铿锵。文章的结尾还加入了宋人擅长的议论:"嗟乎!草木无情,有时飘零。人为动物,惟物之灵。百忧感其心,万事劳其形,有动于中,必摇其精。而况思其力之所不及,忧其智之所不能,宜其渥然丹者为槁木,黟然黑者为星星。奈何非金石之质,欲与草木而争荣。念谁为之戕贼,亦何恨乎秋声!"

欧阳修对四六文也进行了革新,他用散文的方法改造了这种严格的骈体文,一方面将古文笔法融入其中,另一方面也少用典故,让这一典重的文体表现出活泼的气象,这在苏轼的手中,得到了进一步的发展。

欧文的总体风格是平易,叙事简括有法,议论纡徐有致,议论委婉含蓄,音调和谐畅达,前人将他的这种风格称为"六一风神",开辟了有宋散文的一代新风。

"苏海"蠡测

　　苏轼是散文领域的大师之一,代表了宋代散文艺术的最高成就。如果说韩愈的散文排奡浩荡、波涛万倾,那么苏轼的散文则浩瀚无垠、奇珍无限,在深与广两个方面,他们都已各臻其极,却体现出迥异的气象,"苏海韩潮"实在是一个再合适不过的比喻了。苏轼反对"深至于迂,奇至于怪僻"的文风,提倡文章的多样化和生动化,他对自己有一个恰如其分的评价:"吾文如万斛泉源,不择地而出,在平地滔滔汩汩,虽一日千里无难。及其与山石曲折,随物赋形,而不可知也。所可知者,常行于所当行,常止于不可不止。"(《自评文》)因此,他的各体文章,总是呈现出多姿多彩的特色。

　　对于"道"的理解,与前代散文家不同,苏轼的"道"不限于儒家之道,而是一种普遍的真理,这尤其体现了宋人会通儒、佛、道三家的特色。因此,苏轼文章的来源极其广泛,从《庄子》、《孟子》、纵横家到佛经等等,几乎无所不有;可贵的是,他将所有这些内容都熔铸为一体,以供自己的驱遣,处处都能达到"文理自然,姿态横生"(《答谢民师书》)的境界。

　　苏轼的很多"论"体文,表现为善发奇论、新论。最典型的是他的史论,《贾谊论》、《范增论》、《平王论》、《留侯论》等都具备这样的特征。这类翻新出奇的文章成为当时士子们学习的范例,陆游《老学庵笔记》记载当时流传的谚语"苏文熟,吃羊肉;苏文生,吃菜羹",即是这一现象的真实记录。如他说贾谊"志大而量小,才有余而识不足",说荀子是"喜为异说而不让,敢为高论而不顾者也",认为乐毅"未知大道,而窃尝闻之,则足以亡其身而已矣"。这些论点,都是故意与前人相反,却又能够自圆其说,高塄评其《留侯论》,认为他"意则翻空,事皆征实,唯能征实,乃可翻空",因此"曲尽文家操纵之妙",认为他的《荀卿论》"分堪合堪,看似深文,却有至理,亦是苏氏翻案文字",这是苏轼的聪明过人之处,一般人很难仅仅通过立奇说而达到他的地步,因为他"善随自救弊,则由东坡天才聪敏。无其天才者,不可学也。"(林纾《文微》)

另外,在此类文章中,苏轼也善以警句发端,以至他的这些议文中常有一些为人传诵的格言,如"非才之难,所以自用者实难。"(《贾生论》)"办天下之大事者,有天下之大节者也,立天下之大节者,狭天下者也。夫以天下之大而不足以动其心,则天下之大节有不足立,而大事有不足办者矣。"(《伊尹论》)"古之所谓豪杰之士者,必有过人之节。人情有所不能忍者,匹夫之辱,拔剑而起,挺身而斗,此不足为勇也。天下有大勇者,卒然临之而惊,无故加之而不怒,此其所挟持者甚大,而其志甚远也。"(《留侯论》)

他的政论也有类似的雄辩特点,但总体说来比史论贴近现实,尤其是他晚期的政论,纵横习气已经减弱,而增加了沉着凯切的特点。

在他以记叙、抒情为主的各体文章之中,艺术感染力更强,雄辩到底还是不如渗透个人色彩的真实情感来得动人。如他的《文与可画筼筜偃竹记》,在夹叙夹议之中饱含深情,其中既然阐明了墨竹的绘画理论,更生动地反映出了苏轼和文与可之间"亲密无间"的感情,文中撷取了人生中的琐事片断,如其中的两件逸事:

及与可自洋州还,而余为徐州,与可以书遗余曰:

"近语士大夫：'吾墨竹一派近在彭城，可往求之。'袜材当萃于子矣。"书尾复写一诗，其略曰："拟将一段鹅溪绢，扫取寒梢万尺长。"予谓与可："竹长万尺，当用绢二百五十匹。知公倦于笔砚，愿得此绢而已。"与可无以答，则曰："吾妄言矣！世岂在万尺竹哉？"余因而实之，答其诗曰："世间亦有千寻竹，月落庭空影许长。"与可笑曰："苏子辩矣！然二百五十匹绢，吾将买田而归老焉。"因以所画筼筜谷偃竹遗予，曰："此竹数尺耳，而有万尺之势。"

筼筜谷在洋州，与可尝令予作《洋州三十咏》，筼筜谷其一也。予诗云："汉川修竹贱如蓬，斤斧何曾赦箨龙。料得清贫馋太守，渭滨千亩在胸中。"与可是日与其妻游谷中，烧笋晚食；发函得诗，失笑喷饭满案。

这两件事分别写两人之间极有趣的诗文往还故事，却很能表达亲朋间的欢趣，而与这种戏笑之言的描写相应的，却是苏轼在晾晒书画时看到墨竹时的怀想，此时文与可已经去世六个多月了，苏轼"见此竹，废卷而哭失声"。文中看似漫不经心、信笔所至的一些事迹及议论，都成了他与文与可"亲厚无间"的见证，张伯行评论此文说："坡公为文随手写出，触处天机，盖是心手相得之候，无意成文而文愈佳也。"（《唐宋八大家文钞》）

在对散文的各种功能都能"心手相得"之后，其写法也千变万化，即使是同一类体裁之中，也无一雷同。比如他的一些"记"体文，其中绝无定法可循，《凌虚台记》先叙述，而《超然台记》先议论；《喜雨亭记》扣题紧，《放鹤亭记》却发挥题外之致，《墨妙亭记》类似于赞，《宝绘堂记》又是箴的形式，达到了"篇篇不同"的境地，而无论是以哪种表达形式为主，无一

不曲尽其妙,如《超然台记》的篇首议论:

> 凡物皆有可观。苟有可观,皆有可乐,非必怪奇伟丽者也。哺糟啜醨,皆可以醉;果蔬草木,皆可以饱。推此类也,吾安往而不乐? 夫所为求福而辞祸者,以福可喜而祸可悲也。人之所欲无穷,而物之可以足吾欲者有尽,美恶之辨战乎中,而去取之择交乎前,则可乐者常少,而可悲者常多,是谓求祸而辞福。夫求祸而辞福,岂人之情也哉? 物有以盖之矣。彼游于物之内,而不游于物之外。物非有大小也,自其内而观之,未有不高且大者也。彼挟其高大以临我,则我常眩乱反复,如隙中之观斗,又焉知胜负之所在? 是以美恶横生,而忧乐出焉,可不大哀乎!

这是紧扣"超然"二字而作的一篇宏论,苏轼深悟实相,这类议论是其看家本领。人之所以不能"超然物外",是因为"物有以盖之",贪欲是佛家所说的"五盖"之一,凡于事物有所执着,"游于物之内",必然不得其乐,苏轼借一台之命名而发挥这样的理致,与下文写自己"雨雪之朝,风月之夕,予未尝不在,客未尝不从。撷园疏,取池鱼,酿秫酒,瀹脱粟而食之"这样随遇而安的行藏以及"乐哉游乎"的感慨自然也是桴鼓相应的。这一特征,在他的《石钟山记》、《记承天寺夜游》等游记、小品之中表现得也很突出。

苏轼的辞赋与四六,也达到了极高的水平。其前、后《赤壁赋》继承了欧阳修《秋声赋》的传统,达到了文赋的最高成就,如《前赤壁赋》开篇的一段文字,即是以骈、散文字结合的典范:

清风徐来,水波不兴。举酒属客,诵明月之诗,歌窈窕之章。少焉,月出于东山之上,徘徊于斗牛之间。白露横江,水光接天。纵一苇之所如,凌万顷之茫然。浩浩乎如冯虚御风,而不知其所止;飘飘乎如遗世独立,羽化而登仙。

后文之中还插入了一首韵文:"于是饮酒乐甚,扣舷而歌之。歌曰:桂櫂兮兰桨,击空明兮泝流光。渺渺兮余怀,望美人兮天一方。"使得这篇赋不仅有美妙的风物描写,更具备了浓厚的诗意。当然,文章最后也不缺少对于宇宙人生的体悟和议论:

客亦知夫水与月乎?逝者如斯,而未尝往也;盈虚者如彼,而卒未消长也。盖自其变者而观之,则天地曾不能以一瞬;自其不变者观之,则物与我皆无尽也,而又何羡乎!且夫天地之间,物各有主,苟非吾之所有,虽一毫而莫取。惟江上之清风,与山间之明月,耳得之而为声,目遇之而成色;取之无禁,用之不竭,是造物者之无尽藏也,而吾与子之所共适。

对于宇宙、人生,如果从变的方面去看,无论是自然界,还是人生界,都如同水月的盈虚与消长,一切都在变化;但是从不变的一方去看,一切都是无增无减、无穷无尽的。苏轼的这种观念,一方面得力于《庄子》,另一方面也与佛法相应,他之所以能够随缘自适,随遇而安,如果胸中没有这种境界,是无法做到的。这篇文章中,诗文兼具,骈散融合,既是一篇美文,又具有深刻的哲思。

同样,苏轼沿着欧阳修所开创的以古文笔法入四六的特征,融入他一贯的行云流水的文章风格,为四六文开辟了新风。如《谢量移汝州表》即是一篇颇为个人化的四六:"只影自怜,命寄江湖之上;惊魂未定,梦游缧绁之中。憔悴非人,张狂失志。妻孥之所窃笑,亲友至于绝交。疾病连年,人皆相传为已死;饥寒并日,臣亦自厌其余生。"这段话中没有任何典重之辞,他把这种原本应该讲求俪辞以及用典的文体,几乎改变成了朋友之间亲切问候的书信,孙梅在《四六丛话》中评论说:"东坡四六,工丽绝伦中笔力矫变,有意摆落隋唐五季蹊径。以四六观之,则独辟异境,以古文观之,则故是本色,所以奇也。"

苏轼在《与谢民师推官书》中有一段精妙的话:"求物之妙,如系风捕影,能使是物了然于心者,盖千万人不一遇也。而况能使了然于口与手者乎?是之谓辞达。辞至于能达,则文不可胜用也。"《论语》中的"辞达"一词,被苏轼赋予全新的解释,而这一解释恰恰就是苏文的总体特征。

原典选读

送李愿归盘谷序

韩　愈

太行之阳有盘谷。盘谷之间，泉甘而土肥，草木丛茂，居民鲜少。或曰："谓其环两山之间，故曰'盘'。"或曰："是谷也，宅幽而势阻，隐者之所盘旋。"友人李愿居之。

愿之言曰："人之称大丈夫者，我知之矣：利泽施于人，名声昭于时，坐于庙朝，进退百官，而佐天子出令；其在外，则树旗旄，罗弓矢，武夫前呵，从者塞途，供给之人，各执其物，夹道而疾驰。喜有赏，怒有刑。才畯满前，道古今而誉盛德，入耳而不烦。曲眉丰颊，清声而便体，秀外而惠中，飘轻裾，翳长袖，粉白黛绿者，列屋而闲居，妒宠而负恃，争妍而取怜。大丈夫之遇知于天子、用力于当世者之所为也。吾非恶此而逃之，是有命焉，不可幸而致也。

穷居而野处，升高而望远，坐茂树以终日，濯清泉以自洁。采于山，美可茹；钓于水，鲜可食。起居无时，惟适之安。与其有誉于前，孰若无毁于其后；与其有乐于身，孰若无忧于其心。车服不维，刀锯不加，理乱不知，黜陟不闻。大丈夫不遇于时者之所为也，我则行之。

伺候于公卿之门，奔走于形势之途，足将进而趑趄，口将言而嗫嚅，处污秽而不羞，触刑辟而诛戮，侥幸于万一，老死而后止者，其于为人，贤不肖何如也？"

昌黎韩愈闻其言而壮之，与之酒而为之歌曰："盘之中，维子之宫；盘之土，维子之稼；盘之泉，可濯可沿；盘之阻，谁争子所？窈而深，廓其有容；缭而曲，如往而复。嗟盘之乐

兮,乐且无央;虎豹远迹兮,蛟龙遁藏;鬼神守护兮,呵禁不
祥。饮且食兮寿而康,无不足兮奚所望! 膏吾车兮秣吾马,
从子于盘兮,终吾生以徜徉!"

(选自马其昶《韩昌黎文集校注》)

愚溪诗序

柳宗元

　　灌水之阳有溪焉,东流入于潇水。或曰:冉氏尝居也,故
姓是溪为冉溪。或曰:可以染也,名之以其能,故谓之染溪。
予以愚触罪,谪潇水上。爱是溪,入二三里,得其尤绝者家
焉。古有愚公谷,今予家是溪,而名莫能定,士之居者,犹龂
龂然,不可以不更也,故更之为愚溪。

　　愚溪之上,买小丘,为愚丘。自愚丘东北行六十步,得泉
焉,又买居之,为愚泉。愚泉凡六穴,皆出山下平地,盖上出
也。合流屈曲而南,为愚沟。遂负土累石,塞其隘,为愚池。
愚池之东为愚堂。其南为愚亭。池之中为愚岛。嘉木异石
错置,皆山水之奇者,以予故,咸以愚辱焉。

　　夫水,智者乐也。今是溪独见辱于愚,何哉? 盖其流甚
下,不可以溉灌。又峻急多坻石,大舟不可入也。幽邃浅狭,
蛟龙不屑,不能兴云雨,无以利世,而适类于予,然则虽辱而
愚之,可也。

　　宁武子"邦无道则愚",智而为愚者也;颜子"终日不违如
愚",睿而为愚者也。皆不得为真愚。今予遭有道而违于理,
悖于事,故凡为愚者,莫我若也。夫然,则天下莫能争是溪,
予得专而名焉。

　　溪虽莫利于世,而善鉴万类,清莹秀澈,锵鸣金石,能使

愚者喜笑眷慕,乐而不能去也。予虽不合于俗,亦颇以文墨自慰,漱涤万物,牢笼百态,而无所避之。以愚辞歌愚溪,则茫然而不违,昏然而同归,超鸿蒙,混希夷,寂寥而莫我知也。于是作《八愚诗》,纪于溪石上。

(选自《柳宗元集》,中华书局)

丰乐亭记

欧阳修

修既治滁之明年,夏,始饮滁水而甘。问诸滁人,得于州南百步之远。其上则丰山,耸然而特立;下则幽谷,窈然而深藏;中有清泉,滃然而仰出。俯仰左右,顾而乐之。于是疏泉凿石,辟地以为亭,而与滁人往游其间。

滁于五代干戈之际,用武之地也。昔太祖皇帝,尝以周师破李景兵十五万于清流山下,生擒其皇甫辉、姚凤于滁东门之外,遂以平滁。修尝考其山川,按其图记,升高以望清流之关,欲求辉、凤就擒之所。而故老皆无在也,盖天下之平久矣。自唐失其政,海内分裂,豪杰并起而争,所在为敌国者,何可胜数?及宋受天命,圣人出而四海一。向之凭恃险阻,铲削消磨,百年之间,漠然徒见山高而水清。欲问其事,而遗老尽矣!

今滁介江淮之间,舟车商贾、四方宾客之所不至,民生不见外事,而安于畎亩衣食,以乐生送死。而孰知上之功德,休养生息,涵煦于百年之深也。

修之来此,乐其地僻而事简,又爱其俗之安闲。既得斯泉于山谷之间,乃日与滁人仰而望山,俯而听泉。掇幽芳而荫乔木,风霜冰雪,刻露清秀,四时之景,无不可爱。又幸其民乐其岁物之丰成,而喜与予游也。因为本其山川,道其风

259

俗之美，使民知所以安此丰年之乐者，幸生无事之时也。

夫宣上恩德，以与民共乐，刺史之事也。遂书以名其亭焉。

（选自《欧阳修全集》，中华书局）

留侯论

苏　轼

古之所谓豪杰之士者，必有过人之节。人情有所不能忍者，匹夫见辱，拔剑而起，挺身而斗，此不足为勇也。天下有大勇者，卒然临之而不惊，无故加之而不怒。此其所挟持者甚大，而其志甚远也。

夫子房受书于圯上之老人也，其事甚怪；然亦安知其非秦之世，有隐君子者出而试之。观其所以微见其意者，皆圣贤相与警戒之义；而世不察，以为鬼物，亦已过矣。且其意不在书。

当韩之亡，秦之方盛也，以刀锯鼎镬待天下之士。其平居无罪夷灭者，不可胜数。虽有贲、育，无所复施。夫持法太急者，其锋不可犯，而其势未可乘。子房不忍忿忿之心，以匹夫之力而逞于一击之间；当此之时，子房之不死者，其间不能容发，盖亦已危矣。

千金之子，不死于盗贼，何者？其身之可爱，而盗贼之不足以死也。子房以盖世之才，不为伊尹、太公之谋，而特出于荆轲、聂政之计，以侥幸于不死，此圯上老人所为深惜者也。是故倨傲鲜腆而深折之。彼其能有所忍也，然后可以就大事，故曰："孺子可教也。"

楚庄王伐郑，郑伯肉袒牵羊以逆；庄王曰："其君能下人，必能信用其民矣。"遂舍之。勾践之困于会稽，而归臣妾于吴者，三年而不倦。且夫有报人之志，而不能下人者，是匹夫之刚也。夫老人者，以为子房才有余，而忧其度量之不足，故深折其少年刚锐之气，使之忍小忿而就大谋。何则？非有生平之素，卒然相遇于草野之间，而命以仆妾之役，油然而不怪者，此固秦皇之所不能惊，而项籍之所不能怒也。

观夫高祖之所以胜，而项籍之所以败者，在能忍与不能忍之间而已矣。项籍唯不能忍，是以百战百胜而轻用其锋；高祖忍之，养其全锋而待其弊，此子房教之也。当淮阴破齐而欲自王，高祖发怒，见于词色。由此观之，犹有刚强不忍之气，非子房其谁全之？

太史公疑子房以为魁梧奇伟，而其状貌乃如妇人女子，不称其志气。呜呼！此其所以为子房欤！

（选自《苏轼文集》，中华书局）

词别是一家

　　词体是古典诗歌体式是的特别样式,它是"倚声之学",与音乐有极为紧密的联系;它又是"艳科",以偎红倚翠为素材,以柔媚婉约为正宗。从晚唐、五代发展到南宋末,词体、词调屡经变化增益,使词由蕞尔小邦而蔚为大国,成为两宋的"一代之文学",宋诗中爱情题材的缺席,正有待于词的补充,才能完整地显现宋人的情感世界。

词是中国文学中的一种特别的形式,在中国文学的"大传统"上,它当然属于古典诗歌的范畴,因为它和律诗一样有谨严的格律,要求押韵,讲究平仄甚至四声。然而词也有很多不同于律诗的地方,首先,它被称为"长短句",其体式不像五、七言律诗那样整齐,句法节奏又变化多端,通常还要分片;其次,它与音乐的关系极为密切,是一种"倚声"之学,要求按照曲谱来填词,因此必须能够入乐歌唱,而不仅仅是文字上的平仄和押韵——从它的起源来看,它与隋、唐以来开始流行的"燕乐"有着极深的渊源关系;再次,传统的词在内容上也有明确的范围,前人说"词为艳科",多把它看成是酒畔歌筵、偎红倚翠之下的产物,所谓"绮宴公子,绣幌佳人,递叶叶之花笺,文抽丽锦;举纤纤之玉手,按拍香檀。不无清绝之词,用助妖娆之态。自南朝之宫体,扇北里之倡风。"(欧阳炯《花间集序》)这里虽然不无轻视词的意思,但也正说明了艳情绮语是词的本色,而柔媚婉约久已成为词的正宗风格。这样看来,"词"的确像著名词人李清照所标举的那样"别是一家"(《词论》),在音律、句式、主题乃至于风格等诸多方面,都体现出一种特殊的风味。

从词的发展史来看,词最早源于民间,1900 年开始发现的敦煌卷子中,所记录的词曲大多朴素粗简,格式尚未定型,还处于词体的草创阶段,具有过渡性特征。中唐以来的一些诗人在吸取这些民间词的基础上,逐步创作了一些零星的作品,知名的有张志和的《渔父》、白居易与刘禹锡的《忆江南》、韦应物与戴叔伦的《调笑令》等等。文人的介入,当然和民间词的题材、风味已不尽相同。

但词体的兴盛,仍要从晚唐、五代时期算起。晚唐时期的词人以温庭筠为代表,而五代时期,则有西蜀与南唐并称为两大词学中心。后蜀的赵崇祚,在 940 年编了一部《花间集》,其中收录了 18 位词人的 500 首词。其中除了温庭筠、皇甫松是晚唐人,孙光宪属于五代十国中的荆南,和凝属于后晋,其余都是西蜀词人。《花间集》中的词人,以温庭筠年辈最早,他是第一个用力作词的文人,成为花间词的鼻祖。西蜀词人韦庄,与温庭筠齐名,二人的风格虽然并不完全相同,但在辞藻、韵律、题材等各个方面,却有一致之处,无不以男女情爱为题材,而且词藻艳丽,风格柔婉。这也代表了《花间集》的共同特色。可以说,《花间集》的出现,为词的发展确立了一个基本的规范。

南唐是五代时期的另一个词学中心,最著名的词人有冯延巳、南唐中主李璟以及南唐后主李煜。这三位词人的堂庑渐大,词的内涵比花间词人深广得多,其中李煜尤为杰出,他的词虽不多,但艺术品质均臻上乘,清人王鹏运甚至称他为“词中之帝”,而王国维也在《人间词话》中评价说:“词至后主而眼界始大,感慨遂深,遂变伶工之词而为士大夫之词。”

晚唐、五代词的影响一直持续到北宋前期。这一时期最著名的词人如晏殊、欧阳修、张先,甚至更晚的晏几道,基本上仍是继承了五代的词风,题材独取柔情,风格趋于温婉。当时虽然也有范仲淹、王安石等人对词境有所开拓,但他们的作品数量有限,甚至只能算是偶一为之,不能作为词坛的主流。

真正对词体有开拓性贡献的词人首推柳永。柳永对词体发展最重要的贡献是他大量地创作了慢词,从而根本上改变了晚唐五代以来小令独尊的局面,使得慢词成为与小令并立的体式。柳永精通音律,他或改造唐五代旧曲中的小令,将它度为长调;或将唐代教坊曲中原非词调的曲子衍为词调,新创制了 100 多种词调。在"创调之才"方面,若论创调和用调之多,两宋词人之中,柳永可以称得上第一。他所创立的词调又多为长调,这大大地拓展了词体的表现空间和艺术风格。小令一般不超过五、六十字,而长调则可达一、两百字,柳永所用最长的词调《戚氏》甚至长达 212 字。小令作品由于其篇幅的限制,多止于比兴抒情;而长调则可以展衍铺叙,甚至说理议论,柳永的"以赋为词",以及后来苏轼的"以诗为词",辛弃疾的"以文为词",莫不以此为基础。柳词的另一特色,是其词格调的通俗化,从他词的内容、语言、风格,都显示出这一取向,所谓"凡有井水饮处,皆能歌柳词"(叶梦得《避暑录话》),就是其写照。对词而言,这也算是另一种开拓。无论从哪方面来说,柳永都可以算是第一位对宋词进行全面革新的大词人。

稍后于柳永的苏轼,则从另一方面推进了词体的发展。后人把苏词概括为"以诗为词",其中包含了深刻的内涵。在苏轼之前,词一直被看成是不登大雅之堂的"小道",写词只能算是诗人的余事,所以词也被称为"诗余";而且从题材和风格上来说,"诗庄词媚",诗与词的界限是很清楚的。但从苏轼开始,便将诗中所能够表现的题材内容全部用到词里来了,比如言志、抒怀、咏史、田园、咏物等等诗中常见的内容,在词中都可以表现;而且作为宋诗特色的议论、用典、讲求理趣等手法,也都被他运用到词里来了。这样,词除了在体式上和诗不一样之外,其他各方面都可以和诗等量齐观了,因而,词品的提高,正是通过苏轼才真正得以完成。苏轼才富力健,无论是在词境的开拓,还是在词风的改变上,也都有杰出的贡献。他那些千古传诵的名篇,几乎涉及到词的方方面面。仅以词一体而论,苏轼也足以名垂青史了。苏轼的这一类词可以说是横空出世,但他在当时的影响却不算最大,聚集在他周围的作家之中,如秦观、黄庭坚与他的词风都不大相同,只有贺铸、晁补之的部分词作与他较为接近。

周邦彦是北宋后期最重要的词人。如果论创调之功,周邦彦可以与柳永相颉颃,他所创制的新调约有 50 种,数量上虽然不及柳永,但却更为精密。周词继承了柳永词的章法结构,而愈加变化,形成繁复多变的结构特色;同时,周词善于化用前人诗句,但又如盐入水,融化无极,不啻出自其口,形成了词体中的另一种特色。在题材上,周邦彦在柳永、苏轼等人的基础上,创作了大量的咏物词,在其中寄托身世之感,更为南宋词人奉为圭臬,为词学中别开一宗。要之,周邦彦是一位承先启后的大词人,他既是北宋词的集大成者,同时也开启了南宋的种种词风。

两宋之交的"南渡词人群"中,女词人李清照卓然成一大家。李清照对词的持论极严,她有一篇《词论》,对词体发展以来的词人多有评骘,比如她认为柳永"词语尘下",认为苏轼的词"皆句读不葺之诗"、"往往不协音律",几乎没有一位词人不受她的批评,她的观念是词"别是一家,知之者少",认为词体有其特定的题材与音律,不能混同于其他文学体裁。李清照词的总体风格清新淡雅,语言和意境都能别开生面,达到了极高艺术成就。她虽然不同于其他南渡词人那样有词风上的剧烈转变,但她的词仍以靖康之变为分界,前期的闺门闲愁与后期的悲凉寂寞,形成明显的对照,从一个侧面反映了家国之思。无论如何,以女性的身份而成为文学史上重要作家的,李清照无疑是最杰出的一位。

南宋词人中,以辛弃疾、姜夔、吴文英为鼎足而三的重要词人。辛弃疾继承了苏轼以来的词风,而姜、吴两位词人则继周邦彦之后,发展了传统的婉约之风。整个南宋词坛也以这两种风格为基础,自然地形成了两大词人群体。也许只有宋末的蒋捷是个例外,他能兼取两家之长,形成了多样化的艺术风格。

辛弃疾现存词作六百余首,在两宋词人中存留作品最多,也代表了南宋词、甚至两宋词的最高成就。作为一名出身行伍的豪士,辛弃疾最大的特点是他的英雄主义色彩,而辛词作为他的"陶写之具",也完整地体现了他一生的经历与个性,"豪放词"只有到了辛弃疾的手里,才真正足以与传统的"婉约词"相抗衡。他进一步开拓了苏轼的词风,并将"以诗为词"发展到"以文为词",古今一切文体中的手法都可以移用到了词中,有时是问答,有时是散文,有时是辞赋,几乎应有尽有;一切语言也可以入词,从经史到诗赋,从雅言到俗语,或自铸伟辞,或摘句用典,无不恰如其分,曲尽其妙;一切题材、一切形象都可以容纳到词中,出仕时跃马横戈、心寄天下,失志时抒写忧患、批判社会,退隐时吟咏田园、笑傲湖山,无论是红粉佳人,还是失意文士,无论是盖世英豪,还是遁世隐者,都栩栩蕴于笔端,情貌各臻其极;一切风格都可以成为词的风格,或雄深雅健,或沉郁顿挫,或闲适淡远,或飘逸俊秀,或繁缛秾丽,或滑稽戏谑,嬉笑怒骂,皆成文章。可以说,词到了辛弃疾,已经到了无施而不可的艺术境界。

和辛弃疾风格相近的词人,与他同时的包括张孝祥、陆游、陈亮、刘过,晚于他的有刘克庄、陈人杰、刘辰翁等人,这已经足以形成一个很大的词人群体了。在这些词人中,以张孝祥、刘克庄的成就较高,但辛派词人通常会有一个粗疏的毛病,豪迈有余而精炼不足,因此在艺术成就上都无法与辛弃疾相提并论。

姜夔词作不多,能另辟一宗,并在南宋以降的词史上产生了深远的影响。诗、词从北宋末期到南宋,仿佛已经各自为阵,诗人是诗人,词人是词人,都更加地专业化了。在南宋的词家中,能够兼为诗学名家的,姜夔是其中不多见的一位,这恰好成了他作词的一大助缘,他熟悉江西诗派的诗法,将其融入词中,便是对婉约词那种温软柔媚风格的一种反拨。姜夔精通音律,继柳永、周邦彦之后,创作了很多“自度曲”,不过他的“自度曲”多是“率意为长短句,然后协以律”,更注重词本身的艺术性,与依谱填词并不相同。他有 17 首词还自注了工尺谱,对词乐以及古代音乐史的研究都有很大的价值。

吴文英是一位毁誉参半的词人,这主要在于其立意用语的晦涩。吴文英的词确实具备一定的“现代性”:长于想像,思维具有跳跃性,章法上打破正常的时空秩序,由于词句随心理意象的组合而形成的奇异感,等等。他在题材上仍属于传统的词人,但他这种颇有独创意味的艺术感觉,倒也不失为一大家,成为南宋词坛的殿军。

与姜、吴词风相近的史达祖、高观国,以及稍后的周密、王沂孙、张炎等人形成了另一个词人群体,咏物词是他们集中表现的题材,在咏物中寄托一己的情怀,以及家国兴亡的哀思,其中以史达祖、王沂孙最长于此体。张炎备抒身世之感,词风清雅,对后世影响也很大,到了清代甚至与姜夔并称。总体而言,这一派词人讲求音律、雕琢字句,更注重词的艺术性,成就高于辛派词人。

温、韦与《花间集》

　　《花间集》被视为词体的鼻祖，这当然出于后代词人的标榜。主要是因为民间源头的词过于粗疏，而早期诗人如白居易、刘禹锡又多是把词当作偶一为之的戏作，是当不得真的。而《花间集》作为第一部文人的词集，其中有不少词人专力作词，比如温庭筠、韦庄，他们虽然在诗歌上也都是名家，但词作的数量却也不少，而且已经达到了很高的艺术水准，所以很自然地成为后代词人推尊的对象。

　　如同很多事物一样，一旦成为鼻祖而受人推尊，往往不免言过其实。温庭筠是晚唐人，在《花间集》中算是年辈最早的一位了，他的诗与李商隐齐名，号称"温李"，骈文又与李商隐、段成式并称，号为"三十六体"，是文坛上的一位名手。但考察一下他的行止，却只是一位喜欢出入于青楼酒馆的失意文人，不齿于士林。然而清代的陈廷焯却将他抬到屈原的地位，认为他的那组《菩萨蛮》"全是变化《楚辞》，古今之极轨"（《白雨斋词话》），近代的吴梅也认为他的词"全祖《风》、《骚》"（《词学通论》），大概是这些词家有意的误读，好像只要抬高了祖宗，自己便也在文学的领地里得到了封荫。

　　其实我们单从"花间"一词来看，就知道它们是和女性相关的。温庭筠的诗以绮艳见长，接续的是齐梁以来宫体诗的风格，所以他的词大致上也正如欧阳炯在《花间集序》中所说的，是"南朝宫体"与"北里倡风"的结合。宫体诗人喜欢写女性，吟咏她们的身体发肤、声容衣饰，这些女性是诗人赏玩的对象，她们的地位犹如是一件器物、一片风景，或者更像是一

271

幅图画。也正因为如此,宫体诗长期以来便被认为是内容颓靡、只重形式而受人诟骂。

温词有不少地方却继承了这一点。我们可以撇开道德因素和情感因素不谈,因为很大一部分温词都与这两点因素扯不上关系,他既没有在词里表达出一种情感倾向,更没有道德上的判断。他所在意的,只是词中的精美的藻饰、和谐的音调、浓淡的色彩以及疏密的线条。这倒像是法国象征派诗人们所标举的"纯诗"(poésie pure),诗中只有纯粹感官(听觉、视觉)所能感觉到的音乐和色彩。俞平伯说"《花间》美人如仕女图",可以说是知言之论,直指其艺术的核心。我们不妨来读温庭筠一首有名的《菩萨蛮》:

> 小山重叠金明灭,鬓云欲度香腮雪。懒起画蛾眉,弄妆梳洗迟。　　照花前后镜,花面交相映。新帖绣罗襦,双双金鹧鸪。

词中所写的是一位懒起的美人缓缓地梳洗,画眉,簪花,整衣,整个画面的本质是静态的,既看不出词中美人有什么心思,更不知道词人对她是什么态度。所能感觉到的,有颜色如花的女子,有"鬓云""香腮雪"的色与味,有日光与屏风掩映的明丽,有"绣罗襦"与"金鹧鸪"的华美而已。

如果说这一首的色彩比较秾丽、情调比较舒迟的话,我们不妨再看一首色泽变换而格调明快的《菩萨蛮》,这也是一首名作:

> 水精帘里颇黎枕,暖香惹梦鸳鸯锦。江上柳如烟,雁飞残月天。　　藕丝秋色浅,人胜参差剪。双鬓隔香红,玉钗头上风。

帘里的"水晶帘"、"玻璃枕"偏于清明,"暖香"、"鸳鸯锦"偏于华艳,帘外的烟柳、飞雁、残月,雅丽疏旷,俞平伯说:"帘内之清秾如斯,江上之芊眠如彼。千载以下,无论识与不识、解与不解,都知是好言语矣。"(《读词偶得》)不识、不解怎么会知道这是"天生好言语"呢?首先在于它的声调。没有一位真正的诗人是不注重声调的,对一种语言越敏感、了解越深,对于其声调美的体会也越深。西方人读到维吉尔史诗《埃涅阿斯记》中的句子"Lāvīnaquevēnitlītora"时,觉得美得不得了,认为这是真正大师的手笔,尤其是"l—v—v—l"这样柔软如歌的辅音模式;但让我们去读的话,就未必有这么深入的体悟。中国古典诗歌中最重要的声调是韵,古人选韵、用韵都有细致的讲求,明人王骥德曾将曲韵分为数等,比如"'东钟'之洪,'江阳、皆来、萧豪'之响,'歌戈、家麻'之和",这是"韵之最美听者";而"'寒山、桓欢、先天'之雅,'庚青'之清,'尤侯'之幽",就次一等了;"齐微、鱼模、真文、车遮"则再次一等,而"支思"已经到了"听之令人不爽"的地步,至于"侵寻、监咸、廉纤"之类,他只好告诫曲家"勿多用"。(《方诸馆曲律·杂论》)这样的论调只可以理解为一个大致的方向,对音调的感觉是因人而异的。词韵虽与曲韵不同,但即使按照王骥德的理解,如"烟、天、浅、剪"属于"'先天'之雅","红、风"属于"东钟之洪",都是一种很美的音调;而且全词的用韵分别是平仄交错,也给人一种和谐之感。其次在于意象的联想。直觉中的美是纯粹感官的,但读诗却免不了要再进一步,加入联想的力量,这种联想当然也是极其感性化的,不必有太多理性的分析。这首词所形成的画面,在每个人脑中的图景肯定是不同的,但无疑都是美丽而令人神往的。从这两点来理解这几句词,说它是"天生好言语",确实也并不为过。下片中也很注意色彩的变化,前两句色淡,后两句色浓;前两句取静,后两句取动,同样是一种交错的平衡。

我们只须从声、色、味等直观的方面去理解,便足以欣赏温词了。这里借用印度古典诗学中的"庄严"(alankāra)一词,可以更好地理解这种手法。"庄严"有"音庄严"和"义庄严",前者指音调,后者指修辞,诗因为有了"庄严"才产生了美。在温词那些声籁华美、语言典雅的翰藻中,"庄严"是很容易体会到的,不过这种藻饰所产生的美,因为缺失了词里词外的情感因素,它的"味"(rasa)多少还是有些不足的,因此后来的词论家似乎总是愿意给这些作品加上一些情味,比如清代的张惠言在《词选》中认为"'江上'以下,略叙梦境",便是这种做法。这大概也可以算是给谭献"作者之用心未必然,而读者之用心何必不然"(《复堂词录序》)这句话作了一个注脚。至于我们普通读者,对这一点似乎更不必拘泥,给这样的词添上一点合理的想象,增加一些欣赏的趣味,即使不去找什么当代阐释学的理论来为我们辩护,这种理解本身应该也不算为过吧。

同样作为《花间集》中的代表性词人,韦庄的词却与温庭筠大相径庭。韦词几乎处处与温词相反,温词多满足于不加判断的描绘,而韦词则多加入自己的主观情味;温词色彩多秾丽,而韦词出语多清简;温词没有具体事件的描写,而韦词却有直接分明之叙述。韦词中的人物多是有感情的个体,这与温词相比,应该算是一个进步。这里只须看他两首著名的《女冠子》就可以明白两者有多大的差异:

> 四月十七,正是去年今日。别君时,忍泪佯低面,含羞半敛眉。　　不知魂已断,空有梦相随。除却天边月,没人知。

> 昨夜夜半,枕上分明梦见。语多时,依旧桃花面,频低柳叶眉。　　　半羞还半喜,欲去又依依。觉来知是梦,不胜悲。

这两首词所写的都是很具体的场景,有人认为这是联章体,如同是一对情侣之间的对话。两首同调的词,写的仿佛是同一件事情,第一首是女忆男,而第二首是男忆女,两人都是在追忆梦中相会的情景,如同两地之人在月下遥遥相应的对歌一样,这种具有强烈叙事意味的场景,在温庭筠的词中恐怕是很难找到的。

从这两个例子来看,韦庄的词,是比较主观化的,他能将自己的情感贯注了词中,词中的男女不再是没有个性的泛写,而是有血有肉的具体对象。他对于词的语言技巧并不过分地强调,辞藻、声调不再是第一位的,摒弃了玩赏的态度,而代之以词人的真情。如果说温词的作风是一种"绮丽",那么韦词便是一种"清丽"。依我们的判断,当然以后者为上。因为画图描绘得再精美,终究及不上铭心的爱恋那么真切可感;辞藻修饰得再"庄严",也不如情感之"味"那么动人心弦。这一点前人已有公论,例如王国维在《人间词话》中就说:"温飞卿之词,句秀也;韦端己之词,骨秀也。"又说:"'画屏金鹧鸪',飞卿语也,其词品似之。'弦上黄莺语',端己语也,其词品亦似之。"而周济《介存斋论词杂著》中则正是用美人衣饰的"庄严"来作比喻:"飞卿,严妆也;端己,淡妆也。"总而言之,韦庄与温庭筠虽同为花间词派中的代表人物,但是其词风却是迥然不同的。

南唐词风

　　南唐是五代时期另一个词学中心，主要的词人有冯延巳、李璟、李煜，他们的词风与花间词人并不相同，成就也在他们之上。李璟、李煜都是国君，但他们却有很高的文学艺术修养，也提倡作词，这也是南唐词学兴盛的重要原因之一。他们君臣之间还会讨论到词学，李璟曾在内殿的宴会上对冯延巳说："'吹皱一池春水'，何干卿事？"冯延巳回答说："安得如陛下'小楼吹彻玉笙寒'之句！"（陆游《南唐书·冯延巳传》）两人所举的，都是对方词作中的名句。

　　五代十国之时，南方各国中，南唐的力量算是比较强大的，但其武力却不足以与中原的后周以及取代后周的北宋相抗衡，所以这种国运日衰的忧患意识，对冯延巳和李璟来说，肯定是有的。但这种忧患在他们的词作之中，能够达到怎样的程度，却是很难判断的；他们不像李煜被北宋俘虏之后，"每日以泪洗面"，并在词作中真切地表现亡国之痛。然而在冯延巳、李璟的词中，那种无可奈何的愁恨，绵绵不已的惆怅，却是不难体悟到的。只是这种愁恨、惆怅在词中并无实指，我们也只能理解为人在经历了人生、家国的种种境况之后所积累起来的心理状态，或者说，他们词中的忧患意识，只可以理解为一种"潜意识"，触发他们"词心"的，也许出于一时的感慨，也许是某一个细小的事件或偶然的场景，但又不为这些场景、事件所限，生发出另外一层深深的浩叹。这样的词，便不再是花间词的格调，王国维所说的"眼界始大，感慨遂深"，就是从这方面来讲的。词既然已经逐渐成为抒怀

的载体,我们便不能单单以酒筵歌席上的"伶工之词"来看待它了。试看冯延巳的一首《鹊踏枝》:

> 谁道闲情抛掷久。每到春来,惆怅还依旧。日日花前常病酒,不辞镜里朱颜瘦。　　河畔青芜堤上柳,为问新愁,何事年年有。独立小桥风满袖,平林新月人归后。

"闲情"并不是某个事件,但这种惆怅却是时时占据心头的,认为它是"贤人君子不得志发愤之所为作也"(张尔田《曼陀罗龛词序》),当然是推尊太过,冯延巳大概并没有将忧国的情感上升为一种明确的意识。

这种情调在中主李璟那里,表现得更为明显一些,南唐经他的父亲李昇一番整顿之后,于南方诸国中号为强盛,但李璟自己军事及政治之才略均有所不足,所以国势日衰,作为一名试图有为的国君,这种郁郁之情,恐怕是比他人更为强烈吧。他的词很少,只有四首,最为著名的是两首《浣溪沙》:

> 手卷真珠上玉钩,依前春恨锁重楼。风里落花谁是主,思悠悠。　　青鸟不传云外信,丁香空结雨中愁。回首绿波三峡暮,接天流。
>
> 菡萏香销翠叶残,西风愁起绿波间。还与韶光共憔悴,不堪看。　　细雨梦回鸡塞远,小楼吹彻玉笙寒。多少泪珠何限恨,倚阑干。

这两首词,如果理解为闺怨之词,未尝不可;不过思妇之辞,很难有这样的深沉。第一首词的彷徨无依之感,与冯延巳是一致的;而其结句寄愁于"接天流"的江水之中,更与李后主的"为君能有几多愁,恰似一江春水向东流"声气相通。第二首尤为知名,句句为人称赏,起句"菡萏香销翠叶残,西风愁起绿波间",王国维就说它"大有'众芳芜秽'、'美人迟暮'之感"(《人间词话》),将其直接《离骚》;"还与韶光共憔悴,不堪看",陈廷焯认为这两句"沉之至,郁之至,凄然欲绝"(《白雨斋词话》),可以说深得词心;"细雨梦回鸡塞远,小楼吹彻玉笙寒"为千古名句,"多少泪珠何限恨,倚阑干",又余味不尽。总体而言,李璟与冯延巳词风相近,只是他的词更加深厚一些,但如果从成就上来说,那么后主李煜才真正代表了南唐词的最高成就。

李煜是李璟的少子,他整个的少年时代都在他父亲的庇荫之下,生活优游,再加上他天资聪颖,艺术天分尤高,工书善画,精通音律,诗、词、文、赋无所不能,而词更是他最为突出的成就。这样过于"文艺化"的人,其实是不适合做君主的;大凡人有所偏好,有所沉溺,往往不免于心力疲弱,做事全凭感性,易失知人之明,这就像后来以书画知名的宋徽宗一样。

李煜所传词作只有三十几首,但是质量极高,足以奠定他在词史上的重要地位。他的词,得力之处,只在一个"真"字。这一点,仍以王国维论述得最为透彻,《人间词话》中说:"词人者,不失其赤子之心者也。故生于深宫之中,长于妇人之手,是后主为人君所短处,亦即为词人所长处。"又说:"客观之诗人,不可不多阅世。阅世愈深,则材料愈丰富,愈变化,《水浒传》、《红楼梦》之作者是也。主观之诗人,不必多阅世。阅世愈浅,则性情愈真,李后主是也。"在这一点上,后代词人中,大概惟有"其痴绝人"的北宋词人晏几道可以与之比拟。

《虞美人》大概是李后主传唱最广的一首词了,这首词被谱成通俗歌曲来演唱，都有几十年的时间了。因为我们对这首词太熟悉，所以对其中的艺术手法往往"习矣不察"，反而觉得司空见惯：

> 春花秋月何时了，往事知多少。小楼昨夜又东风，故国不堪回首月明中。　　雕栏玉砌应犹在，只是朱颜改。问君都有几多愁，恰似一江春水向东流。

俞平伯说起首两句是"奇语劈空而下"（《读词偶得》），我们因为"熟"而不觉它的"奇"，人只有在强烈的变故之中才会感觉到日常情感的震撼，宇宙无穷，人生有限，常人处于声色名利之际，渺然不觉，《楞严经》中所谓"变化密移，我诚不觉"，然而一旦身处异境，或经人点醒，方才知道"其变宁惟一纪二纪，实为年变；岂惟年变，亦兼月化；何直月化，兼又日迁。沉思谛观，刹那刹那，念念之间，不得停住。"李后主以一位词人的敏感，加上家国的巨变，从帝王而为囚徒，面对春花秋月，方才惊识永恒与刹那、变与不变的分别，历代才人对于这一主题歌吟不绝，无论是"年年岁岁花相似，岁岁年年人不同"，还是"人生代代无穷已，江月年年只相似"，无非是说的同一个道理。在这首词中，春花、秋月、东风、雕栏、玉砌，与往事、故国、朱颜相比，似乎都是恒久不变的。这两句词所讲明的，似乎已经是宇宙人生的真相了，但李煜毕竟是个凡人，缺少一份"返观"的自省，他既没有像苏轼那样"自其变者而观之"，更不曾"自其不变者而观之"，他只知道"无可奈何花落去"，却没有晏殊那样"似曾相识燕归来"的认识，他有的只是往而不返、无穷无尽的哀愁，所以俞平伯仿效王国维说词的套语，给李煜的词风作了一个中肯的评价："'恰似一江春水向东流'，后主语也，其词品似之。"

大体上来说,李煜前期的词多纵情于声色,语言华美工致,但情调上未免轻薄;在他降称"江南国主",并派人向宋求和之后,才发生了变化;而入宋后,他的感伤与不满、怀恋、悔恨、怨尤交织在一起,形成了一种复杂而又真切可感的情味。从词艺的角度来看,正是继承了冯延巳以及李璟的风格,《浪淘沙》可以作为这类词的代表:

> 帘外雨潺潺,春意阑珊。罗衾不耐五更寒。梦里不知身是客,一晌贪欢。　　独自莫凭栏,无限江山。别时容易见时难。流水落花春去也,天上人间。

迷恋梦境的人,往往是现实中的凄苦之人。真正能够"素其位而行、无入而不自得"的,所谓"素富贵行乎富贵,素贫贱行乎贫贱,素夷狄行乎夷狄,素患难行乎患难"(《中庸》),这样的人,梦觉一如,心能转境,大概是"千万人而不一遇"的;凡情之人,心为境转,处处不得自在,所以才"梦里不知身是客,一晌贪欢",依靠梦境来给自己些许的安慰。李煜以帝王之尊,降而为虏,这种身世的巨变,实在不是他那样敏感的心灵所能够承受的,因而这句词也是备极凄苦,令人不忍卒读。登高而"凭栏"是古人诗词中的常语,同时也往往是忧愁的象征,所以每每说"不忍登高临远"(柳永)、"怕上层楼,十日九风雨"(辛弃疾)、"有斜阳处,却怕登楼"(张炎),而李煜的忧愁之深,更不是普通的男女情愁或者才士不遇之愁可比,所以也就更加不能凭栏了。"别时容易见时难",用语极其浅易,与李商隐"相见时难别亦难"取境各异,而工力悉敌。最后一句"流水落花春去也,天上人间",纯出词人的直觉,落花随流水,似乎春光已经一去不返;而今昔相对,更如人天永隔,无由再见。词中所表现的既是个人的悲哀,但何尝不是人间共有的悲哀,此李后主之词之所以能够打动人心之所在。

要之,南唐词在冯延巳、李璟,尤其是李煜的创作之下,已经开辟出了一片新境界,迥出于《花间集》之上。也正是在这两个词学中心的共同影响下,北宋词才有了进一步开拓的可能。

创调之才：从柳永到姜夔

柳永的出现，在词史上是有着转折意义的。最重要的，正如前文所说，慢词的发展是柳永的一大功绩，自他以后，令词和慢词，正如春兰秋菊，各擅其美。这就像诗歌之中除了五、七言的四韵律诗与两韵绝句外，也有乐府、歌行与排律一样。如果没有慢词的发展，词体大概永远只是"小词"，应该说，令词到了李煜的手中，已经发展到了它的极致。

慢词的长处在于，它超越了小令那种浓缩式的抒情方法，它既可以像长篇诗歌那样备极铺叙的功能，抒情、叙事、议论的种种方式都可以有机地融合到一起运用；也可以进一步讲求篇章结构，因为在小令中，除了过片要加以注意之外，很少有词人会去刻意地讲求篇章结构的技巧，即使有结构可讲，那也只是浑然天成，而不是匠意经营的结果。慢词既有这些不同于小令的优长之处，也就可以大大地拓展词人的艺术表现空间，几乎可以与诗相抗衡。不妨来看柳永的一首《夜半乐》：

　　冻云黯淡天气，扁舟一叶，乘兴离江渚。渡万壑千岩，越溪深处。怒涛渐息，樵风乍起，更闻商旅相呼。片帆高举。泛画鹢、翩翩过南浦。望中酒旆闪闪，一簇烟村，数行霜树。残日下，渔人鸣榔归去。败荷零落，衰杨掩映，岸边两两三三，浣沙游女。避行客、含羞笑相语。到此因念，绣阁轻抛，浪萍难驻。叹后约丁宁竟何据。惨离怀，空恨岁晚归期阻。凝泪眼、杳杳神京路。断鸿声远长天暮。

这是柳永据旧曲新创的词调之一,全词共 144 字,是一首典型的长调。全词的三段之中,先后侧重于叙事、写景、抒情,可谓是极尽了铺衍的能事。清人许昂霄在《〈词综〉偶评》中分析它的铺叙层次说:"第一叠言道途所经,第二叠言目中所见,第三叠乃言去国离乡之感。"全词的结构层次很清楚,我们可以想象,没有任何一首小令,可以这么从容地叙事、写景,并以此来和自己的心情变化作对比,这样的文字,甚至足以抵得上一篇长长的抒情散文了。清人陈锐在《袌碧斋词话》中说到:"此种长调,不能不有此大开大阖之笔。"既指出了它的特点,也点明了它的妙处。

应该说,铺衍的手法,在柳永的词中得到了充分的运用,在他的《望海潮》(东南形胜)那首名词里,他甚至借鉴了东汉以来的一类大赋"京都赋"的影响,可以说是"以赋为词",对后来的长调作家也有着深远的影响。

柳永词还有一个特色,就是他的词向"通俗化"的方向发展,题材是一些普通的民间妇女甚至妓女,语言尽量地口语化,而情调有时到了"低俗"或"浅俗"的地步。这方面的影响远达金、元时期的诸宫调和戏曲。只是这也不免影响了他的声誉和仕途,据说他因为"好为淫冶讴歌之曲,传播四方",在考进士的时候,宋仁宗"临轩发榜,特落之",他考了几次才中进士,"后改名永,方得磨勘转官。"(吴曾《能改斋漫录》)还有一种说法是他中了进士之后,吏部不肯让他去做官,他就去见当时的宰相晏殊。晏殊也是一个有名的词人,却看不上柳词的鄙俗,就问他:"贤俊作曲子么?"柳永回答说:"只如相公亦作曲子。"晏殊就说:"殊虽作曲子,不曾道'彩线慵拈伴伊坐'。"柳永只好识趣地离开。(张舜民《画墁录》)但他的词,

歌女们很喜欢,老百姓也喜闻乐见,这些词中有很多是俚词,比如《定风波》就是一个代表,晏殊所引的句子也出自这首词:

> 自春来、惨绿愁红,芳心是事可可。日上花梢,莺穿柳带,犹压香衾卧。暖酥消,腻云亸,终日厌厌倦梳裹。无那。恨薄情一去,音书无个。　　早知恁么,悔当初、不把雕鞍锁。向鸡窗、只与蛮笺象管,拘束教吟课。镇相随,莫抛躲。针线闲拈伴伊坐。和我。免使少年,光阴虚过。

这首词所写是一个闺中的少妇,丈夫在外,春来之时感到百无聊赖和心灰意懒,心中却恨丈夫薄情,一去杳无音讯,因而对当初让他远行感到后悔。这其实是中国古代最为常见的闺怨题材,只是前人写的时候比较含蓄,比如唐人王昌龄的《闺怨》:"闺中少妇不知愁,春日凝妆上翠楼,忽见陌头杨柳色,悔教夫婿觅封侯。"但这首词却有慢词常有的叙事意味,从语言到人物的形态,都很通俗,一些句子如"暖酥消,腻云亸"、"针线闲拈伴伊坐",其中的口吻也让人觉得不够庄重,甚至有些轻薄。里面还有不少口语,比如"芳心是事可可""无那""无个""恁么""镇"等等,这都是"通俗化"的表现。

柳永词的这两点特色,足以奠定他在词史上的地位。后来的词人,或多或少地都要受到柳词的影响。

周邦彦是两宋之交的重要词人,他一方面继承柳永词的长调特征,开拓词调;另一方面他也在词的诸多体式上为南宋词人开启了门径。王国维不喜欢周词,认为他虽然"言情体物,穷极工巧","不失为第一流之作者",但是"深远之致,不及欧、秦"，所以"创调之才多，创意之才少"(《人间词话》)，但对周邦彦在词史上承前启后的地位，却也无法否认，所以又说"词中老杜，非先生不可"(《清真先生遗事》)。

"顾曲堂"是周邦彦的堂名，出于《三国志·周瑜传》："瑜少精意于音乐，虽三爵之后，其有阙误，瑜必知之，知之必顾。故时人谣曰：'曲有误，周郎顾'。"这个典故很有趣，唐人李端有一首《听筝》："鸣筝金粟柱，素手玉房前。欲得周郎顾，时时误拂弦。"也用了这个典故，并极其传神地传达出了弹筝女那种微妙的心思。我们仅从这个堂名就可以看出周邦彦是如何精于音律，并且在这方面是如何的自负。他的词集曾经被作为标准的词律专书看待，邵瑞彭《周词订律序》称："宋世……词律未有专书，即以清真一集为之仪墩。"他创制的词调没有柳永那么多，但是在很多方面比柳永有更多的拓展，比如他确定词的四声，使仄声中的上、去、入三声亦各不相混；他甚至用一些"涩调"，在音律中故意加入了一些不和谐因素，类于律诗中的"坳律"，颇得一些讲求音律的词家的赞赏；他创造了很多"犯调"，如《玲珑四犯》、《花犯》等，词中有两次以上的转调称为"犯调"，这可以增强音乐的表现力。周邦彦有一首著名的《六丑·蔷薇谢后作》，便是一个"犯调"，这个曲调曾经唱给宋徽宗听，徽宗不明其意，就将周邦彦召来询问，周说："此曲犯六调，皆声之美者，然绝难歌。昔高阳氏有子六人，才而丑，故以比。"(周密《浩然斋雅谈》)这首词也是一首有名的"咏物词"，同样是周邦彦词中的一个重点，词如下：

　　正单衣试酒，恨客里、光阴虚掷。愿春暂留，春归如过翼，一去无迹。为问花何在？夜来风雨，葬楚宫倾国。钗钿堕处遗香泽，乱点桃蹊，轻翻柳陌，多情为谁追惜？

但蜂媒蝶使，时叩窗槅。　　东园岑寂，渐朦胧暗碧。静绕珍丛底，成叹息。长条故惹行客，似牵衣待话，别情无极。残英小、强簪巾帻。终不似、一朵钗头颤袅，向人敧侧。漂流处、莫趁潮汐。恐断红、尚有相思字，何由见得！

咏落花而伤春，本是诗词中常见的题材，然而很少有人能够写得像这样细致入微而又曲折传神的。上片的细密和下片的联想，使其"体物"之功几乎到了一种极致。

周邦彦的慢词，更加注重谋篇布局。柳永虽然也讲求铺叙，但是多平铺直叙，是一种线形的结构，可是周词则多回环往复，是一种环形的结构；或者说，柳词是一种平面的结构，而周词则是一种立体的结构。周词有时还打破时空的秩序，如《兰陵王·柳》，全词之中有眼前描写，有回忆，有设想，极尽回环之妙。这又是慢词的一大进步。夏敬观说慢词"大成于清真"，结构是其重要的一面。这之中包括句式、音调、句意等多方面的内容，如其《满庭芳·夏日溧水无想山作》：

风老莺雏，雨肥梅子，午阴嘉树清圆。地卑山近，衣润费炉烟。人静乌鸢自乐，小桥外、新绿溅溅。凭栏久，黄芦苦竹，疑泛九江船。　　年年。如社燕，漂流瀚海，来寄修椽。且莫思身外，长近尊前。憔悴江南倦客，不堪听、急管繁弦。歌筵畔，先安簟枕，容我醉时眠。

词的上片通过"人"与"境"的对照而产生了三次转折，这是一种极具匠心的章法结构。上片共四韵，其中一、三两韵相应，纯是乐境；而二、四两韵相应，专写失意，这样在章法次序上形成了一个所谓的"连锁结构"（interlocked order），取得整个词章的平衡，如同韵式中的"交韵"一样，在形态上具有特殊的意义。这种结构章法有利于表达词人一种矛盾而无奈的心情，因而上片给人的感觉是对比中的平衡。下片起句用韵便用密韵，"年年"本身就用了叠词，"燕"虽不是韵尾，但与"年"的韵尾只有声调的不同；下文的"瀚"亦非韵脚，但与"燕"是去声邻韵，这里用"an"结尾的字很多，韵亦较密，密韵加快词的节奏，给人以不安定感，这与词人下片要表达的心境相应，打破了上片中的平衡。下片的结构是铺叙而下，但又有层层深入的意思，与上片的有整有暇形成一个结构上的对比，上片散远，而下片紧凑；上片开阔，而下片低沉。这样让全词的结构变化十分丰富，则正是周词的匠心所在。全词含蓄深沉，陈廷焯《白雨斋词话》中评论说："此中有多少说不出处，或是依人之苦，或有患失之心，但说得虽哀怨，却不激烈，沉郁顿挫中别饶蕴藉。"

这首词也典型地体现了周邦彦词善于用典、善于化用前人诗句的特色。这首词里除了用白居易、陶渊明的典故之外，还化用了杜牧、杜甫、白居易、刘禹锡等众多唐人的诗句。宋陈振孙《直斋书录解题》中说："清真词多用唐人诗语，隐括入律，浑然天成，长调尤善铺叙，富艳精工。"在其《西河·金陵怀古》更是融化了刘禹锡的两首诗《石头城》、《乌衣巷》而成，小谢之《入朝曲》、南朝乐府《莫愁乐》，更具有代表性。典故的运用在诗中源远流长，到了北宋王、苏、黄等人的手里早已登峰造极了。但将其运用到词之中，则由周邦彦集其大成，变成了一种成熟的技巧。

总体而言，周邦彦在结构的安排、韵律的选择、诗句的融化、典故的运用等方面，综合其前辈柳永、苏轼等人的长处，将其融为一体，这对于后世词人来说，意义深远。南宋词人多奉周词为圭臬，并不是没有理由的。

从词调而论,北宋时期创调很多,而南宋反而愈趋减少。这一方面由于词调到此时已经极为丰富,在体式上给词人的创作提供了足够的空间;另一方面,南宋词人严分雅、俗,更进一步地向"雅"的方面发展,而从北宋后期到南宋的种种新调,却基本上兴起于民间,如鼓子词、诸宫调、杂剧、南戏等等,这些在南宋词人看来都是俗调,这是他们所不愿意吸取的。因此,南宋词的新调只限于词人的"自度曲",其中姜夔是最重要的一位。

姜夔最出名的词《暗香》、《疏影》,便是两首自度曲,也最能体现姜词的特色。词中的序说:"辛亥之冬,予载雪诣石湖。止既月,授简索句,且征新声,作此两曲。石湖把玩不已,使工妓隶习之,音节谐婉,乃名之曰《暗香》、《疏影》。"

这两首词,王国维评论说其"格调虽高,然无一语道着",这是对他的批评,因为这两首词咏的是梅花,但是词中并没有提到梅花。其实这恰恰是姜夔的特点,姜夔说:"诗之不工,只是不精思耳。"姜夔的词"清空",便是他从虚处着笔的方法,来看一下《疏影》:

> 苔枝缀玉,有翠禽小小,枝上同宿。客里相逢,篱角黄昏,无言自倚修竹。昭君不惯胡沙远,但暗忆、江南江北。想佩环月夜归来,化作此花幽独。 犹记深宫旧事,那人正睡里,飞近蛾绿。莫似春风,不管盈盈,早与安排金屋。还教一片随波去,又却怨、玉龙哀曲。等恁时重觅幽香,已入小窗横幅。

这首词的意义并不明朗,有的说是喻二帝北狩,写家国之悲;有的说其中隐含了他的爱情故事。词中通过运用大量的典故,用铺陈的方法一件一件铺陈下来,这是典型的"以赋为词"的手法,这种手法从柳永以来就常用,这里的铺陈,又很近于江淹的《别赋》与《恨赋》。这首词也是一首咏物词,姜夔的咏物词有不少,而以咏梅花的最多。他的咏物词大部分都是别有寄托的,如《齐天乐》所咏的虽然是蟋蟀声,却引起了词人的万限情愁,是一首"寓家国无穷之感"的精妙之作:

> 庾郎先自吟愁赋,凄凄更闻私语。露湿铜铺,苔侵石井,都是曾听伊处。哀音似诉。正思妇无眠,起寻机杼。曲曲屏山,夜凉独自甚情绪?西窗又吹暗雨。为谁频断续,相和砧杵?候馆迎秋,离宫吊月,别有伤心无数。豳诗漫与。笑篱落呼灯,世间儿女。写入琴丝,一声声更苦。

南宋的沈义父《乐府指迷》中说姜夔"清劲知音",又说他"未免有生硬处",所谓"清劲",是指其风格特征;"知音",当然是说他深通音律;至于"有生硬处",沈义父显然是将它作为一个缺点来看的。

什么是"生硬"呢?这要从诗说起。姜夔本人也是一个有名的诗人,曾经"三薰三沐黄太史",熟谙江西诗派的诗法,而黄庭坚及江西诗派,讲求"瘦硬生新"的风格,姜夔著名的组诗《除夜自石湖归苕溪》十绝句,他曾将诗寄给名诗人杨万里,杨读了之后,回信告诉他说:"所寄十诗,有裁云缝雾之妙思,敲金戛玉之奇声。"如其第一首:"细草穿沙雪半销,吴宫烟冷水迢迢。梅花竹里无人见,一夜吹香过石桥。"第七首:"笠泽茫茫雁影微,玉峰重叠护云衣。长桥寂寞春寒夜,只有诗人一舸归。"如果将这些诗与《暗香》、《疏影》等作品对读,能得到更好的理解。姜夔有一篇《诗说》,其中说道:"难说处一语而尽,易说处莫便放过。"这几乎就是黄庭坚"生新"、

"不俗"等诗论的翻版。姜夔将这种诗歌理论运用到词里，改变了传统婉约词柔靡的作风，这种"清劲"、"清刚"的笔调，易于形成"奇拗"的风格，这对于词而言，自然便是所谓的"生硬处"。

姜词在艺术上取得了很高的成就。其总体特征，刘熙载在《艺概》中以"幽韵冷香"来概括，后人也常常以"清虚"、"清空"来描述。首先，姜词的语言典雅峭拔，精雕细刻，而尤其擅长用冷色调的字，如《扬州慢》"波心荡、冷月无声"、《暗香》"千树压、西湖寒碧"、《点绛唇》"数峰清苦、商略黄昏雨"、"嫣然摇动，冷香飞上诗句"、《踏莎行》"淮南皓月冷千山，冥冥归去无人管"、《齐天乐》"西风又吹暗雨"等等。其次，他以健笔写柔情，以冷笔写温情，而且又常常表现为从虚处着笔、遗貌取神，如《长亭怨慢》"树若有情时，不会得青青如许！"《杏花天影》"金陵路、莺吟燕舞，算潮水知人最苦。"《小重山令》："九嶷云杳断魂啼，相思血、都沁绿筠枝"等等。最后，他讲究用典故、暗喻以及象征性的手法，这一方面使其词含蓄新颖而耐人寻味，但有时也会有表达晦涩之病，因此王国维说他的写景之作"虽格韵高绝，然如雾里看花，终隔一层"。有时他还在词前有较长的小序，极为可观，但有时"犯词境"（周济《宋四家词选序论》)或是喧宾夺主。

姜夔在词史上的地位很高，戈载《七家词选》中说："白石之词，清气盘空，如野云孤飞，去留无迹；其高远峭拔之致，前无古人，后无来者，真词中之圣也！"对其评价可谓至高无上。在清代前期，以朱彝尊、厉鹗为代表的浙派词人，对于姜、张之词推崇备至，以至"家白石而户玉田"（张文虎《舒艺室杂著剩稿·索笑词序》)，对于后代词影响极大。

总体而言，他在婉约词中注入了豪放词的因素，同时又运用了江西诗派的诗法作词，在很大程度上发展和丰富了婉约词,对南宋后期的格律词派产生了很大的影响。

　　吴文英在南宋词坛的地位可与辛弃疾、姜夔鼎足而三。他继姜夔之后,也作了一些自度曲,对于音律也十分讲求,如《莺啼序》即是其中最著名的一调。然而吴文英最引人注目之处,更在于他词的表达方式。大多数词评家认为他的词过于晦涩,如张炎《词源》中有一段经典的评论:"吴梦窗词如七宝楼台,眩人眼目。碎拆下来,不成片断。"而沈义父《乐府指迷》也说:"梦窗词深得清真之妙,其失在于用事下语太晦,人不可晓。"近人王国维也有类似的意见:"梦窗之词,吾得取其词中之一语以评之,曰'映梦窗、凌乱碧'。"(《人间词话》)

　　造成这一情形的原因,一在于吴文英超乎寻常的想象力;二在于他进一步打破了词的时空秩序;三在于他语言的精雕细琢。想象力方面,如《八声甘州·陪庾幕诸公游灵岩》的上片将灵岩山的眼前之景全部幻化:"渺空烟四远,是何年、青天坠长星。幻苍崖云树,名娃金屋,残霸宫城。箭径酸风射眼,腻水染花腥。时靸双鸳响,廊叶秋声。"《风入松》中"黄蜂频扑秋千索,有当时、纤手香凝",则将"黄蜂频扑秋千索"与"纤手香凝"塑成想象的因果。词的秩序安排方面,如《莺啼序》是打破时空、构成其"绵密曲折"词风的代表作:

　　　　残寒正欺病酒,掩沉香绣户。燕来晚、飞入西城,似说春事迟暮。画船载、清明过却,晴烟冉冉吴宫树。念羁情、游荡随风,化为轻絮。　　十载西湖,傍柳系马,趁娇尘软雾,溯红渐招入仙溪,锦儿偷寄幽素。倚银屏、春宽梦窄,断红湿、歌纨金缕。暝堤空,轻把斜阳,总还鸥鹭。　　幽兰旋老,杜若还生,水乡尚寄旅。别后访六桥无信,事往花萎,瘗玉埋香,几番风雨。长波妒盼,遥山羞黛，渔灯分影春江宿。记当时、短楫桃根渡。青楼彷佛，临分败壁题诗，泪墨惨淡尘土。　　危亭望极，草色天涯，叹鬓侵半苎。暗点检、离痕欢唾，尚染鲛绡；蝉凤迷归，破鸾慵舞。殷勤待写，书中长恨，蓝霞辽海沉过雁，谩相思、弹入哀筝柱。伤心千里江南，怨曲重招，断魂在否？

长调必须讲求章法秩序，《莺啼序》长达 240 字，是词中最长的一调，而恰恰也是在这种长调之中，才能够展现梦窗在这方面的天才。全词四片，第一片总写伤春，空间由绣户出游，随之流转。第二片追忆十年前情事，极尽描绘之能。第三片将又转至眼前，逆时而上，分别写自己目前客居异乡、对方的谢世、二人的欢会与离别。第四片总写凭吊，但其中也有回忆，而回忆之中复有欢会（"欢唾"）与离别（"离痕"）。因此，四片词中费尽安排，而又处处照应，仿佛一支悠长的回旋曲。

在语言方面，吴文英喜用代字，如以"艳锦"指云彩、"润玉"指肌肤、"柔葱蘸雪"指手等等；他也注意炼字，如"斜阳红隐霜树"之"隐"、"片绣点重茵"之"点"，颇具匠心，他的一些词的组合，如"愁鱼"、"腻云"、"剪红情，裁绿意"等等，更是新奇密丽；他也喜用典故，尤喜用李贺诗句最多，如"箭径酸风射眼"（《八声甘州》）、"漫泪沾香兰如笑"（《珍珠帘》）等等，李贺本来就以奇喻著称，正好合上了梦窗的词风。

综合这几种特点，有人甚至将吴文英之词归入现代派的"意识流"手法。张炎在《词源》里提出："词要清空，不要质实。清空则古雅峭拔，质实则凝涩晦昧。"并以姜夔为"清空"的代表，吴文英为"质实"的代表，夏承焘解释说："清空的词是要能摄取事物的神理而遗其外貌，质实的词是要写得典雅奥博，但过于胶著于所写的对象，显得板滞。"当然，也有人认为这种特点是"立意高,取径远"(周济《宋四家词选序论》)的体现,或者说他"神韵流转,旨趣永长"(戈载),以至于认为梦窗是"超逸之中见沉郁之思"(吴梅),的确,吴文英的词从古到今,都是一个有争议的存在,但这都无损于他成为南宋词坛上卓然自立的一家。

苏、辛的旷与豪

　　王国维在《人间词话》中说过："东坡之词旷，稼轩之词豪。"从二人的胸襟气度来说，这的确是一句恰当的评语。苏轼的词，最令人倾服的，是他那些了悟人生妙谛的词作。借用苏轼自己的话，"出新意于法度之中，寄妙理于豪放之外"（《书吴道子画后》），这句话可以施于苏轼的一切文学作品，豪放不离"妙理"，这才是真正的"旷"，否则一味粗豪，又有什么可羡之处？对于他的词，也完全可以从这方面来理解。《念奴娇·赤壁怀古》以及《水调歌头》（明月几时有），这些名作万口传诵，自然不必多说；即便是一些琐细题材的小词，他也必能从中契悟人生，苏轼的作品犹如大海，读者饮之，各尽其所知之量而已。或如见峰见岭，各不相同，然而亦不失各各亲见庐山真面。苏轼之所以能够独绝千古，自当从这一点去领会。不妨读一读他的《定风波》：

　　　　莫听穿林打叶声，何妨吟啸且徐行。竹杖芒鞋轻胜马，谁怕，一蓑烟雨任平生。　　料峭春风吹酒醒，微冷，山头斜照却相迎。回首向来萧瑟处，归去，也无风雨也无晴。

此词是其黄州所作，途中遇雨本属平常，但是苏轼此词却于此平常事中悟出人生之理。人的胸襟怀抱，只有遭遇挫折时才能有更好的体现。其他如"何妨吟啸且徐行"、"一蓑烟雨任平生"等等，都是眼前实景，但其外延又极其深致，尤其是

"也无风雨也无晴"一语,深透禅机。

即使是一些平常的词中,也往往也会因他的随意点染,呈现出引人深思的问题,这与苏轼的其他作品都有异曲同工之妙,如其《洞仙歌》：

> 冰肌玉骨,自清凉无汗。水殿风来暗香满。绣帘开、一点明月窥人,人未寝、欹枕钗横鬓乱。　起来携素手,庭户无声,时见疏星渡河汉。试问夜如何,夜已三更,金波淡、玉绳低转。但屈指西风几时来,又不道流年、暗中偷换。

溽热的夏夜之中,蜀主孟昶与花蕊夫人在摩诃池上纳凉,词中描写夜间之"热",如"人未寝、欹枕钗横鬓乱"、"庭户无声,时见疏星渡河汉"等,固然极其神妙,但最妙的还是词尾的"但屈指西风几时来,又不道流年、暗中偷换",秋凉虽好,但秋天来时,时光却已流逝,人生之中也永远充满了此类矛盾。据词序中所说,东坡七岁时遇到一位九十余岁的眉山老尼,姓朱,此人曾随其师入蜀主宫中,蜀主作了一首词,老尼曾为东坡诵此词,东坡只记得其首两句是"冰肌玉骨,自清凉无汗",四十年后续成此词。当朱氏老尼述此词时,词中的蜀主与花蕊夫人早已不在;而当东坡写此词时,"朱已死久矣";而我们读东坡词时,东坡亦久已不在。这一随意的点染,却能引发深邃的人生思考。

东坡对词的最大贡献是"以诗为词",凡是诗中的种种题材及技巧,他全部将其用于词的创作之中,上面所说的便属于宋人诗中常见的"理趣",除此之外,诗中题材的广泛,用典、议论的方法,也都被运用到词中来。他有怀古词,有咏怀词,有田园词,有悼亡词,当然还有传统的爱情词。如他的

《沁园春·密州早行马上寄子由》，便是以议论的手法来抒发自己的情怀，其中还用了不少典故：

> 孤馆灯青，野店鸡号，旅枕梦残。渐月华收练，晨霜耿耿；云山摛锦，朝露溥溥。世路无穷，劳生有限，似此区区长鲜欢。微吟罢，凭征鞍无语，往事千端。当时共客长安，似二陆初来俱少年。有笔头千字，胸中万卷；致君尧舜，此事何难？用舍由时，行藏在我，袖手何妨闲处看。身长健，但优游卒岁，且斗尊前。

在风格上，苏轼是多方面的，他一方面对传统的婉约词有所继承，并对它进行了一定程度的改造；另一方面，他独树一帜地为词坛注入了一种奔放旷达的新风，"一洗绮罗香泽之态，摆脱绸缪宛转之度，使人登高望远，举首高歌，而逸怀浩气，超然乎尘垢之外。"（胡寅《酒边集序》）《水调歌头》堪称这方面的代表之作：

> 明月几时有？把酒问青天。不知天上宫阙，今夕是何年。我欲乘风归去，又恐琼楼玉宇，高处不胜寒。起舞弄清影，何似在人间。转朱阁，低绮户，照无眠。
> 不应有恨，何事长向别时圆？人有悲欢离合，月有阴晴圆缺，此事古难全。但愿人长久，千里共婵娟。

如果说词体的转变在柳永时代发生了一个巨变，那么词的地位的转化却要从苏轼算起，他将"词"的品格提高到"诗"的地位，使它同样可以作为抒发怀抱的工具，而不是歌筵舞畔的装饰品，这一点，是此前的任何词人都没有做到的，他的确是为天下的词人"指出向上一路，新天下耳目，弄笔者始知自振"(王灼《碧鸡漫志》)。

南宋词以辛弃疾成就最高,他不仅是一个伟大的词人,而且也是一个具有文才武略的英雄豪杰,而这些内容,都是他的词中所要表现的。辛词今存 626 首,在整个宋代词人之中首屈一指。其风格在继承苏轼的基础上进一步扩大了词境,由苏轼的"以诗为词"发展成为"以文为词",形成了所谓的"稼轩体",代表了宋词中豪放风格的完成。

辛弃疾

首先,辛词有雄奇飞动的形象,有宏伟壮阔的气势。就自然形象而言,与传统词中经常出现的莺燕、花柳相比,辛词之中更多地出现江山、风云等形象。如其以写景为主的《沁园春》:

> 迭嶂西驰,万马回旋,众山欲东。正惊湍直下,跳珠倒溅;小桥横截,缺月初弓。老合投闲,天教多事,检校长生十万松。吾庐小,在龙蛇影外,风雨声中。　　争先见面重重,看爽气朝来三数峰。似谢家子弟,衣冠磊落;相如庭户,车骑雍容,我觉其间,雄深雅健,如对文章太史公。新堤路,问偃湖何日,烟水蒙蒙。

词的起句即气象雄浑,而"龙蛇影外,风雨声中"的居处也显得主人的奇伟不凡,下片以人物、车骑、文章来比拟胜景,更是传统写景词中所罕见的,而"雄深雅健"一语,恰好也可以作为辛词的风格特征。就人物形象而言,传统词中的红颜佳人,在辛词中也往往为英雄豪杰所取代,如《八声甘州》"射虎纵横一骑,裂石响惊弦"、《永遇乐》"廉颇老矣,尚能饭否"、《贺新郎》"易水萧萧西风冷,满座衣冠似雪,正壮士悲歌未彻"中李广、廉颇、荆轲等人,都是典型的英雄形象。

其次,辛词的风格熔慷慨激昂和沉郁顿挫于一炉,二者浑然一体。辛弃疾虽然继承并发扬了苏轼的词风,但二人的风格仍有较明显的差异。苏词潇洒、旷达、飘逸,而辛则深厚、沉郁、雄壮;另外,苏词中此类风格的词作只占其全部作品的十之一二,而辛词则以此为其主体,从豪放词的总体成就上来看,辛词显然要比苏词更上一层。如他晚年所作的《永遇乐·京口北固亭怀古》,词中怀古叹今,既慷慨激烈,又悲凉沉郁,成为辛词中此类风格的代表作品:

> 千古江山,英雄无觅,孙仲谋处。舞榭歌台,风流总被,雨打风吹去。斜阳草树,寻常巷陌,人道寄奴曾住。想当年,金戈铁马,气吞万里如虎。元嘉草草,封狼居胥,赢得仓皇北顾。四十三年,望中犹记,烽火扬州路。可堪回首,佛狸祠下,一片神鸦社鼓。凭谁问,廉颇老矣,尚能饭否。

不过以辛词的深厚广博,他的风格也是多样化的,他既有继承传统诗歌"比兴"风格的《摸鱼儿》(更能消、几番风雨),有极绮丽之致的《青玉案·元夕》、《祝英台近》(宝钗分),还有一些戏谑调笑色彩的《沁园春》:

> 杯汝前来,老子今朝,点检形骸。甚长年抱渴,咽如焦釜;于今喜睡,气似奔雷。漫说刘伶,古今达者,醉后

何妨死便埋。浑如此,叹汝于知已,真少恩哉! 　更
凭歌舞为媒,算合作人间鸩毒猜。况怨无小大,生于所
爱;物无美恶,过则为灾。与汝成言,勿留亟退,吾力犹
能肆汝杯。杯再拜道:麾之即去,有召须来。

通过与酒杯之间的诙谐的对话,申发颇具哲思意味的议论,
表达了想戒酒而又有所不能的矛盾心态。词中如"怨无小
大,生于所爱;物无美恶,过则为灾"等语,完全是议论,很有
一些深刻的道理。

　　最后,在语言上,辛弃疾长于用典故,而且这些典故包括
前人一切著作,举凡经、史、楚辞、汉赋乃至小说等等,都能融
铸成词,达到了无所不可的地步,"用旧合机,不啻自其口出"
(《文心雕龙·事类》);他也长于吸取口语入词,如"千峰云
起,骤雨一霎儿价"(《丑奴儿近》)、"些底事,误人哪,不成真
个为思家"(《鹧鸪天》)、"快斟呵,裁诗未稳,得酒良佳"(《玉
蝴蝶》)等等,为它的词增加以活泼生动的趣味;同时,他的词
作也充分地散文化,这是后人所说的"以文为词"的表现之
一,如其《贺新郎》:

　　甚矣吾衰矣。怅平生、交游零落,只今余几。白发
空垂三千丈,一笑人间万事。问何物、能令公喜。我见
青山多妩媚,料青山、见我应如是。情与貌,略相似。
　　一樽搔首东窗里。想渊明、停云诗就,此时风味。江
左沉酣求名者,岂识浊醪妙理。回首叫、云飞风起。不
恨古人吾不见,恨古人、不见吾狂耳。知我者,二三子。

这首词具备他在语言的长于用典以及散文化的特征。词中
用了《论语》、李白、《世说新语》、魏征、陶渊明、杜甫、刘邦、

张融等典故,数量极多,而句式转折如意,真正做到了"以文为词"。

　　辛词的总体成就,正如范开在《稼轩词序》中所说的:"其词之为体,如张乐洞庭之野,无首无尾,不主故常;又如春云浮空,卷舒起灭,随所变态,无非可观。无他,意不在于作词,而其气之所充,畜之所发,词自不能不尔也。"

原典选读

更漏子

温庭筠

　　柳丝长,春雨细。花外漏声迢递。惊塞雁,起城乌,画屏金鹧鸪。　　香雾薄,透帘幕,惆怅谢家池阁。红烛背,绣帘垂,梦长君不知。

梦江南

温庭筠

　　梳洗罢,独倚望江楼。过尽千帆皆不是,斜晖脉脉水悠悠。肠断白苹洲。

浣溪沙

韦　庄

　　夜夜相思更漏残,伤心明月凭阑干,想君思我锦衾寒。咫尺画堂深似海,忆来惟把旧书看,几时携手入长安。

菩萨蛮

韦　庄

　　红楼别夜堪惆怅,香灯半卷流苏帐。残月出门时,美人和泪辞。　　琵琶金翠羽，弦上黄莺语。劝我早归家，绿窗人似花。

谒金门

冯延巳

风乍起，吹皱一池春水。闲引鸳鸯香径里，手挼红杏蕊。斗鸭阑干独倚，碧玉搔头斜坠。终日望君君不至，举头闻鹊喜。

捣练子令

李　煜

深院静，小庭空，断续寒砧断续风。无奈夜长人不寐，数声和月到帘栊。

相见欢

李　煜

林花谢了春红，太匆匆，无奈朝来寒雨晚来风。　　胭脂泪，留人醉，几时重，自是人生长恨水长东。

虞美人

李 煜

风回小院庭芜绿,柳眼春相续。凭阑半日独无言,依旧竹声新月似当年。笙歌未散尊前在,池面冰初解。烛明香暗画堂深,满鬓青霜残雪思难任。

（以上选自《全唐五代词》）

八声甘州

柳 永

对潇潇暮雨洒江天,一番洗清秋。渐霜风凄紧,关河冷落,残照当楼。是处红衰翠减,苒苒物华休。惟有长江水,无语东流。　　不忍登高临远,望故乡渺邈,归思难收。叹年来踪迹,何事苦淹留？想佳人、妆楼颙望,误几回、天际识归舟。争知我、倚阑干处,正恁凝愁。

玉蝴蝶

柳 永

望处雨收云断,凭阑悄悄,目送秋光。晚景萧疏,堪动宋玉悲凉。水风轻、蘋花渐老,月露冷、梧叶飘黄。遣情伤。故人何在,烟水茫茫。　　难忘。文期酒会,几孤风月,屡变星霜。海阔山遥,未知何处是潇湘。念双燕、难凭远信,指暮天、空识归航。黯相望。断鸿声里,立尽斜阳。

水龙吟·次韵章质夫杨花词

苏 轼

似花还似非花,也无人惜从教坠。抛家傍路,思量却是,无情有思。萦损柔肠,困酣娇眼,欲开还闭。梦随风万里,寻郎去处,又还被、莺呼起。　　不恨此花飞尽,恨西园、落红难缀。晓来雨过,遗踪何在,一池萍碎。春色三分,二分尘土,一分流水。细看来不是杨花,点点是、离人泪。

江城子

苏 轼

十年生死两茫茫。不思量,自难忘。千里孤坟,无处话凄凉。纵使相逢应不识,尘满面,鬓如霜。　　夜来幽梦忽还乡,小轩窗,正梳妆。相顾无言,惟有泪千行。料得年年肠断处,明月夜,短松冈。

临江仙

苏 轼

夜饮东坡醒复醉,归来仿佛三更。家童鼻息已雷鸣。敲门都不应,倚杖听江声。　　长恨此身非我有,何时忘却营营?夜阑风静縠纹平,小舟从此逝,江海寄余生。

苏幕遮

周邦彦

燎沉香,消溽暑。鸟雀呼晴,侵晓窥檐语。叶上初阳乾宿雨,水面清圆,一一风荷举。　　故乡遥,何日去?家住吴门,久作长安旅。五月渔郎相忆否?小楫轻舟,梦入芙蓉浦。

兰陵王·柳

周邦彦

柳阴直,烟里丝丝弄碧。隋堤上、曾见几番,拂水飘绵送行色。登临望故国,谁识京华倦客。长亭路,年去岁来,应折柔条过千尺。　　闲寻旧踪迹。又酒趁哀弦,灯照离席,梨花榆火催寒食。愁一箭风快,半篙波暖,回头迢递便数驿,望人在天北。　　凄恻,恨堆积。渐别浦萦回,津堠岑寂,斜阳冉冉春无极。念月榭携手,露桥闻笛。沉思前事,似梦里,泪暗滴。

西河·金陵怀古

周邦彦

佳丽地。南朝盛事谁记。山围故国绕清江,髻鬟对起。怒涛寂寞打孤城,风樯遥度天际。　　断崖树,犹倒倚。莫愁艇子曾系。空遗旧迹郁苍苍,雾沉半垒。夜深月过女墙来,赏心东畔淮水。　　酒旗戏鼓甚处市。想依稀、王谢邻里。燕子不知何世,入寻常、巷陌人家,相对如说兴亡,斜阳里。

摸鱼儿

辛弃疾

更能消、几番风雨,匆匆春又归去。惜春长怕花开早,何况落红无数。春且住,见说道、天涯芳草无归路。怨春不语。算只有殷勤,画檐蛛网,尽日惹飞絮。 长门事,准拟佳期又误,蛾眉曾有人妒。千金曾买相如赋,脉脉此情谁诉。君莫舞,君不见、玉环飞燕皆尘土。闲愁最苦。休去倚危栏,斜阳正在,烟柳断肠处。

贺新郎

辛弃疾

绿树听鹈鴂,更那堪、鹧鸪声住,杜鹃声切。啼到春归无寻处,苦恨芳菲都歇。算未抵人间离别。马上琵琶关塞黑,更长门、翠辇辞金阙。看燕燕,送归妾。 将军百战身名烈,向河梁、回头万里,故人长绝。易水萧萧西风冷,满座衣冠似雪,正壮士悲歌未彻。啼鸟还知如许恨,料不啼清泪长啼血。谁共我,醉明月。

青玉案·元夕

辛弃疾

东风夜放花千树。更吹落、星如雨。宝马雕车香满路。凤箫声动,玉壶光转,一夜鱼龙舞。 蛾儿雪柳黄金缕,笑语盈盈暗香去。众里寻它千百度,蓦然回首,那人却在,灯火阑珊处。

暗　香

姜　夔

旧时月色,算几番照我,梅边吹笛。唤起玉人,不管清寒与攀摘。何逊而今渐老,都忘却、春风词笔。但怪得竹外疏花,香冷入瑶席。　　江国,正寂寂。叹寄与路遥,夜雪初积。翠尊易泣,红萼无言耿相忆。长记曾携手处,千树压、西湖寒碧。又片片吹尽也,几时见得?

长亭怨慢

姜　夔

渐吹尽枝头香絮,是处人家,绿深门户。远浦萦回,暮帆零乱向何许。阅人多矣,谁得似长亭树。树若有情时,不会得青青如此。　　日暮。望高城不见,只见乱山无数。韦郎去也,怎忘得玉环分付。第一是早早归来,怕红萼无人为主。算空有并刀,难剪离愁千缕。

鹧鸪天·元夕有所梦

姜　夔

肥水东流无尽期,当初不合种相思。梦中未比丹青见,暗里忽惊山鸟啼。　　春未绿,鬓先丝,人间别久不成悲。谁教岁岁红莲夜,两处沉吟各自知。

307

八声甘州·陪庾幕诸公游灵岩

吴文英

渺空烟四远,是何年、青天坠长星?幻苍岩云树、名娃金屋、残霸宫城。箭径酸风射眼,腻水染花腥。时靸双鸳响,廊叶秋声。　　宫里吴王沉醉,倩五湖倦客,独钓醒醒。问苍天无语,华发奈山青。水涵空,阑干高处,送乱鸦、斜日落渔汀。连呼酒,上琴台去,秋与云平。

风入松

吴文英

听风听雨过清明,愁草瘗花铭。楼前绿暗分携路,一丝柳、一寸柔情。料峭春寒中酒、交加晓梦啼莺。　　西园日日扫林亭,依旧赏新晴。黄蜂频扑秋千索,有当时、纤手香凝。惆怅双鸳不到,幽阶一夜苔生。

浣溪沙

吴文英

门隔花深梦旧游。夕阳无语燕归愁。玉纤香动小帘钩。落絮无声春堕泪,行云有影月含羞。东风临夜冷于秋。

（以上选自《全宋词》）